Yoko Ogawa

Augenblicke in Bernstein

atb aufbau taschenbuch

Yoko Ogawa, gilt als eine der wichtigsten japanischen Autorinnen der Gegenwart. Für ihr umfangreiches Werk wurde sie mit zahlreichen namhaften Literaturpreisen ausgezeichnet, zuletzt war sie für den »National Book Award« nominiert und auf der Shortlist des »International Man Booker Prize« vertreten.

Im Aufbau Taschenbuch liegen ihre Romane »Das Geheimnis der Eulerschen Formel«, »Das Museum der Stille«, »Schwimmen mit Elefanten«, »Liebe am Papierrand«, »Der Herr der kleinen Vögel« sowie »Zärtliche Klagen« vor.

Sabine Mangold lebt in Berlin. Aus dem Japanischen übersetzte sie u. a. Werke von Haruki Murakami.

Auf der Suche nach Zuflucht reist eine Frau mit ihren drei Kindern in einen abgelegenen Kurort, um sich dort in einem alten Haus niederzulassen. Den Kindern wird aufgetragen, alles zu vergessen, was in ihrem bisherigen Leben eine Rolle gespielt hat. Sogar neue Namen dürfen sie sich geben, mithilfe eines Wissenschaftslexikons, das aufs Geratewohl aufgeschlagen wird. Die Mutter untersagt ihnen, das Anwesen zu verlassen, und doch ist ihr neues Leben glücklich. Umgeben von hohen Mauern, inmitten eines verwunschenen Gartens, erfinden sich die Kinder ihre eigene Welt. Riesige Bäume, ein Bachlauf, viele Tiere, die von der Stille angezogen werden – alles um sie herum sorgt für Verwunderung und dient ihnen als Quell der Fantasie. Dann aber betritt ein Hausierer den Garten, der fremde, wundersame Dinge aus seinen Taschen hervorzaubert, die für die Menschen dort draußen scheinbar von Belang sind.

Düster und dennoch voll lichter Schönheit erzählt Yoko Ogawa die Geschichte dreier Geschwister und stellt dabei die großen Fragen nach Liebe, Zusammenleben und Familie.

Yoko Ogawa

Augenblicke in Bernstein

Roman

Aus dem Japanischen
von Sabine Mangold

atb aufbau taschenbuch

Die Originalausgabe unter dem Titel
Kohaku no matataki
erschien 2015 bei Kodansha, Tokio.

Yoko Ogawa wird durch das
Japan Foreign-Rights Centre vertreten.

MIX
Papier aus verantwortungsvollen Quellen
FSC® C083411

ISBN 978-3-7466-3719-8

Aufbau Taschenbuch ist eine Marke
der Aufbau Verlage GmbH & Co. KG

1. Auflage 2021

Druck und Binden CPI books GmbH, Leck, Germany
Printed in Germany
www.aufbau-verlage.de

I

An heiteren, warmen Nachmittagen, wenn ich Lust habe, Herrn Bernstein zu treffen, brauche ich ihn nur auf einer der Bänke zu suchen, die hinten im Park vor den Bäumen aufgereiht sind. Er sitzt stets auf der mittleren, wohin der Schatten des Laubs nicht reicht, bevorzugt in der vollen Sonne. Den verknöcherten Rücken gekrümmt und den Kopf leicht geneigt, verharrt er ganz still, wobei nur sein linkes Auge zum Licht emporblickt.

Von der Terrasse des Salons aus lasse ich meinen Blick durch den Garten schweifen, und wenn ich seine Silhouette entdecke, gehe ich behutsam auf ihn zu.

»Guten Tag.«

»Ah, Sie sind es. Geht es Ihnen gut?«

»Ja.«

Ich nehme an seiner rechten Seite Platz.

Seine Stimme ist sehr leise. Selbst wenn er überrascht ist, lacht oder sich ärgert, gibt er kaum mehr als ein Hauchen von sich. Wenn er von jemandem, der sich in einiger Entfernung aufhält, etwas möchte, wartet er geduldig, bis die Person nahe genug ist.

Es fiel denjenigen, die ihn gefunden haben, sofort auf, dass mit seiner Stimme etwas nicht in Ordnung war, und sie schickten ihn zu einem Spezialisten, aber irgendwann hatte jemand entschieden, da sei nichts mehr zu machen.

»Das hat Mutter uns verboten.«

Er erklärte, dass lautes Sprechen und geräuschvolle Taten zu »Mutters Verboten« gehörten, so als wäre sie immer noch an seiner Seite.

Mutters Verbote. Diese Worte sagte er noch leiser als alle anderen, zaghaft zwar, aber mit großer Zuneigung. Wer ihm zuhört, versteht sofort, wie sehr er seine Mutter geliebt hat.

Ich mag seine Art zu sprechen. Sie erlaubt mir unter dem Vorwand, ihn so besser zu verstehen, seinem Gesicht ganz nah zu kommen. Dann kann ich mich dem Gefühl hingeben, der einzige Mensch zu sein, der dieses geheimnisvolle, kaum noch hörbare Hauchen vernimmt, das durch nichts und niemanden gestört werden kann, weder vom Wind, der die Blütenblätter streift, noch von den Bienen, die sich darin verbergen.

Wir unterhalten uns eine ganze Weile.

Hin und wieder dringen aus den geöffneten Fenstern der Residenz die Töne einer Violine, die gestimmt wird, oder einer Arie, die jemand einübt.

»Aha … So ist das … Und dann?«

Wenn ich ihm beipflichte, klingt auch meine Stimme, als würde ich die Anweisungen seiner Mutter befolgen. Sie wird zu einem Wispern, das ich in seine Ohrmuschel hauche.

Wenn der Schatten, der den Lauf der Sonne begleitet, sich über unsere Füße legt, rücken wir eine Bank weiter.

Ich vergewissere mich, dass das Sonnenlicht auch hier auf sein Gesicht fällt.

Wir sitzen in diesem Garten, ohne dass ich die Sonne direkt sehen kann, aber die Luft flimmert, als würde der azurblaue Himmel sich darin auflösen. Im Sonnenlicht gibt es Wellen und Wirbel, und auf dem Moos glitzern Tautropfen. Das Licht scheint sich durch die breite Allee zu ergießen, um auf den Zweigspitzen eine goldene Gischt zu hinterlassen.

Sogar während wir uns unterhalten, blickt sein linkes Auge nicht in meine Richtung. Wie sein Name besagt, hat es die Farbe von Bernstein. Ein kühl glänzender, durchscheinender Augapfel, in dessen Zentrum ein goldenes Licht entspringt. Welche schicksalhafte Fügung hat ihm wohl in jungen Jahren, als seine Pupille noch tiefschwarz war, den Namen »Bernstein« eingebracht? Vielleicht hat er sich in seinem linken Auge kristallisiert.

Andere Bewohner spazieren an uns vorüber und nicken zum Gruß. Herr Bernstein bemerkt sie nicht, da er ins Sonnenlicht starrt. Auch sein rechtes Auge, das wahrscheinlich jahrzehntelang über die Maßen strapaziert wurde, um das linke zu entlasten, vermag sich nur schwer zu akkommodieren, sodass mein Spiegelbild bloß schemenhaft darin zu erkennen ist und bei jedem Blinzeln zu verschwinden droht.

Ich entdecke in seinem Haar Flusen von Pusteblumen, die sich, von irgendwoher herangeweht, dort verfangen haben, und zupfe sie sanft weg.

»Pardon.«

Er wirkt verlegen, und einen Moment lang entspannen sich die Züge um seinen Mund. Wir ziehen um auf die letzte Bank, wo die Sonnenstrahlen gerade noch hinreichen. Mittlerweile sind wir so eingespielt, dass wir uns ohne weitere Verständigung im selben Atemzug erheben, um den Platz zu wechseln. Die Schatten sind länger geworden, und mir fällt auf, dass sich die Färbung des Himmels verändert. Ist ein leichter Wind aufgekommen? Das Licht flackert über dem Rasen. Auf der eisernen Pforte im Westen flattern die Spatzen auf und nieder.

Ganz gleich auf welcher Bank Herr Bernstein sitzt, sein linkes Auge dreht sich reflexhaft dorthin, wo es am hellsten ist. Das einfallende Licht lässt die geheimnisvollen Einschlüsse in den goldenen Schichten noch deutlicher hervortreten, und sie wecken in mir das Bedürfnis, sie herauszuklauben, um sie aus der Nähe betrachten zu können oder mit dem Zeigefinger durch die Bindehaut dort hineinzustechen. Die Fingerspitze würde dann endlos in der tiefen Stille seines Innern versinken.

Mir ist bewusst, dass es eine Illusion ist zu glauben, seine Stimme sei allein für meine Ohren bestimmt, denn bei ihm sind außer mir noch andere, die ihn genau verstehen können. Der wahre Grund für sein Flüstern ist nämlich, dass es sich an diejenigen richtet, die in den tiefen Schichten seines Bernsteinauges eingeschlossen sind.

Wenn auch die letzte Bank im Schatten liegt, beenden wir unser Gespräch und überqueren den Rasen, um zur Residenz zurückzugehen. Arm in Arm schlendern wir nebeneinander her.

»Also, dann bis morgen!«

»Ja, bis dann.«

Nachdem wir uns voneinander verabschiedet haben, geht jeder in sein Zimmer.

Die Mutter wollte, dass ihre drei Kinder einen neuen Namen annahmen, als sie aus dem Familienhaus in die Villa umgezogen waren, die Vater früher für seine Arbeit genutzt hatte.

»Von heute an vergessen wir unsere bisherigen Namen«, sagte sie mit strenger Miene, wobei sie jedem fest die Hand drückte.

»Wenn ihr es wagt, ihn auszusprechen, und sei es auch nur versehentlich …«

Sie machte eine bedrohliche Pause.

»… dann verwandeln sich die einzelnen Laute eures Namens in Samen, die sich augenblicklich in euren Wangen einnisten. Und es wird nicht lange dauern, bis unzählige Dornen hervorsprießen.«

»Was?«

Der ältere Junge schlug unwillkürlich die Hände vor den Mund.

»Und jedes Mal wenn ihr etwas sagen wollt, werden euch die Dornen schmerzhaft stechen. Sich in euer zartes Wangenfleisch bohren, hört ihr? Die Widerhaken werden so tief eindringen, dass man sie nicht mehr rausziehen kann.«

»Aber wieso?«

Die Besonnenste unter ihnen war die große Schwester. Der jüngste Bruder war noch zu klein, um es zu verstehen.

»Ein böser Hund hat uns verflucht. Es tut mir sehr leid.«

Die Mutter schüttelte den Kopf und seufzte.

Für die Kinder hatte das vermaledeite Wort, das nur selten ausgesprochen wurde, einen unheilvollen Klang. Sobald die Mutter es in den Mund nahm, verdüsterte sich die Stimmung sofort.

Im Laufe der Zeit wandelte sich der Fluch, der auf ihren Namen lastete, mehrfach: mal waren es Granatäpfel, die ihre Lippen durchscheuerten, mal wuchernde Schneidezähne, die sich durch ihr Kinn bohrten. Aber für den bösen Hund war das einerlei. Er lauerte stets jenseits der Mauer.

Deshalb waren sie gezwungen, sich neue Namen zu geben. Die Idee der Mutter war es, im »Illustrierten Wissenschaftslexikon für Kinder« zu suchen. Der Vater hatte ihnen den Bildband einmal zu Weihnachten geschickt, und da niemand je darin geblättert hatte, verstaubte er in der hintersten Ecke des Bücherregals.

»So, nun schließt die Augen. Geschummelt wird nicht!«

Zuerst war die Älteste an der Reihe. Sie schummelte natürlich nicht, sondern kniff die Augen so fest zusammen, dass sich ihr Gesicht zu einer faltigen Grimasse verzog, als sie das Lexikon in der Mitte aufschlug und mit dem Zeigefinger entschlossen auf eine Stelle wies. So wurde aus ihr Opal.

»Was für ein hübscher Name!«

Während die Mutter sich darüber freute, betrachtete Opal schweigend den kleinen gesprenkelten Stein unter der Kuppe ihres Zeigefingers. Sie wirkte etwas ratlos, wie sie den kleinen Stein, der plötzlich eine derart intime Bedeutung für sie hatte, beurteilen sollte.

War es bloß dem Zufall zuzuschreiben, das der Jüngste seinerseits das Lexikon im gleichen Abschnitt aufschlug? »Mineralien«. Vielleicht lag es auch nur daran, dass sich die Seiten an dieser Stelle besonders leicht aufschlagen ließen. Jedenfalls fiel seine Hand auf einen Achat. Dem Foto nach zu urteilen, war dieser Stein schlichter als ein Opal.

»Der Stein verdankt seinen Namen der Ähnlichkeit mit einem Pferdekopf«, las sein älterer Bruder in der Bildunterschrift, und der Kleine tat ihm leid. Doch der scherte sich kein bisschen darum, sondern kletterte glücklich auf den Schoß seiner Mutter, wo er triumphierend seinen neuen Namen vor sich hin sang.

Als er selbst an die Reihe kam, war er zunächst erstaunt über den Umfang des Kinderlexikons, das er zum ersten Mal in den Händen hielt. Er empfand plötzlich ein großes Bedauern, dass er seinem Vater für dieses Geschenk niemals einen Dankesbrief geschickt hatte. Er fühlte eine schwere Last auf seinen Schultern, während er versuchte, aus diesem Wälzer ein Wort herauszupicken. *Die Gestirne, das Wetter. Meerestiere, Insekten, Pflanzen, Wärme und Energie. Gasförmige, feste und flüssige Substanzen. Der menschliche Körper* … Die Seiten waren in farbig gekennzeichnete Kapitel unterteilt. Als er die bunten Rubriken vor sich sah, die den komplexen Aufbau des Lexikons markierten, verschwamm alles vor seinen Augen. Er sagte sich, auch er müsse das Buch unbedingt im Kapitel über die Mineralien aufschlagen. Der Gedanke, ohne seine Geschwister im Weltall oder tief unten auf dem Meeresboden zurückgelassen zu werden, erschien ihm unerträglich. Er würde sogar einen Pferdekopf akzeptieren, sofern sie nur vereint blieben und er nicht als leichte Beute für den bösen Hund allein bliebe. Er senkte den Kopf, damit seine Mutter nicht bemerkte, dass er die Augen einen winzigen Spalt offen hielt und durch die Wimpern spähte, um das Buch an der gewünschten Stelle aufzuschlagen.

»Bernstein.«

Die Mutter verkündete das Ergebnis, bevor der Junge nachschauen konnte. Als er die Augen aufriss, wurde ihm schlagartig bewusst, dass es vor den »Mineralien« noch die Rubrik »Fossilien« gab. Verflixt, dachte er, aber nun war es zu spät.

»Was für ein vornehmer Name!«

Zufrieden streichelte die Mutter seinen Kopf.

Als sie an diesem Abend zu Bett gingen, las ihnen die große Schwester die Erläuterungen zu Opal, Achat und Bernstein vor.

»Bernstein ist ein Fossil, das über Millionen von Jahren aus dem Harz von Kiefern oder Zedern entstanden ist. Es existieren auch Harze von längst ausgestorbenen Bäumen. Bernstein besitzt den Härtegrad eines Minerals und wird oft als Schmuck verwendet. In der Antike hielt man es für den erstarrten Kadaver eines Tigers.«

»Was ist denn ›Harz‹?«, fragte Bernstein.

»Etwas, das am Stamm eines Baumes herabfließt, so wie Blut, aber es ist nicht rot«, erklärte ihm Opal.

Bernstein war erleichtert, als er die Worte vernahm.

Auch wenn sein Name einer anderen Rubrik angehörte, so wusste er nun, dass Bernstein ein ebenso kostbares Juwel war wie der Opal und der Achat und ihnen wegen der langen Entstehungszeit in keiner Weise nachstand. Außerdem war ein toter Tiger immer noch besser als der Kopf eines Pferdes. Obwohl Achat solche Unterschiede noch gar nicht begreifen konnte, war Opal so rücksichtsvoll, die Passage *hat Ähnlichkeit mit einem Pferdekopf* zu verhaspeln.

In der ersten Nacht, die sie in ihrem neuen Heim verbrachten, wurden sie somit zu Opal, Bernstein und Achat. Ihre neuen Namen waren wie Relikte, die über einen unendlich langen Zeitraum tief verborgen in der Erde lagen, ohne dass jemand merkte, dass es sich um Personennamen handelte. Sie hatten sie selbst gewählt. Opal war zehn Jahre alt, Bernstein acht, und Achat würde bald fünf werden.

Nachdem sie das »Illustrierte Wissenschaftslexikon für Kinder« zugeschlagen hatten, schliefen die drei Geschwister zusammen im selben Bett. Es schien, als wären sie eins. Mit der Schwester in der Mitte, schmiegten sie sich dicht aneinander, den Kopf in der Halsbeuge des anderen und mit verschlungenen Beinen. Von nun an schliefen sie jede Nacht so und waren sich selbst genug.

In späteren Jahren, wenn man Bernstein nach der Herkunft seines Namens fragte, wurde ihm immer wieder aufs Neue bewusst, welche entscheidende Rolle der Zufall bei ihrer Wahl gespielt hatte. Wenn er eine Person mit einer Halskette aus Opalen sah, musste er natürlich sofort an seine Schwester denken. Ergriffen von dem zurückhaltenden Charme der Steine, ihrem sanften und warmen Glanz, wurde er von Erinnerungen heimgesucht, die ihm das Herz zusammenschnürten. In seiner Vorstellung erschien sie ihm immer als Ballerina. So wie sie im Frühsommer, wenn ihre Mutter Spätschicht hatte, leichtfüßig durch den nächtlichen Garten tanzte. In Spitzenschuhen, in die sie ihre Füße gewaltsam hineingezwungen hatte, weil sie zu klein geworden waren, das lange Haar zu einem Pferdeschwarz gebunden, in einem von ihrer Mutter handgeschneiderten Kostüm, schwebte sie, Pirouetten und Sprünge vollführend, über die Wiese. Sie kannte jeden Winkel des Gartens, die Senke des ausgetrockneten Teichs, die freiliegenden Wurzeln, die Löcher des Wieselbaus – ohne jemals zu stolpern, tanzte sie anmutig über alle Hindernisse hinweg. Sie begann mit einstudierten Figuren aus dem klassischen Ballett, die sie dann variierte, sodass eine völlig neuartige Choreografie entstand. Die kleine Krone, die mit schwarzen Haarklammern an ihrem Kopf befestigt war, konnte verrutschen oder die weiße Strumpfhose mit Erde beschmutzt sein, sie tanzte unverdrossen weiter … Jedes Mal wenn sie sich auf die Zehenspitzen stellte, um hoch in die Luft zu springen und wieder weich auf dem Boden zu landen, bebten die Flügel auf ihrem Rücken. Ihr Pferdeschwanz streifte Zweige und ließ sie erzittern. Aus den Sträuchern flogen Insekten auf, um sie hochleben zu lassen.

Der Mond schien auf ihren schweißglänzenden Hals und den Pferdeschwanz. Sein fahles Licht gewann, sobald es sie erreichte und sich von ihrem Atem erwärmt ausbreitete, an Leuchtkraft und ließ die umgebende Dunkelheit erstrahlen. So wie in einem Opal die regelmäßig angeordneten Kristalle das Licht in viele Farben brechen, ohne selbst je nach einer Eigenfarbe zu streben. Um der Ordnung willen sehnte sie sich nach Ruhe und fürchtete die Veränderung. In den sich unendlich überlagernden Schichten nahm sie langsam Form an.

Bernstein und Achat schauten ihr Hand in Hand durch das Fenster des Kinderzimmers zu. Wenn sie tanzte, verwandelte sich der Garten in ein Universum, das größer war als die Welt, die sie kannten. Für die beiden war der Garten immer ein weitläufiges Terrain, aber durch den Tanz ihrer Schwester gewann er an Tiefe. Wenn ihre perfekt gestreckten Beine das trockene Laub aufwirbelten und ihre Fingerspitzen nach einem Punkt im Raum griffen, wenn ihre Wirbelsäule einen eleganten Bogen beschrieb, dann traten Vertiefungen aus der Dunkelheit hervor. Manchmal, wenn sich ihre Silhouette hinter den hohen Ulmen verlor, die entlang der Ziegelmauer aufragten, sorgten sich die beiden Jungen, dass sie die Grenze überschreiten und ihnen abhandenkommen könnte.

Aber das geschah nie. Immer kehrte sie wohlbehalten zurück. Mit den Zehenspitzen ertastete sie den äußersten

Rand ihrer Welt, sie verirrte sich jedoch nie auf die andere Seite. Um ihre kristalline Struktur zu bewahren, hätte sie sich niemals ein Zuwiderhandeln erlaubt. Gehorsam hielt sie sich an das Verbot ihrer Mutter.

Achat sang ein selbst erdachtes Lied. Seine Stimme reichte zwar nicht an Opals Kunstfertigkeit heran, aber sein Gesang und ihr Tanz waren harmonisch aufeinander abgestimmt. Wurde die Melodie lebhafter, nahm auch die Geschwindigkeit der Pirouetten zu. Auf dem Höhepunkt sprang sie in einem *Grand Jeté* über den Teich. Verlangsamte sich das Tempo zu einem Adagio, dann neigte sie leicht den Kopf. Achat war imstande zu improvisieren und je nach Anlass aus dem Stegreif unzählige Melodien zu singen, die noch nie jemand zuvor vernommen hatte. Obwohl sein Wortschatz gering war und er keinerlei Kompositionskenntnisse besessen haben dürfte, sprudelte ein Lied nach dem anderen über seine Lippen. Er verbrachte mehr Zeit singend als sprechend. Natürlich sang er mit feiner Stimme. Im zarten Hauch seines Atems schienen die Tonfolgen wie Tröpfchen zu glitzern. Dieses wohlklingende akustische Glitzern war, sobald man es vernahm, schon wieder verklungen, ohne dass man Zeit für eine Notation gehabt hätte.

Von den drei Kindern war es zweifellos Achat, der seine Seele am meisten entfalten konnte. Anders als Opal und Bernstein, die fest davon überzeugt waren, dass es jenseits der Ziegelmauer keinen Lebensraum für sie gab, stimmte er sein Lied an, als würde er ein Pferd besteigen, mit dem er leicht beschwingt die Grenzen des Gartens überschritt. In seinen Liedern, in denen sich unbekannte Landschaften widerspiegelten, galoppierte er durch die weite Welt.

Schließlich sah auch Bernstein ein, dass ein Pferdekopf nichts Abstoßendes hatte, sondern eine fundamentale Weisheit barg. Obwohl der Jüngste eigentlich als der Schwächste gilt, war Achat viel härter als Opal und Bernstein. Wenn er zerbrach, zerbrach er in scharfkantige Fragmente. Seine im Innern verborgene Kraft vermochte alle Hindernisse zu überwinden, wie die Grenze aus einer Ziegelmauer und Bäumen.

Opals Tanz endete in der Mitte des Gartens mit einem Kniefall zu Füßen des Mimosenbaums, der seine weit ausladenden Zweige über dem Kind ausbreitete. Derweil hatten sich auch Achats Lippen geschlossen. Die beiden Jungen spendeten vom Fenster aus lautlos Applaus. Opal hob den Saum ihres Tutus und verneigte sich anmutig wie eine echte Ballerina.

Ihre Darbietung ließ trotz der Stille die Dunkelheit erbeben. Mimosenblüten hatten sich in ihrem Haar verfangen. Jedes Mal wenn Opal sich in dem nicht enden wollenden Applaus verbeugte, schwebten gelbe Flocken zu Boden. Die Bänder der Spitzenschuhe hatten sich gelöst und Blut sickerte durch die abgewetzten Zehenkappen.

Bernstein wurde die Angst nicht los, sein früherer Name könne ihm bei irgendeiner Gelegenheit aus Versehen herausrutschen. Je mehr er darauf achtete, umso weniger gehorchte die Zunge seinem Willen, und er versuchte sie im Zaum zu halten, indem er sie mehrmals täglich gegen die Schneidezähne presste. Seine schlimmste Befürchtung war, dass er sich im Schlaf verplapperte. Beim Einschlafen hatte er oft akustische Halluzinationen. Meistens handelte es sich um das Rascheln von Achats Haaren, die an seinem Ohr rieben. Er wusste, dass Opal nur die Augen geschlossen hielt und selbst nicht schlafen konnte. Er hatte einen immer wiederkehrenden Traum. In diesem Traum war sein Mund aufgrund der spitzen Dornen voller Blut, da er verzweifelt versuchte, mit seinen aufgeplatzten Lippen das Innere eines reifen Granatapfels zu erhaschen. Er verspürte eine unbändige Lust, mit der Zunge nach jenen Dornen zu tasten, die sich immer tiefer in sein Fleisch gruben. Wenn er wenigstens einen Fruchtkern aus dem aufgeplatzten Granatapfel kosten könnte!

Eines Tages nahm Bernstein heimlich Opals geliebte Häkelpuppe an sich und schloss sich in Vaters Arbeitszimmer ein, um dort ein Experiment durchzuführen. Es war ein staubiges Zimmer mit Wandregalen, vollgestopft mit Büchern, die einen sonderbaren Geruch verströmten. Da die Fensterläden lange Zeit nicht geöffnet worden waren, hatte sich auf den Kissen, dem Lampenschirm und der Tapete Schimmel gebildet. Selbst aus purer Höflichkeit konnte man diese Puppe, die ihre verstorbene Großmutter einst aus Wollresten gestrickt hatte, schwerlich als hübsch bezeichnen. Sie sah erbärmlich aus, was allerdings Opals Zuneigung nur vergrößerte, wenn sie ihren Schatz in den Armen hielt. An ihrem ockergelben Torso baumelten schlaffe Gliedmaßen herab, die Knöpfe, die als Augen dienten, hatten sich gelöst. Bernstein hatte sie aber wegen ihrer Lippen als Opfer auserkoren. Seine Großmutter hatte ihr an der Stelle, wo die Mundhöhle war, mit roter Wolle richtige Lippen aufgenäht. Diese hatten eine so intensive Farbe, dass sie an das Fruchtfleisch eines Granatapfels erinnerten. Bernstein rieb den Schimmelbelag vom Kissen, legte die Puppe darauf und bewegte ihre Lippen, um sie seinen früheren Namen aussprechen zu lassen. Es war ein lautloses Gemurmel. Ohne sich der Bedeutsamkeit des Geschehens bewusst zu sein, glotzte die Puppe unverdrossen aus ihren herunterhängenden Knopfaugen.

Er wartete ab, holte tief Luft und starrte angestrengt vor sich hin. Aber es geschah nichts, was auf die Machenschaften des bösen Hunds hindeutete. Weder gab es Anzeichen, dass etwas aus dem Mund erwuchs, noch rissen die Lippen auf. Wahrscheinlich klappt es nicht mit der Puppe, sagte er sich und hob sie vom Kissen hoch. Die einzig bemerkenswerte Veränderung an ihr war der blauschwarze Schimmelbelag, der nun an ihrem Rücken haftete, was sie noch kränklicher aussehen ließ. Enttäuscht packte er sie in Opals Spielzeugkiste und ließ sich nichts anmerken.

Dennoch blieb er auf der Hut und behielt die Situation im Auge. Opal schien den verschmutzten Rücken der Puppe nicht zu bemerken. Wie gewohnt sprach sie vor dem Zubettgehen mit ihr oder setzte sie auf einen Stuhl, damit sie ihren Tanzaufführungen zuschaute. Aber selbst dann ließ Bernstein die roten Lippen nicht aus den Augen.

Bernstein bekam es mit der Angst zu tun. Opal, die die Anweisungen ihrer Mutter stets befolgte, herzte ahnungslos ihre Puppe, die gegen das Verbot verstoßen hatte. Welch Schrecken würde durch ihre Glieder fahren, wenn sie erfuhr, dass ihr Liebling Opfer einer Bestie sein könnte. Würde der böse Hund nicht nur die Puppe, sondern auch Opal verwünschen? Sich nicht mit Wolle begnügen und stattdessen nach echten Lippen verlangen? Als er schließlich einsehen musste, dass er etwas getan hatte, was nicht wiedergutzumachen war, konnte er den Anblick, wie Opal ihre Puppe hätschelte, nicht länger ertragen. Bernstein befürchtete das Schlimmste, weshalb er eine günstige Gelegenheit abpasste und die Puppe aufs Neue entwendete. Er rannte zu den Ulmen, um sie über die Ziegelmauer zu werfen. Zwar hatte er große Angst, sich allein an den verbotenen Ort zu begeben, aber jetzt war nicht der Zeitpunkt, um schwach zu sein.

Die Mauer war jedoch zu hoch für die Kräfte eines Achtjährigen. Die bemoosten Ziegel fühlten sich rau und kalt an. Außerdem behinderten ihn die hoch aufragenden Ulmen, deren Kronen den Himmel verdeckten. Alle Versuche scheiterten. Er packte die Puppe bei den Fußgelenken und schleuderte sie hoch in die Luft, aber sie flog jedes Mal gegen die überhängenden Äste, bevor sie die Mauerkrone erreichte, und landete dann wieder vor seinen Füßen. Da sich zum Schimmel nun auch Schmutz gesellte, wirkte die Puppe trauriger denn je. Die rote Wolle lockerte sich, was ihren Mund grotesk verzerrte. Er fragte sich, wann Opal und seine Mutter das Verschwinden der Puppe bemerken würden, und je hektischer er wurde, umso rabiater ging er mit der Puppe um, deren Gliedmaßen herumzappelten, als wollte sie sich aus seiner Gewalt befreien.

Schließlich nahm Bernstein einen so großen Anlauf, als wollte er selbst über die Mauer springen. Die Puppe flog empor und verfing sich in den Ästen. Verzweifelt versuchte Bernstein, den Stamm des Baumes zu schütteln, aber der regte sich kein bisschen. Mit gespreizten Beinen und kläglich herabhängenden Armen starrte die Puppe in die Luft. Die Astspitzen hatten sie fest im Griff. Bernstein blieb nichts anderes übrig, als den Rückzug anzutreten.

»Herrje, es ist schon wieder passiert! Er hat etwas fortgeschleppt«, murmelte die Mutter unaufhörlich, als sie das Haus auf den Kopf stellte. Nachdem sie jeden Winkel nach der Puppe abgesucht hatte, setzte sie sich erschöpft auf den Boden. Da brachte es Bernstein nicht übers Herz, ihr die Wahrheit zu sagen.

»Schon wieder ist jemand verschwunden.«

»Aber es ist doch bloß eine Puppe«, versuchte Opal sie zu beruhigen. »Ein altes Spielzeug aus Wolle.«

»Sie wird nicht mehr zurückkehren.«

»Das macht doch nichts! Ich bin schließlich schon elf. Alle Spielsachen, die nicht mehr gebraucht werden, verschwinden eines Tages, ohne dass man es bemerkt. Das alles wäre früher oder später sowieso passiert.«

»Irgendwo im Haus muss es einen Durchschlupf geben. Wir müssen unbedingt alle Fenster geschlossen halten!«

»Sei unbesorgt. Bernstein hat vorhin sämtliche Fenster und Türen geschlossen. Sogar die Vorhänge sind zugezogen.«

Opals Stimme klang wie immer sehr besonnen.

Schaudernd bemerkte Bernstein, dass man durch einen Spalt der Vorhänge einen Teil des Gartens erkennen konnte.

Die Ulmen lagen im Schatten, sodass die Stelle, an der die Puppe hing, nicht zu erkennen war.

»Sie hat sich bestimmt für uns geopfert«, sagte Opal mit gesenkter Stimme. »Weil sie uns liebt, ist sie an unserer Stelle zu dem bösen Hund …«

Die Mutter wollte etwas einwenden, aber es drang nur ein heiseres Röcheln aus ihrem Mund.

»Der Durchschlupf muss sehr klein sein. So klein, dass nur eine Puppe durchpasst. Also sind wir drei hier sicher. Schließlich sind wir viel größer als sie.«

Opal hatte das Verschwinden der Puppe richtig gedeutet, als hätte sie beobachtet, was Bernstein getan hatte. Ohne den Verlust des geliebten Spielzeugs zu beklagen, ihn aber auch nicht zu übergehen, hatte sie die Situation, in die ihre Puppe geraten war, nicht nur erkannt, sondern in ihrer ganzen Bedeutung richtig erfasst.

Wie Opal bemerkte, war die Wollpuppe nun zu einer Art Schutzpatron geworden, die mit starrem Blick zwischen Himmel und Erde schwebte, um den bösen Hund fernzuhalten. Selbst wenn ein Sturm tobte oder ein Vogel an ihr herumpickte, würde sie nicht herunterfallen. Im

Herbst, wenn die Ulmen ihr Laub verloren, würde sie zwischen kahlen Ästen hängen, und im Frühjahr, wenn die Knospen treiben, in frisches Grün eintauchen. Von Regen und Schnee durchnässt, von der Sonne verfilzt, würde die Wolle vermodern und verrotten, bis die letzten Reste zusammen mit dem toten Laub vom Wind fortgefegt würden.

Hin und wieder stellte sich Bernstein unter den Baum, um den Verfall der Puppe zu begutachten. Er vergewisserte sich, dass sie weiterhin den Hund fernhielt. Selbst als sie im Lauf der Zeit jegliche Ähnlichkeit mit einer Puppe verloren hatte und ihre Überbleibsel nur noch einen undefinierbaren Klumpen bildeten, den man für einen Astknorren oder den Rest eines ausgedienten Vogelnests halten konnte, fiel sie nie herunter. Bis zu dem Tag, an dem die drei Kinder sich in die Welt jenseits der Mauer hinauswagten, erfüllte sie die ihr übertragene Aufgabe.

Kurz nach dem Vorfall mit der Puppe hatte Bernstein seinen früheren Namen vergessen. Er brauchte seine Zunge nun nicht mehr gegen die Zähne zu pressen, aus Angst, er könne sich im Schlaf verraten. Bis heute erinnert er sich nicht mehr daran.

Alles hatte mit dem Tod der jüngeren Schwester angefangen. Sie war drei Jahre alt gewesen, als eines Tages ein streunender Hund durch den Park lief und ihr das Gesicht ableckte. Am nächsten Tag bekam sie hohes Fieber, worauf sich ihr Zustand so rasant verschlechterte, dass sie bald darauf starb. Der Arzt stellte eine Lungenentzündung fest, aber die Mutter hatte diese Diagnose nie akzeptiert.

»Die Zunge des Hundes war schuld!«

Sie beharrte auf ihrer Überzeugung, ohne sich von dem Arzt, der dies abstritt, belehren zu lassen.

»Schauen Sie! Die allergischen Flecken auf den Wangen. Genau da hat der Köter sie abgeleckt«, sagte sie und deutete auf die vom Fieber rot glühenden Wangen. So als wäre der Hund verantwortlich für die Krankheit ihrer jüngsten Tochter.

»Sehen Sie nicht die Spuren dieses abscheulichen Tieres in ihrem kleinen Gesicht?«

Seit diesem Tag sprach die Mutter von »ihrer Kleinen, die von einem Hund totgebissen wurde«. Im Park war die ganze Familie versammelt gewesen. Die beiden Schwestern flochten Halsketten aus Weißklee, die beiden Brüder schlugen Purzelbäume. Woher kam der Hund plötzlich? Es war ein herkömmlicher Straßenköter, dunkelbraun gescheckt, mit dürrem Schwanz und hängenden Ohren. Abgemagert bis auf die Knochen. Niemand hatte ihn vorher gesehen. Er war an den beiden Jungen vorbeigetrottet und hatte sich direkt vor ihre kleine Schwester gestellt, um ihr mit der Zunge über das Gesicht zu lecken. Er machte keine Anstalten, sie anzuspringen oder nach ihr zu schnappen. Vielmehr schien er allein dies im Sinn zu haben, als wäre es ein Ritual. Er war fast scheu. Seine lange, dicke Zunge passte überhaupt nicht zu seiner ausgemergelten Gestalt. Das Mädchen fasste sich an die Blumenkette und starrte den Hund an, ohne zu wissen, wie ihm geschah. Im nächsten Moment stieß die Mutter einen Schrei aus, rannte zu ihrem Kind und gab dem Hund einen mächtigen Tritt. Jaulend flog er durch die Luft. Die vier Geschwister schauten mit aufgerissenen Augen zu, wie der Hund zu Boden fiel, zusammen mit einem Schuh der Mutter.

Von dem Lärm angelockt, versammelten sich um sie herum Schaulustige, die aber nichts weiter zu sehen bekamen als vier erstaunt dreinblickende Kinder, ihre auf einem Bein hüpfende Mutter, die nach ihrem Schuh angelte, und einen am Boden liegenden Hund.

Auch wenn der streunende Hund und die Lungenentzündung offensichtlich in keinem Zusammenhang standen, nahm das Leben der Familie nach diesem banalen Vorfall eine dramatische Wende. Nichts war mehr wie zuvor. Als hätte der Hund sie in die Finsternis mitgenommen, hauchte das Mädchen im Morgengrauen sein Leben aus.

»Wir nehmen Abschied von ihr.«

Angeführt vom Leichenbestatter, stellten sich die Kinder in einer Reihe vor dem Sarg auf. Bernstein spähte hinein, um das Gesicht seiner von Trockeneis und Blumen umgebenen Schwester zu erkennen. Die Spuren auf ihren Wangen waren von Blumen verdeckt, sodass sich nicht feststellen ließ, ob dort tatsächlich die Spuren eines Hundes zu sehen waren. Ihm stieg ein leichter Geruch in die Nase. Ob so die Zunge des streunenden Hundes riecht, überlegte

Bernstein. Opal nahm Achat auf den Arm, der aufgeregt um den Sarg herumgelaufen war. Was hatte ihre Mutter derweil getan? Bernstein besaß keine Erinnerung daran. Wahrscheinlich war sie bei ihnen gewesen, aber genauso hätte sie auch abseits stehen können. Er erinnerte sich lediglich an den seltsamen Geruch, der vielleicht von der Zunge des Hundes stammte, und daran, dass er Angst um seinen kleinen Bruder hatte, dieser könne sich auf seinen wackligen Beinen an der Kante des Sarges wehtun.

Auf dem Rückweg von der Trauerhalle entdeckten sie am Hintereingang des Parks einen Hundekadaver. Im feuchtkalten Schatten des Pumpenhäuschens lag das Tier auf dem Rücken, alle viere von sich gestreckt. Die trockene Zunge, die ihm aus der halb offenen Schnauze hing, hatte sich bereits verfärbt, aber Bernstein erkannte sofort, dass es der streunende Hund war. Auf seinem Bauch war ein Bluterguss sichtbar, der von Mutters Schuh stammen musste. Wie ein Schreckensmal prangte der blaue Fleck unterhalb des ausgemergelten Brustkorbs. Glücklicherweise hatten nur Opal und Bernstein den Kadaver gesehen. Sie wollten vermeiden, dass ihre Mutter erneut über das Tier herfiel. Deshalb huschten sie an ihm vorüber, ohne ein Wort darüber zu verlieren.

Kurz darauf wurde beschlossen, dass die vier übrig gebliebenen Mitglieder der Familie eine Reise unternahmen. Eine Reise ohne Wiederkehr, damit sie in einer Welt bestehen konnten, in der es die kleine Schwester nicht mehr gab.

2

Nach dem Abendessen besichtige ich mit Herrn Bernstein die aktuelle Ausstellung. Der Anbau, der Trakt A mit Trakt B verbindet, wird als Galerie genutzt, wo die Bewohner die Möglichkeit haben, ihre Werke zu zeigen. Letzte Woche waren es Kupferstiche, davor Skulpturen. Gestern erzählte uns eine der Künstlerinnen erfreut, dass sie einen Druck verkaufen konnte. Das kommt eher selten vor. Sie sagte, es sei ihr erstes selbst verdientes Honorar, seit sie vor zehn Jahren zum ersten Mal Rente bezogen hat. Die Käuferin des Exponats sei die Friseurin gewesen, die einmal im Monat vorbeikommt. Sie wolle den Druck ihrer Enkelin zur Hochzeit schenken.

Derzeit stellt der Fotograf aus Zimmer 303 seine Werke aus. Wir schlendern durch die Passage und würdigen dabei jedes Bild. Die Schwarz-Weiß-Aufnahmen zeigen ausschließlich Stillleben. Der Fotograf ist ein freundlicher alter Herr, der sich zu Weihnachten oder bei Geburtstagsfeiern gerne bereit erklärt, Schnappschüsse von den Anwesenden zu machen. Jedoch haben seine Aufnahmen hier im Flur etwas Düsteres, Melancholisches. Ein aus der Suppe gezogenes Kräutersträußchen, ein mit Kreide gezeichneter Umriss auf einem Bürgersteig, Hufspuren im

Schlamm neben einem morastigen Teich, eine Nabelschnur, eine erloschene Feuerstelle, der Lageplan eines überschwemmten Dorfes nach einem Dammbruch, ein abgelaufener Reisepass … In der Mitte der Galerie angekommen, fällt mir auf, dass alle Fotos verwaiste Dinge abbilden, die auf irgendeine Art und Weise zurückgelassen wurden.

Für gewöhnlich schweigen wir. Ich habe niemals einen Menschen erlebt, der Kunstwerke derart aufmerksam betrachtet wie Herr Bernstein, weder in einer Galerie noch in einem Museum. Irrtümlicherweise halten ihn die Leute oft für sehbehindert, aber das ist überhaupt nicht der Fall. Er hat nur eine ganz besondere Sichtweise, mit der er die Dinge um sich herum wahrnimmt. Er begnügt sich nicht damit, das Objekt vor seinen Augen zu erfassen. Vielmehr nimmt er es als ein Kontinuum von Augenblicken wahr, das sich von der Vergangenheit in die Zukunft erstreckt. Nur in seinem Inneren fließt die Zeit, so wie sie wirklich ist. Ich bin mir sicher, dass sein Auge allen Dingen auf den Grund sehen kann: der zerschmetterte Körper eines Selbstmörders, so wie er nach dem Sprung aus dem Fenster auf dem Bürgersteig liegt; das Rudel Hirsche, das sich zum Wassertrinken am Rande des Teichs sammelt; die Rathausuhr, die auf dem Grund des Stausees weiterhin die Stunde schlägt. Deshalb verweilt er auch so lange vor jedem Foto. Im Auge von Herrn Bernstein spiegeln sich die einzelnen Momente vergehender Zeit. Sein Leben verläuft viel langsamer als das der anderen Menschen.

Ich frage mich, ob sich die Bewohner, die nach dem

Abendessen noch gerne im Salon miteinander plaudern, schon zur Nachtruhe zurückgezogen haben? Das bis eben vernehmbare Stimmengewirr und auch das Klavierspiel sind verklungen, im Vestibül ist wieder Stille eingekehrt. Obwohl es hier keine Fenster gibt, merken wir, dass draußen bereits finstere Nacht herrscht, nicht einmal das Mondlicht scheint. Vor uns im Halbdunkel, ganz am Ende der Halle, ist die Tür zum Trakt B gerade noch zu erkennen. Auch wenn sich der Trubel, der im Trakt A zu hören war, inzwischen gelegt hat, ist diese Stille nicht mit derjenigen vergleichbar, die in Trakt B herrscht. Es ist ein Bereich des Schweigens, denn hier wohnen die Bettlägerigen, die nicht mehr sprechen können. Wir folgen den Spuren der Ereignisse und nähern uns Schritt für Schritt der Stille.

Nach einer zwanzigminütigen Busfahrt vom Kurbad aus erreichten sie mit Müh und Not die Villa des Vaters, die auf einer Anhöhe lag. Die Kinder kamen zum ersten Mal her. Ihr Vater, der inzwischen mit einer anderen Frau eine Familie hatte, zeugte mit ihrer Mutter zwar vier Kinder, hatte sie aber nie rechtmäßig geheiratet. Er hatte nie bei ihnen gewohnt und das Verhältnis gelöst, als ihre Mutter mit dem vierten Kind schwanger war. Der Hauptgrund für die Trennung war eine Subarachnoidalblutung, von der er eine Behinderung zurückbehielt, aber die Beziehung war schon davor zerrüttet, sodass sie zum Scheitern verurteilt war.

Das alte zweistöckige Holzhaus in der Nähe eines abgelegenen Kurorts diente als Kompensation für Alimente. Ihr Vater besaß einen Verlag, der sich auf illustrierte Enzyklopädien spezialisiert hatte. Bevor Opal geboren wurde, hatte er eine Reihe von Bestsellern auf den Markt gebracht, aber irgendwann verloren die Kunden das Interesse daran. Ob es ein Zeichen der Zeit war oder am schlechten Management lag, lässt sich schwer sagen, jedenfalls war es zu spät, als er das Problem erkannte. Enzyklopädien waren nicht mehr gefragt. Sie wurden als Staubfänger in die hintersten Regalecken geschoben und dann irgendwann weggeworfen. Ihr Vater hatte sich nie von seinem wirtschaftlichen Bankrott erholt und verbrachte den langen Rest seines Lebens in Untätigkeit.

Die Kinder hatten noch nie einen von ihm herausgegebenen Bildband in der Auslage einer Buchhandlung entdeckt. Opal kannte den Namen des Verlags, der identisch war mit dem ihres Vaters, und jedes Mal wenn der Bücherbus vorbeikam, durchforstete sie ihn heimlich, doch ihre Erwartungen wurden regelmäßig enttäuscht. Nur einmal hatte sie einen Band entdeckt, aber das war weder in einer Buchhandlung noch in einem Bücherbus, sondern auf einem Sammelplatz für wiederverwertbaren Müll. Sie hatte auf dem Rückweg vom Ballettunterricht an einer Kreuzung nichts ahnend einen Haufen Altpapier gesehen und zwischen ausrangierten Zeitungen und Zeitschriften die zusammengeschnürte neunbändige Ausgabe von »Das Wunder des menschlichen Körpers« entdeckt. Sie wollte die Plastikkordel aufbinden, um sich die Ausgabe näher anzuschauen, aber der Knoten war so fest, dass sie ihn nicht lösen konnte. Es war, als würde ihr jemand mit dieser rigorosen Art der Verschnürung deutlich machen wollen, dass diese Atlanten nie mehr aufgeschlagen werden sollten. Die Buchrücken waren eingedrückt, die Ecken abgestoßen, die einzelnen Bände ununterscheidbar zu einem riesigen Klumpen zusammengequetscht. Der vergilbte Schnitt quoll zwischen den Deckeln hervor und bildete ein rätselhaftes Muster. Dennoch gelang es ihr, den Namen des Herausgebers zu entziffern. Da sie in den Bänden nicht blättern konnte, begnügte sich Opal damit, den welligen Schnitt mit den Fingern nachzuzeichnen. Da rutschte der Packen vom Müllhaufen und plumpste ihr vor die Füße. Sie hielt die Luft an, als hätte sie Schelte für einen begangenen Streich zu erwarten, und rannte dann los, ohne sich noch einmal umzudrehen. Sie wollte so schnell wie möglich fort. Beim Laufen wischte sie sich mehrmals an ihrem Rock die Finger ab, aber ein klammes Gefühl blieb beharrlich an ihren Fingerkuppen.

Der Vater hatte die Villa an dieser Stelle bauen lassen, weil das Thermalwasser des Kurorts als heilsam galt bei Unfruchtbarkeit und Atemwegserkrankungen. Der Legende nach hatte einst ein schönes Mädchen im Wald einen Asthmaanfall erlitten und war von einer Zibetkatze zu der Quelle geführt worden, in der es dann ein Bad nahm. Das Mädchen konnte so dem Tod entrinnen und die Zibetkatze verwandelte sich in einen schönen jungen Mann. Sie verliebten sich ineinander und die Frau gebar ein gesundes Kind. Vaters neue Frau hingegen war kinderlos geblieben.

Obwohl die kleine Stadt ohne nennenswerte Touristenattraktionen und eher unscheinbar war, hatte sie sich durch großzügig angelegte Thermalbäder und Sanatorien zu einem ansehnlichen Kurort entwickelt. Auf der Straße begegnete man immer wieder Frauen mit asthmatischen Kindern. Niemand wusste so recht, ob die Bäder wirklich halfen.

Empört hatte die Mutter die Villa, die ihr als Kompensation vermacht worden war, ignoriert, aber als sie merkte, dass es ein guter Ort war, um ein neues Leben anzufangen, war sie der unbekannten Ehefrau sogar dankbar. Ringsum erstreckten sich Lärchenwälder, die Nachbarhäuser lagen weit auseinander, und der riesige Garten war von einer Ziegelmauer umgeben. Außerdem sorgten die hoch gewachsenen Bäume und die wuchernden Büsche des über Jahre verwilderten Gartens dafür, dass das Haus verborgen lag. Man musste lange nach einer Stelle suchen, von wo aus man das blaue Schieferdach sehen konnte.

Die Mutter hatte den großen Raum im Obergeschoss als Kinderzimmer eingerichtet. Um die kahlen Wände zu verschönern, schnitten die Kinder aus Postkarten, Postern und Illustrierten ihre Lieblingsmotive aus: Eichhörnchen, Schlösser, Maiglöckchen, französische Porzellanpuppen, Pferdekutschen, Kaninchen, Schmetterlinge, Pilze, Schmuckkästchen. Eine Harfe spielende Schar von Engeln zierte den Türrahmen, eine Kathedrale thronte neben dem Kamin, ein Palast über dem Regal. Hier und da hingen Blumenbeete, die in voller Blüte standen und aus denen Zwerge und Faune hervorschauten, eine Prinzessin schlummerte auf einem Kräuterbett.

Die Kinder waren begeistert. Es störte sie nicht, wenn die Bilder verkehrt herum hingen oder sich überlappten, sie klebten alles so an die Wand, wie es ihnen in die Hände fiel. Ihre Mutter kümmerte sich derweil um die Stellen, an die sie nicht herankamen. Da das Bekleben der Wände nicht ausreichte, befestigte sie an der Decke Schnüre, an denen sie das Sternbild des Orion, einen Regenbogen, einen Satelliten und einen Heißluftballon aufhängte.

Achat hatte große Freude, über der Spüle den Leim anzurühren, wobei er die Tapezierbürste wild durch die Gegend schwang und dabei alles vollspritzte, aber seine Geschwister jagten ihm nur zum Spaß hinterher, keiner war ihm ernstlich böse. Für kurze Zeit konnten sie ihren Kummer vergessen: ihr Bedauern darüber, dass sie sich nicht von ihren engsten Freunden verabschieden konnten; die Angst vor diesem fremden Ort; den Anblick des unter Blumen begrabenen Antlitzes ihrer toten Schwester.

Als kein weißer Fleck mehr zu sehen war, gab sich ihre Mutter zufrieden:

»So, das wäre geschafft!«

Es war ein wunderbares Zimmer, bunt, fantasievoll, aber nicht chaotisch, eher wie ein gemütliches Nest aus vielerlei Materialien. Ein Nest ohne die geringste Schwachstelle, in dem man unbesorgt herumtollen konnte, ohne herauszufallen. Ob Engel, Zwerg oder Faun, immer behütete irgendeines der Wesen die Kinder.

Die Mutter schneiderte ihnen Kleider, die auf das Kinderzimmer abgestimmt waren. Sie hatte ihnen verboten, weiterhin ihre Sachen von früher zu tragen. Mehrere Tage lang ratterte unablässig das Tretpedal der Nähmaschine. Jedes ihrer Kleidungsstücke wurde kunstvoll veredelt. Auf Bernsteins Hose wurde ein Schwanz genäht, Achats Bluse zierten Flügel. Ein Hut, aus dem ein Horn wächst, ein Pullover mit einer Rückenflosse. Sie fertigte Unmengen von Accessoires: Filzkronen, Schwerter und Pappmasken, Gürtel mit Quasten. Gefertigt aus Dingen, die sie gerade zur Hand hatte. Trotz ihrer ernsten Absichten wirkte alles irgendwie drollig und leicht grotesk. Aus den Nähten der Schwänze, die aus zusammengesteppten Vorhangstreifen bestanden, quoll an einigen Stellen die Wattefüllung heraus, und der Hühnerknochen, der aus dem Hut ragte, verströmte einen seltsamen Geruch. Opals Krone knickte sofort ein, egal wie verzweifelt sie versuchte, sie ordentlich auf ihrem Kopf zu platzieren.

Die Kinder hielten sich strikt an die Anweisungen ihrer Mutter, von denen die wichtigste besagte, dass sie niemals das Anwesen verlassen und sich außerhalb der Ziegelmauer aufhalten durften.

»Es ist wegen dem bösen Hund, nicht wahr?«, fragte Opal.

»Ja. Der Hund lauert hinter der Mauer auf sein nächstes Opfer.«

Bei den Worten »hinter der Mauer« hob sie die Hand und wies aus dem Fenster, wobei ihr Arm den Heißluftballon streifte, der sich zu drehen begann. Den Ballon, in dessen Gondel eine Eule, ein Seelöwe und ein Maulwurf saßen, hatten sie aus einer Pralinenschachtel gebastelt.

»Niemals … auch nur einen Schritt …«

Statt einer Antwort nahm Opal ihre beiden Brüder an die Hand. Nicht einmal die über ihrer Augenpartie verrutschte Krone wagte sie zurechtzurücken. Die drei Kinder nickten einvernehmlich, wobei die nutzlosen Accessoires ihnen an Kopf und Rücken herunterbaumelten. Ihre Mutter hatte die Tür sicher verschlossen. Der Riegel saß zu fest, als dass die Kinder ihn hätten öffnen können.

Von da an lebten sie eingesperrt, ohne je einen Schritt jenseits der Mauer zu setzen. Sie besaßen kein Telefon, kannten kein Fernsehen oder Zeitungen und besuchten auch keine Schule. Ihre einzigen Gefährten waren Insekten und die kleinen Tiere im Garten.

Genauso wie er seinen früheren Namen vergessen hatte, versanken Bernsteins Erinnerungen an die Welt da draußen in der Tiefe seiner Seele, bis er schließlich der Illusion erlag, dass alles schon seit seiner Geburt so war. Achat glaubte sogar, dass er mit seinen Flügeln hier geboren wurde. Nur Opal bewahrte alles, was ihre Brüder vergessen und verdrängt hatten, im Gedächtnis und dachte mit Wehmut daran zurück: an ihre Ballettstunden, die gemeinsamen Ausflüge, die Kaufhausbummel. Allerdings wollten Achat und Bernstein gelegentlich Geschichten von der Außenwelt hören, die Opal noch von früher her kannte. Besonders dienlich waren sie in Nächten, in denen die beiden Jungen vor Angst nicht schlafen konnten, wenn stürmische Böen durch die Lärchenwälder heulten oder wenn das ferne Heulen des bösen Hundes durch den schweigenden Himmel hallte. Opal war eine überaus geduldige Erzählerin. Außerdem hatte sie zu allen Fragen, die ihre Brüder stellten, die passende Antwort parat, so als würde sie ein Schaukastentheater moderieren. Bernstein glaubte, dass die Erinnerungen im Kopf Seite für Seite auf Papier aufgezeichnet wurden und bei Bedarf hervorgeholt werden konnten. Das Gedächtnis seiner älteren Schwester ähnelte also dem »Illustrierten Wissenschaftslexikon für Kinder«, und zugleich barg es Märchen aus einer ihm unbekannten Welt.

Die drei Kinder langweilten sich nie. Der Garten, die vollgeklebten Wände, das Arbeitszimmer – es gab genügend Orte für Abenteuer, und diese Schlupfwinkel reichten aus, um ihre Spiele immer wieder neu zu erfinden. Obgleich sie Mutters Verbot, laut zu reden oder irgendwelchen anderen Krach zu machen, artig befolgten, hatten sie die Fähigkeit entwickelt, sich nach Herzenslust zu amüsieren. Dabei hatten sie das Gefühl, dass ihre Welt viel größer war als die außerhalb der Mauer.

Natürlich spielten sie nicht den ganzen Tag über. Diszipliniert erledigten sie zunächst alle Aufgaben, die ihre Mutter auf dem Stundenplan vermerkt hatte, der am Holzpfeiler in der Küche hing. Trockene Abreibungen, Malbücher kolorieren, Sonnenbaden, Seilspringen, Lunch, Mittagsschlaf, Wasserspiele, Fernsichtübungen, Chorsingen … Je nach Jahreszeit und Wetter wechselten die Aktivitäten, nur der morgendliche Unterricht blieb konstant. Die väterliche Bibliothek, wo sie die verschimmelte Tapete entfernt hatten, wurde zum Klassenzimmer umfunktioniert. Es gab große Restbestände von bebilderten Enzyklopädien, die dort ihr Dasein fristeten. Nun dienten sie den Kindern als Lehrbücher.

Die Mutter hatte begonnen, als Pflegekraft in einem der Sanatorien zu arbeiten. Ihre Aufgabe bestand darin, für die Kurgäste die Wäsche zu waschen, Einkäufe zu erledigen und mit ihnen Konversation zu machen, um zur Genesung beizutragen. Als Opal und Bernstein von ihr erfuhren, dass sie ihr gemeinsames Refugium zeitweise verlassen würde, fingen sie an zu weinen.

»Macht euch keine Sorgen um mich.«

Die Mutter schnappte sich Bernsteins Filzschwanz und wischte ihnen damit die Tränen trocken.

»Ich habe mich ordentlich vorbereitet. Hier, schaut her! Ich habe ganz viel Rouge aufgetragen.«

Tatsächlich waren Mutters Wangen knallrot geschminkt, damit der böse Hund ihr nichts anhaben konnte.

»Und hiermit habe ich erst recht nichts zu befürchten.«

Sie hielt eine Spitzhacke in der Hand. Es war ein imposantes Gerät, das sie aus dem Werkzeugschuppen gekramt hatte, ähnlich denen, die man auf Straßenbaustellen benutzte. Der hölzerne Schaft wies Risse auf, das Metall der Klinge war ehrwürdig dunkel angelaufen, während die von Rost und Erde rau gewordene Spitze sehr bedrohlich wirkte.

»Wirst du damit gegen den Hund kämpfen?«, fragte Achat.

»Genau.«

Bernstein erinnerte sich daran, wie seine Mutter mit ihrem spitzen Schuh in die Flanke des streunenden Hundes getreten hatte. Wenn sie mit der Spitzhacke genauso wuchtig auf ihn einhieb, würde sie bestimmt seinen Schädel spalten. Als er sich vorstellte, wie der Kopf des bösen Hundes zerbarst und sein Gehirn herausquoll, schien ihm das eine schreckliche Strafe zu sein, schrecklicher als eine Lungenentzündung, für die er verantwortlich sein könnte.

Von der Terrasse aus schauten die drei ihr zum Abschied hinterher. Die Mutter trug ein Tweed-Kostüm mit weißer Bluse, die Handtasche hing in ihrer linken Ellbogenbeuge, die Spitzhacke hatte sie geschultert. Das ondulierte Haar wippte im Rhythmus ihrer Schritte, als sie sich entfernte. Ihr Gang war ein wenig unstet und ihr Körper nach rechts gebeugt, da die Hacke offenbar sehr schwer war. Sie hatte nicht vergessen, ihre spitzen Schuhe anzuziehen, falls die Spitzhacke ihr nicht helfen würde.

»Bis später«, wisperten die Kinder. Ihre vor sich hin gemurmelten Worte verklangen in einem gemeinsamen Hauch.

»Ich habe ihre Signale erst bemerkt, seitdem wir hier sind. Früher, als ich sie noch in echt gesehen habe, sind sie mir gar nicht aufgefallen. Wie blind ich doch gewesen bin!

Das war dumm von mir. Es sind drei Geschwister, wie wir. Und sie funkeln wie Juwelen, wodurch sie mir noch vertrauter sind. Die drei halten zusammen wie Pech und Schwefel. Man könnte sie für eine einzige Person halten.

Man kann ihnen praktisch überall begegnen. In der Regel treten sie paarweise auf, und es gibt sogar Orte, wo sie eine größere Gruppe bilden. Aber sie können nicht gemeinsam handeln. Jeder Einzelne von ihnen trägt das Leid der gesamten Geschwisterschar. Sie leuchten in verschiedene Richtungen, und selbst wenn sie einander gegenüberstehen, kreuzen sich ihre Lichtstrahlen nicht.

Es hat mir immer Freude bereitet, sie zu beobachten. Natürlich weil ich mich dabei sicher fühlte, aber der Zustand der Farben, das rhythmische Funkeln nach einer langen Phase des Verharrens, die augenblicklichen Veränderungen haben mich dermaßen in den Bann gezogen, dass Mutter mich oft mit Gewalt wegzerren musste. Am besten gefällt mir der Edelstein in der Mitte. Er funkelt niemals lange. Man könnte meinen, er würde aus Rücksicht auf seine beiden Geschwister sofort wieder zurücktreten, sobald er einmal in Erscheinung getreten ist. Aber gerade diese Scheu verleiht den drei Geschwistern ihre besondere Ausstrahlung. Ich würde sie gern noch ein wenig länger bewundern. Wenn man an uns denkt, wer mag wohl das Juwel in der Mitte sein? Von der Altersfolge her müsste es Bernstein sein. Oder ich selbst, da ich jede Nacht zwischen Bernstein und Achat liege? Hier innerhalb der Mauer, wo ich nun mein weiteres Leben zubringe, werde ich sie nicht zu Gesicht bekommen, aber sobald ich die Lider schließe, habe ich ihr Funkeln wieder vor Augen. Ah, ich verstehe, sie senden Signale! Sie leuchten dem, der allein an einen fremden Ort gegangen ist. Sie bekommen keine Antwort, aber das macht nichts. Ihr Funkeln ist wie ein Zwinkern, um ihm mitzuteilen, dass man ihn nicht vergessen hat. Selbstverständlich tun sie das nachts, aber auch tagsüber, wenn die Sterne unsichtbar sind.

Sie funkeln unentwegt, stumm. Obwohl die drei Geschwister wissen, dass sie nie wieder zu viert sein werden. Wenn ich mit euch, Bernstein und Achat, zu Bett gehe, frage ich mich manchmal, ob nicht auch wir während des Schlafs leuchten. Wie schön das wäre! Dann könnten wir, ohne uns über Mutters Verbot hinwegzusetzen, ganz weit fortgehen.«

»Weit fort? Jenseits der Mauer?«, fragte Bernstein.

»Ja, wie das wohl wäre …«, sinnierte Opal, während sie Achat zudeckte.

Von den dreien hatte das Mädchen die feinste Stimme. Nie ließ sie ein Blütenblatt an der Gartenmauer erzittern, auch kein Band, das von der Decke hing. Opal wusste, dass ihre leise Stimme zum Erzählen ausreichte, aber zugleich hatte sie oft das Gefühl, dass ihr Flüstern in einem hohlen Raum verschwand. Denn so dicht sich die drei Geschwister auch aneinanderschmiegten, sie konnte diesen Raum nicht füllen.

Von Opals Geschichten bescherte diejenige, die von

den drei Geschwistern erzählte, ihnen einen besonders friedlichen Schlaf.

Wenn er die Augen schloss, war Bernstein in der Lage, nacheinander alle drei Juwelen auf der Innenseite seiner Lider erscheinen zu lassen. Er konnte die funkelnden Lichter zu einem fortgesetzten Strahl vereinen. Während die drei Farben ineinander verliefen, leuchteten sie den Raum, in den Opals Stimme gelangte, bis in den letzten Winkel aus. Bernstein wusste, dass dies der Ort war, an dem die kleine Schwester lebte. Beim Einschlafen dachte er an den scheuen Edelstein in der Mitte, der, obwohl er nicht immer funkelte, dennoch eine bedeutende Rolle spielte. Insbesondere Opal erschien ihm für diese Aufgabe am besten geeignet zu sein. Aber es tat ihm auch leid, ihr diese Bürde aufzuerlegen. Bernstein machte sich noch kleiner und schmiegte sich eng an Opal. Er hörte, wie ihre Flügel raschelten. Ob die drei Edelsteine tatsächlich im Dunkeln leuchteten? Er war traurig, dass sich dies bei geschlossenen Lidern nicht überprüfen ließ.

Dank Opals Geschichten wuchs Achats Wortschatz binnen kurzer Zeit. Beim Abendessen überraschte er seine Mutter jedes Mal mit einem neuen Wort.

»Wie klug du bist, Achat.«

»Das Wort habe ich heute gelernt.«

»Von Opal?«

»Hm, nein … von Meister Signal.«

»Von wem?«

»Von Meister Signal.«

Seiner Beschreibung zufolge war der Lehrer ein großer, hagerer Mann, der ein kariertes Hemd trug und eine Aktenmappe unter den Arm geklemmt hielt. Weil seine Brillengläser ganz verschmiert waren, sei der Ausdruck in seinen Augen nicht gut zu erkennen, aber seine Stimme klinge ganz sanft, eher wie ein Summen. Er liebe Erdnüsse. Stets habe er davon die Jackentaschen voll. Ein paar seiner Schneidezähne seien abgebrochen, vielleicht weil er zu viele Erdnüsse damit geknackt hatte? Aber so war Meister Signal.

»Woher kommt er?«, erkundigte sich die Mutter, nachdem sie sich vergewissert hatte, dass Achat seine Suppe aufgegessen hatte.

»Von hier.«

Achat stellte die Suppenschale auf dem Tisch ab und tippte an sein linkes Ohr.

»Aber er schafft es nicht immer.«

»Wieso?«

»Weil sich dort ein Labyrinth befindet. Deswegen verläuft er sich ständig.«

Opal und Bernstein inspizierten sein linkes Ohr. In der Vertiefung der sanft geschwungenen Muschel konnte man durchscheinende Blutgefäße erkennen, die eine blassrosa Färbung hatten.

»Ich merke sofort, wenn er kommt. Ich erkenne ihn am Rascheln seiner Mappe.«

»Und er lebt ganz bestimmt in deinem Ohr?«, fragte Opal.

»Ja. Daher auch die feinen Erdnussschalen … Seht mal!«

Er bohrte mit dem Zeigefinger in seinem Ohr, woraufhin sie leise heruntersegelten.

»Ah, tatsächlich! Jetzt verstehe ich. Aber wir sollten während der Mahlzeiten besser nicht davon reden, ja?«

Hastig säuberte die Mutter mit einer Serviette die Tischdecke. Mit fettverschmiertem Mund biss Achat herzhaft in ein Hühnerbein. Opal, die das Ohr ihres Bruders zum ersten Mal begutachtet hatte, fand, dass es ein idealer Ort für ein Versteck sei. Es gab Vertiefungen und Erhebungen, die perfekt zum Liegen oder Sitzen geeignet waren, glatt und warm, noch dazu verbunden mit einem Gang, der noch tiefer führte.

»Es ist schön, dass du so schwierige Wörter wie ›Labyrinth‹ benutzt«, sagte die Mutter.

»Das habe ich Meister Signal zu verdanken«, erwiderte Achat.

Opal nickte zustimmend: »Er hat wohl viele Wörter in seiner Aktentasche, nicht wahr?«

Bernstein, Opal und die Mutter äußerten sich respektvoll über den Lehrer, der in Achats Ohr hauste. Doch Achats gleichgültige Miene, während er sich mit dem Brathähnchen abmühte, schien zu sagen, dass es nicht der Rede wert war.

Nach dem Abendessen versammelten sich alle im Wohnzimmer um das altersschwache Harmonium herum. Die Kinder sangen, während ihre Mutter auf dem Instrument spielte. Es war ziemlich ramponiert: die Hälfte der Tasten gab keinen Ton von sich, ganz gleich, wie energisch die Mutter sie anschlug. Aber keiner störte sich daran. Fast war es so, als würde dieses altersschwach seufzende Instrument für sie, die Ruhe über alles schätzten, einen willkommenen Klang besitzen. Wenn die Mutter ein Wiegenlied oder eine englische Volksweise spielte, fing Achat sogleich an zu improvisieren und verwandelte das Stück in seine eigene Komposition. Dabei verknüpfte er bereits erlernte Wörter zu Arrangements, die einen Klang erzeugten, der jegliche Bedeutung überstieg. Er dachte sich lustige Refrains und heitere Tonfolgen aus, die, hatte man sie einmal vernommen, einem wie ein Ohrwurm im Gedächtnis blieben. In ihrer Gesangsrunde wurde der Kleinste zu ihrem Anführer.

Er wippte im Takt mit dem Fuß, hatte den Mund weit geöffnet, sang aber ganz leise. Obwohl die anderen seine Melodien zum ersten Mal hörten, blieb niemand zurück, alle drei stimmten spontan ein. Opal und Bernstein summten erst den Rhythmus mit, und sobald sie die Melodie erfassten, steuerten sie schließlich eigene Harmonien bei. Ihre Mutter bediente die Pedale und spielte auf den stummen Tasten. Ein perfektes Orchester. Als würde Meister Signal den Taktstock führen.

Von den Seufzern des Harmoniums umfangen, vibrierte ihr Gesang. Die drei Stimmen verschmolzen zu einer. Bernstein lauschte, wohin seine eigene Stimme gegangen sein mochte, und vernahm stattdessen die der Abwesenden. Am leisesten von allen, aber dennoch unverzichtbar, drang sie aus der Tiefe zu ihnen. Beim Hauskonzert waren die vier Geschwister wieder vereint.

Trotz der sie umgebenden Mauer, die sie von der Außenwelt trennte, machte sich der Wechsel der Jahreszeiten auch bei ihnen bemerkbar. Kaum reihten sich die Tage aneinander, an denen der Regen das frische Grün benetzte und man nicht in den nassen Garten konnte, brach plötzlich der Sommer an, der schließlich auch verging und die Kadaver unzähliger Zikaden zurückließ. Bernstein und Achat wetteiferten begeistert darum, wer von ihnen die meisten davon zertrampelte. Eben noch hatten die Zikaden gezirpt, mit ausgebreiteten Flügeln, bereit, davonzufliegen, nun hatten sie urplötzlich ihr Leben ausgehaucht. Das zart gefaltete Trommelorgan, die dornigen Extremitäten, die tiefschwarzen Augen, das sich abzeichnende Muster auf den Flügeln – alles war noch so wie zu Lebzeiten, als hätten sie ihren eigenen Tod gar nicht mitbekommen. Sie zerfielen augenblicklich zu Staub, selbst unter dem Getrampel von Achats kleinen Schuhen. Die Jungen fühlten nicht den geringsten Widerstand unter den Sohlen. Manche Zikaden waren auch noch nicht tot. Das erkannte man an dem leisen Zirpen, mit dem sie verendeten. Erst dann hielten die beiden inne, blickten sich an und schauten unter ihren Sohlen nach. So wurden auch die letzten noch lebenden Zikaden auf die gleiche Art und Weise zerquetscht.

Die Brüder rannten kreuz und quer durch den Garten, um jeden Winkel nach größeren Zikaden abzusuchen. Der Wind, der durch die Lärchenwälder rauschte, hatte die Wolken vertrieben, und der Himmel, an dem die gleißende Sonne brannte, erstreckte sich in einem grenzenlosen Blau. Die im Laufe des Sommers fast versiegte Quelle sprudelte wieder, und der schmale Wasserlauf, der von dort durch die Steine entlang der Mauer floss, hatte seine Klarheit zurückgewonnen. Als Achat, der sich durch das Wurzelwerk des üppig wuchernden Mimosenbaums mit seinen dichten Zweigen einen Weg gebahnt hatte, wiederauftauchte, stieß Bernstein einen spitzen Schrei aus. Für einen Moment hatte er geglaubt, sein kleiner Bruder habe sich in eine fremdartige Kreatur verwandelt.

»Was ist denn?«

Achat hatte nicht mitbekommen, was mit ihm geschehen war. Seine graue Kluft, die Strumpfhose und das Kapuzenhemd hatten sich komplett gelbgrün verfärbt. Von den Spitzen seiner Ohren bis runter zu den Knöcheln gab es keine einzige graue Stelle mehr, inklusive seines Stummelschwanzes.

»Kletten! Kleberaupen!«, rief Bernstein und zeigte mit dem Finger auf seinen Bruder.

Achat schien langsam zu begreifen, was geschehen war, wusste jedoch nicht, ob er lachen oder vor Schreck weinen sollte.

»Es piekt so.«

»Du solltest dich besser nicht bewegen. Sonst stechen sie noch mehr.«

Als er das hörte, fing Achat an zu weinen. Jedes Mal wenn er seinen Kopf bewegte, schwangen die Kletten, die sich an seinen aus der Kapuze hervorschauenden Haarsträhnen festgekrallt hatten, hin und her wie hübsche Schmuckstücke.

Bernstein zog Achat auf die Terrasse und tröstete seinen kleinen Bruder, der nicht aufhörte wollte zu weinen. Gemeinsam mit Opal entfernten sie Stück für Stück die hartnäckigen Kletten. Es war eine unvorstellbar mühsame Arbeit. Die einzelnen Häkchen hatten sich nicht nur in den Stofffasern verkrallt, sondern auch ineinander, sodass man sie nicht einfach so abziehen konnte. Außerdem mussten Bernstein und Opal höllisch achtgeben, dass die Kletten sich nicht an ihrer eigenen Kleidung festhakten.

»Eine Seite ist fertig. Jetzt noch den anderen Arm!«

Achat gehorchte, drehte sich ängstlich zu Opal um und breitete die Arme aus.

»Was ist damit? Stechen sie euch nicht?«, fragte Achat besorgt, als er den beiden dabei zusah, wie sie die Kletten abpflückten.

»Das macht nichts. Schau mal!«

Bernstein zerquetschte eine der Samenkugeln zwischen den Fingerkuppen und rollte ihn auf der Handfläche aus, um ihn Achat zu zeigen. Er war so leicht, dass man sich kaum vorstellen konnte, welch großen Widerstand er leisten konnte.

Im gleichen Maße, wie der gelbgrüne Haufen auf der Terrasse anwuchs, gewann Achat seine ursprüngliche Gestalt zurück. Auch seine Tränen trockneten langsam. Durch die Häkchen waren sowohl der Stummelschwanz als auch die dreieckigen Ohren auf seiner Kapuze ganz flauschig geworden.

»Das sollen Raupen sein? Sie bewegen sich doch gar nicht.«

»Nein, sie bewegen sich nicht. Sie heißen auch nur Kleberaupen«, erklärte ihm Opal.

»Aber dank Achat konnten sie vom Mimosenbaum aus bis auf die Terrasse reisen«, ergänzte Bernstein.

Achats Miene hellte sich auf. Stolz blickte er in die Runde.

Opal schlug das »Illustrierte Wissenschaftslexikon für Kinder« auf und fand heraus, dass es sich bei dieser Klettenart um »Onamomi« handelte, Spitzkletten.

»Man findet sie häufig auf dem Land und auf Brachflächen in der Stadt. Damit die Samen sich an Stellen verbreiten können, die günstige Wachstumsbedingungen bieten, heften sie sich an vorbeistreifende Tiere oder Menschen. Dazu dienen ihnen Marderhunde, Wildschweine, Dachse und anderes Getier, aber auch wilde Vögel wie Krähen und Bülbüls. Sie verstecken sich im Gras und warten beharrlich, bis solch ein Wirt an ihnen vorbeikommt. Mit ihrer Zufallsbekanntschaft reisen sie dann an ferne, unbekannte Orte, an die sie allein niemals gelangen würden.«

Bernstein betrachtete daraufhin abermals den Haufen zu ihren Füßen. Das Gelbgrün schien nun matter zu sein als vorher an Achats Kleidung. Die Kletten wirkten fast traurig, da ihre Hoffnung, mit einem kleinen Jungen auf Wanderschaft zu gehen, so jäh enttäuscht worden war.

Bernstein wartete bis zum Abend, dann packte er den Haufen in eine Plastiktüte und schleppte sie heimlich durch den Garten. Es gab am Ende der geschwungenen Kiesauffahrt ein Tor. Seit ihrem Einzug in die Villa war es das erste Mal, dass er sich ihm näherte. Die hölzerne Pforte, die von ihrer Mutter stets fest verschlossen gehalten wurde, war im Laufe der Zeit stark verwittert. Der Firnis war längst abgeplatzt, und es hatten sich Risse im Holz gebildet, das nun größtenteils von hochrankendem Efeu und Moos überwuchert war. Nur der Knauf glänzte schwarz, da seine Mutter ihn zweimal pro Tag anfasste, wenn sie mit der geschulterten Spitzhacke das Grundstück verließ und abends wiederkehrte.

Von seinem Abenteuer mit Opals Puppe wusste er nur zu gut, wie schwierig es sein würde, die von Ulmen gesäumte Ziegelmauer zu überwinden. Die Pforte überragte ihn, aber sie war niedriger als die Mauer. Bernstein holte eine Handvoll Kletten aus der Plastiktüte und warf sie über die Pforte. Verglichen mit der Puppe, die wegen ihrer zappelnden Arme und Beine so schwer zu handhaben war, flogen die Kletten mit Leichtigkeit davon, um wie gewünscht draußen vor der Pforte zu Boden zu fallen.

»Verzeiht mir«, flüsterte er und schaute ihnen nach. »Sosehr ihr euch auch an uns klammert, ihr werdet nie weit kommen.«

Die mittlerweile getrockneten Kletten hielten ihre Widerhaken immer noch bereit, sodass sie es manchmal schafften, sich mit letzter Verzweiflung irgendwo festzuhaken. Bernstein überlegte, ob dies nicht Mutters unheilvolles Dornengestrüpp war, das in seinem Mund sprießen würde. Vorsichtig zog er die Kletten aus der Tüte und warf sie kreuz und quer über die Mauer, damit sie sich möglichst breit verteilten. Wenn er die Ohren spitzte, konnte er sogar hören, wie sie hier und dort im Gras landeten.

»Wartet, bis jemand anders vorbeikommt. Vielleicht eine Katze oder ein kleiner Vogel. Vor Hunden solltet ihr euch in Acht nehmen. Wie dem auch sei, auf jeden Fall sollte es eine lange Reise werden, nicht wahr?«

Die Dunkelheit nahte. Das Farbenspiel am Himmel veränderte sich mit jedem Augenblick, und das Rauschen des Windes, der den Lärchenwald durchschüttelte, wurde zunehmend lauter. Als Bernstein sich umdrehte, sah er nur das vertraute Grün des Gartens.

»Weit, weit weg, auch wenn ich nicht weiß, wo das sein mag«, raunte er den letzten Kletten zu. Er warf sie in die Luft, als wollte er sie in eine Welt schicken, in der die Überreste seines längst vergessenen Namens überdauerten.

Nachdem er die leere Plastiktüre in seine Jackentasche gestopft hatte, presste er sein linkes Auge gegen einen Spalt in der Tür, um sich zu vergewissern, dass die Kletten auch tatsächlich auf der anderen Seite angekommen waren. Der schmale Spalt befand sich genau auf seiner Augenhöhe. Aber sosehr er darauf hoffte, sosehr er seinen Blick schärfte, er konnte keine einzige der Kletten erkennen. Waren sie im Gras verschwunden? Oder war der Spalt doch zu eng? Er konnte es nicht sagen.

Draußen war nichts Besonderes zu sehen, auch keine Spur von einem bösen Hund. Die Bäume ragten hoch auf, dazwischen verlor sich der Forstweg in der Dunkelheit, Insekten zirpten in den Büschen. Er blinzelte. Dabei spürte er, wie seine Wimpernspitzen das Holz berührten. Das Gefühl von Enttäuschung war stärker als seine Angst.

In diesem Moment huschte etwas den Forstweg entlang. War das der Hund? Bernstein griff erschrocken nach den Efeublättern. Aber es war nur ein Radfahrer. Alles geschah innerhalb eines Wimpernschlags. Bernstein sah ein kastanienbraun angemaltes Fahrrad, auf dem ein glatzköpfiger Mann saß, auf dessen Stirn dicke Zornesfalten saßen. Auch nachdem das Klappern der Räder längst im Wald verklungen war, blieb das Bild von einer prall gefüllten Aktentasche, die in dem Fahrradkorb lag, und den flatternden Hosenbeinen auf seiner Netzhaut zurück. Bernstein blinzelte mehrmals. Mit jedem Lidschlag entstanden in dem Spalt, der so schmal war wie die Breite seines Wimpernkranzes, Momentaufnahmen, die zu einer Bildfolge wurden, welche sich synchron zu den klappernden Rädern abspulte.

Bernstein stellte sich vor, wie die Samen sich an die flatternden Hosenbeine hefteten, um ihre große Reise anzutreten. Ohne dass der Mann es merkte. Die Kletten, wohl wissend, dass sie bei Achat gescheitert waren, weil sie viel zu aufdringlich waren, verhalten sich nun ganz unauffällig. Der Mann tritt kräftig in die Pedale, um möglichst schnell nach Hause zu gelangen. Die Stirn runzelt er nicht etwa, weil er schlecht gelaunt ist, sondern wegen der Anstrengung. Durch sein energisches Treten drohen die Kletten weggeschleudert zu werden, die aber sind beharrlich und versuchen alles, um ihren derzeitigen Reisegefährten, den ihnen das Glück beschert hat, nicht gleich wieder zu verlieren. Immer schneller drehen sich die Räder, wie in einem Musikstück, das mit angemessenem Crescendo seinem Ziel entgegeneilt. Bernstein ist überzeugt, dass es ein wunderbarer Ort sein muss, an den der Radfahrer die Kletten mitnimmt.

Nachdem er den Wald durchquert hat, hält der Mann vor einem Haus. Er nimmt die Aktentasche aus dem Korb und klappt schwungvoll den Ständer auf. Dadurch fallen die Kletten vom Hosensaum zu Boden, aber ganz sachte, damit es keiner merkt. Als die Kinder im Haus ihren Vater kommen hören, geraten sie außer Rand und Band. Denn die Aktentasche ist voll mit Geschenken. Was hat er ihnen wohl mitgebracht? Feuerwerksknaller? Schokolade? Ein Tischfußballspiel? Nein, ein Horn. Ein richtiges Signalhorn, mit einem kraftvollen, klaren Klang, aus glänzendem Gold und mit einer Troddel verziert. Zum triumphalen Blaskonzert der Kinder, das wie ein Echo auf die melodische Fahrradfahrt ertönt, legen sich die Kletten in ihrer neuen Heimat zur Ruhe. Auf dem weichen Boden, der viel sonniger und wärmer ist als der Platz zu Füßen des Mimosenbaums, wo Achat sich vorbeigeschlichen hatte. Auf zarten Wurzeln, behütet vom Klang der Trompete …

Ist es so, wenn man fortgeht, fragte sich Bernstein leise.

All die Szenen flackerten im schmalen Spalt der Tür wie ein Signal, bevor sie endgültig verblassten. Ihm war, als wäre alles in einem einzigen Atemzug geschehen, denn ehe er sichs versah, wurden der Waldweg, das Fahrrad und die Kletten von der Dunkelheit verschluckt.

Bernstein löste den Blick vom Spalt, strich über die Efeublätter und verließ den Ort, nicht ohne sich noch einige Male umzudrehen. In den erleuchteten Fenstern des Kinderzimmers erschienen die Silhouetten von Achat und Opal. Schon bald würde ihre Mutter heimkehren.

3

An regnerischen Tagen gehen wir in Herrn Bernsteins Zimmer, um dort den Nachmittagsimbiss zu uns zu nehmen. Normalerweise halten auch wir uns im Salon auf, wo sich alle versammeln, aber manchmal haben wir Lust, bei einer Tasse Tee unter uns zu bleiben. Besonders an Nachmittagen, wenn der Regen kein Ende nimmt und die Bänke nass und kalt sind. Zeichnet sich bereits am Morgen schlechtes Wetter ab, nehme ich den ersten Bus in die Stadt, um für unser Stelldichein Kuchen zu besorgen. Das billige, süße Zeug, das man uns in der Residenz zur Teestunde vorsetzt und das voll ist mit künstlichen Aromen und Farbstoffen, schmeckt uns überhaupt nicht.

In der Stadt gehe ich in die feinste Konditorei. Dort beuge ich mich über die Vitrine und nehme das reichhaltige Angebot in Augenschein. Ohne mich um die erbosten Blicke der wartenden Kunden hinter mir zu scheren, lasse ich mir Zeit, um auch wirklich das beste Gebäck für unsere private Teestunde auszusuchen.

»Davon bitte zwei.«

Ich zeige auf die Törtchen, die aus drei übereinandergeschichteten Biskuitrollen wie eine korinthische Säule geformt sind. Unter all den Köstlichkeiten wähle ich immer diejenige aus, die mir am zerbrechlichsten erscheint und am schwierigsten zu verzehren. Damit ich Herrn Bernstein, der mit seiner schwer beladenen Kuchengabel zu kämpfen hat, behilflich sein kann.

»Schaffen Sie das denn?«, fragt die Verkäuferin und schaut mich besorgt an.

Sie kann kaum mitansehen, wie ich mit meinen krummen Fingern das Wechselgeld im Portemonnaie verstaue und Mühe habe, den Karton mit den Törtchen einigermaßen waagerecht zu halten. Deshalb begleitet sie mich zur Tür und reicht mir meinen Regenschirm.

»Danke, das ist sehr freundlich von Ihnen.«

Mein Rücken ist im Nu bis zum Rocksaum durchnässt. Den Blick starr auf die Tortenschachtel gerichtet, bewege ich mich langsam auf die Bushaltestelle zu.

Herr Bernsteins Zimmer im ersten Stock des Westflügels ist übrigens das kleinste im ganzen Trakt. Nachdem man damals beim Umbau zufällig eine versteckte Nische entdeckte, war sie als Wohnmöglichkeit nutzbar gemacht worden, aber die Enge schränkt Herrn Bernstein nicht im Mindesten ein. Alles, was er braucht, ist ein Tisch, auf dem seine illustrierte Enzyklopädie und ein Bleistift liegen. Dort sitzt er immer, ganz allein.

Im Gegensatz zu den anderen Zimmern, die allesamt cremefarben gestrichen wurden, sind die Wände und die Decke bei ihm schneeweiß. Ich habe mich daran gewöhnt, während andere Menschen dieses gleißende Weiß befremdet. Für seinen bernsteingelben Augapfel ist dieser makellos weiße Raum bestens geeignet. Wenn er sich in seinem Zimmer aufhält, kann er uneingeschränkt sein linkes Auge benutzen und muss sich nicht zu einer Lichtquelle hinwenden. Vor dem weißen Hintergrund heben sich die Einschlüsse im Bernstein deutlicher ab. Sein linkes Auge ist nicht dafür geschaffen, die Außenwelt zu betrachten, sondern durchdringt sein Inneres. Als wollte er die Erinnerung an seine von Mauern umschlossene Kindheit bewahren, hatte er es nie zugelassen, dass sein linkes Auge umherschweifte. Er konnte auf engstem Raum leben, weil sich in der unergründlichen Tiefe seines Auges ein ganzes Universum verbarg.

»Ich glaube, die Füllung besteht aus Himbeeren mit Sahne und der Biskuit ist mit Likör getränkt. Das Häubchen dürfte aus weißer Schokolade bestehen und der Schmetterling darauf ist aus Zuckerguss.«

Wir sitzen uns am Tisch gegenüber. Herr Bernstein beugt sich nach vorn, um sein rechtes Auge auf den Teller zu richten.

»Sie können die Dinge so gut beschreiben wie Opal.«

Ich freue mich. Das ist das schönste Kompliment, das er mir machen kann.

»Opal kann alles wunderbar erklären.«

»Ja, das kann ich mir vorstellen.«

»Sogar über einen zertrampelten Handschuh am Wegesrand weiß sie sich respektvoll zu äußern. Sie kann Geschichten über Dinge erzählen, die sonst niemand bemerkt.«

Mit zittriger Hand sticht Herr Bernstein mit der Gabel in den Biskuit. Die korinthische Säule fällt in sich zusammen, und ein Fühler des Schmetterlings bricht ab.

»Eigentlich ist Opal das großartigste Nachschlagewerk, das Papa in die Welt gesetzt hat.«

Ich nehme ihm die Kuchengabel aus der Hand, schaufle etwas Sahne drauf und führe sie vorsichtig an seine Lippen. Ohne recht unterscheiden zu können, wem die ausgestreckte Hand in seinem Blickfeld gehört, öffnet er zögerlich den Mund. Die dunkle Höhle lässt sein Gesicht noch greisenhafter erscheinen. Aus seinen Mundwinkeln tropft Sahne heraus. Ich lehne mich vor und gebe ihm drei Löffel von dem Törtchen. Wenn die Gabel an seine Schneidezähne klackt, verspüre ich einen leichten Schlag an den Fingerspitzen. Ich wische mit dem Zeigefinger die Sahne ab und führe ihn zu meinem Mund. Sofort verspüre ich ein warmes, weiches Gefühl auf meinen Lippen. Als würde ich an Herrn Bernsteins Finger lutschen.

Es regnet immer noch. Meine Gestalt spiegelt sich nicht länger in seinem linken Auge. Nun sieht er Opal, die verborgen in der Tiefe des Bernsteins haust. Die Törtchen haben wir alle aufgegessen.

Eines Tages kam Mutter mit einem Esel von der Arbeit nach Hause. Die Spitzhacke hatte sie wie üblich auf die rechte Schulter gelegt, und ihre Handtasche hing in ihrer Armbeuge, während sie mit der linken Hand an einem Strick zog, an dessen Ende das störrische Vieh dahintrottete. Die Kinder, die sofort bemerkt hatten, dass etwas anders war als sonst, stürmten auf die Terrasse und waren so erstaunt, dass sie vergaßen zu fragen, was für ein Tier es sei. Sie verstanden zunächst nur, dass eine Kreatur aus der Außenwelt die Mauer überwunden hatte und nun vor ihnen stand. Der Esel nickte, als wollte er damit andeuten, das alles sei ja nicht sonderlich interessant.

»Der Esel gehört dem Heizer, der in den Heilbädern die Wasserboiler repariert.«

Nachdem die Mutter ihre Spitzhacke am Eingang abgestellt hatte, strich sie dem Esel über den Rücken, lockerte das Zaumzeug und löste den Strick. Sie tat es mit geübten Griffen, als hätte sie es zuvor irgendwo gelernt. Aber der Esel machte keine Anstalten, seine wiedergewonnene Freiheit auszukosten, sondern verharrte scharrend auf der Stelle.

»Dürfen wir ihn behalten?«, fragte Bernstein, der sich nicht zurückhalten konnte.

»Nein, er ist nur geliehen. Er bleibt bis Donnerstag hier, damit er uns bei der Arbeit hilft.«

»Was soll er denn tun?«

Diesmal war es Opal, die neugierig fragte.

»Er soll im Garten das Gras fressen. Das ist seine Aufgabe. Da, seht nur! Was für ein kluges Tier. Er hat sich schon ans Werk gemacht.«

In dem Moment, als sie die Worte aussprach, hatte der Esel seine Nüstern ins Unkraut neben den Eingangsstufen versenkt und malmte mit seinen Kieferknochen. Ahnte er, dass er im Mittelpunkt der Aufmerksamkeit stand? Mit seinen Vorderhufen in Schrittstellung, die Hinterbeine leicht gebeugt, wirkte er eigentlich ganz entspannt.

»Er ist so lieb«, flüsterte Achat leise, um den Esel nicht zu erschrecken. Er wollte ihn unbedingt berühren, traute sich aber nicht und blickte, Opals Hand fest umklammernd, scheu zum Kopf des Esels hoch.

»Füllt bitte ein paar Eimer mit Wasser und stellt sie auf der Wiese auf. Der Esel soll nicht aus der Quelle trinken und sie zum Versiegen bringen. Nach dem Grasen wird er großen Durst haben.«

Die Mutter gab die Anweisungen des Heizers wieder, die für die Versorgung des Tiers nötig waren.

»Nun, dann können wir jetzt ja auch unser Abendessen einnehmen«, rief die Mutter heiter, als könnte sie nun alles Weitere dem Esel überlassen.

Seitdem leistete ihnen der Esel in jedem Sommer Gesellschaft, wenn auch nur für sechs Tage. Der drollige Gast, den sie auf den Namen »Boiler« tauften, fraß zwar stumm das Gras, aber dennoch bescherte er den Kindern fröhliche Stunden. In ihren Köpfen teilte sich das Jahr nun in zwei Phasen: die Zeit vor und die Zeit nach Boiler. Die beiden Phasen waren durch die sechs Tage mit dem Esel verbunden. Boiler war gewissermaßen der Knoten, durch den die gleichförmige Zeit der Abgeschiedenheit nicht wie eine monotone Linie erschien, sondern wie ein hübsch geknüpftes Band.

Eigentlich war die Mutter strikt dagegen gewesen, etwas Fremdes, und sei es auch nur ein Esel, in ihr Refugium hineinzulassen. Sie fürchtete, dies könnte die Ordnung gefährden, die sie mit aller Macht zu wahren suchte. Aber das Rundschreiben des Umweltamts, das vor einiger

Zeit im Briefkasten lag, war mit einer Bestimmtheit verfasst, die man nicht ignorieren konnte.

Die illegale Müllbeseitigung auf den Villengrundstücken hat in letzter Zeit bedauerlicherweise überhandgenommen. Deshalb ist es aus hygienischen und sicherheitstechnischen Gründen notwendig geworden, die Rasenflächen regelmäßig zu mähen. Die Kommune stellt hierfür Elektrorasenmäher mit Hochleistungsantrieb bereit, die ausgeliehen werden können. Finanzielle Zuschüsse werden bewilligt, falls ein Dienstleister mit der Aufgabe betraut werden soll. Antragsformulare sind auf Anfrage erhältlich. Falls keine deutliche Verbesserung konstatiert werden kann, erfolgt eine Verwarnung durch die Bezirksverwaltung.

Kommune … Dienstleister … Bezirksverwaltung … Alles Worte mit einem unheilvollen Klang, die die Mutter um jeden Preis von ihnen fernhalten wollte. Gab es denn keine unauffälligere Methode, um das Unkraut zu beseitigen? Vor allem musste vermieden werden, dass ein Dienstleister ihr Grundstück betrat. Sollte sie etwa selbst den Rasenmäher bedienen? Oder konnte sie es riskieren, einfach alles so zu lassen, wie es war? Und just in diesem Moment, als sie weder ein noch aus wusste, traf sie zufällig auf den Heizer und den Esel. Der holte das Tier gelegentlich vom Bauernhof seines Vaters, um asthmakranke Kinder auf ihm reiten zu lassen. Sie drehten zwar immer nur eine Runde im Hinterhof, aber es war ein willkommener Zeitvertreib. Als wäre er sich seiner wichtigen Aufgabe bewusst, trabte Boiler gemessenen Schrittes mit dem jeweiligen Pyjama-Reiter auf dem Rücken brav im Kreis herum, ohne dass der Heizer ihn antreiben musste. War eine Runde beendet, hielt er genau am Ausgangspunkt. Keines der Kinder wurde von ihm abgelehnt, auch wenn sie schon groß waren oder frech oder übermütig.

Die Mutter beobachtete das Treiben von der Waschküche aus.

»Sie ist da hinten.«

Ihre Jüngste befindet sich inmitten der bunten Schar von Pyjama-Kindern, die schreiend, tobend und sich an den Haaren ziehend darauf warten, an die Reihe zu kommen. Die Kleine reckt sich zu voller Größe, um zu erkennen, was da vorne los ist, so sehr brennt sie darauf, an die Reihe zu kommen. Wie gebannt folgt ihr Blick dem Kind, das gerade vom Heizer auf den Rücken des Esels gehoben wird, um gleich eine Runde in dem sonnigen Hof zu reiten. Sie fragt sich voller Sorge, ob der Esel nicht langsam erschöpft ist von den vielen Runden. Die Kleine hat den Eindruck, dass das Tier schon hörbar schnauft. Sie beschließt, sich beim Reiten ganz leicht zu machen, damit der Esel ihr Gewicht nicht zu spüren bekommt. Sie ist so gutherzig. Wie viele noch? Wie viele? Sie beginnt, die Kinder vor ihr an den Fingern abzuzählen.

Wann immer eine Horde Kinder beisammen war, entdeckte die Mutter ihre tote Tochter unter ihnen. Sie wusste, mitten im Tumult, zwischen all den kleinen Körpern mit ihren dünnen Beinchen und den sich überlagernden

Silhouetten, gab es eine Lücke. Sie war für ihr unglückseliges Kind bestimmt, das eigentlich dort hätte sein sollen, aber durch gewisse Umstände daran gehindert worden war. Das war ihre feste Überzeugung. Sie hielt mit dem Waschen inne und starrte wie gebannt auf die Stelle. Vom hektischen Gewusel der Kinder wurde ihr schwindelig, aber sie musste aufpassen, denn ihres konnte jeden Augenblick in der Menge verloren gehen. Keines der anderen Kinder schien diese Stelle zu bemerken. Seltsam, dass sich niemand daran störte. Die Lücke schien gegen jede Rücksichtslosigkeit oder Brutalität gefeit, so wie sie sich vor der Mutter öffnete, war sie eine friedliche Schutzzone.

Schließlich waren alle Kinder an der Reihe gewesen. Glücklich, eine Runde im Hof geritten zu sein, winkten sie dem Esel zum Abschied zu und liefen ins Haus. Eine der Mütter rief vom Fenster des Krankenzimmers aus nach ihrem Kind, aus Angst, es könnte einen Anfall erleiden. Von der Stimme aufgeschreckt, blinzelte die Mutter für einen kurzen Augenblick, und schon war der Ort, den sie gerade noch vor Augen hatte, verschwunden. Zurück blieben nur der Heizer und sein Esel. Boiler graste voller Hingabe im Hof.

»Das ist aber ein fleißiger Esel.«

Die nassen Hände an der Schürze abwischend, trat die Mutter auf den Heizer zu.

»Wäre es möglich, ihn auszuleihen?«, fragte sie und warf dem Esel ein Lächeln zu.

Boiler arbeitete besser, als sie erwartet hatte. Er hatte dunkelbraunes Fell, bis auf das bisschen Weiß auf dem Bauch und um die Nüstern herum, und eine verfilzte, jämmerlich kurze Mähne, die ihm aus dem Nacken spross. Verglichen mit seiner gedrungenen Statur, besaß er imposante Ohren, die sich je nach Windrichtung drehten. Lange Wimpern zierten seine dunklen Augen, die etwas schwermütig wirkten, weil er beim Grasen die ganze Zeit den Blick gesenkt hielt.

Nach dem Unterricht, wenn sie ihre Hausaufgaben erledigt hatten, stürzten die Kinder aus dem Lesezimmer in den Garten, wo sie vergnügt den ganzen Nachmittag damit zubrachten, den Esel zu beobachten. Boiler ließ sich nicht im Geringsten stören, wenn sie aufgeregt auf ihn zuliefen, vermutlich weil er durch die Reitstunden im Hof Kinder gewohnt war. Er fraß das Gras zu seinen Hufen, legte ab und zu eine Pause ein, um aus dem Eimer zu trinken, und trabte dann zu einer anderen Stelle, wo er sich vom Wind zerzausen ließ. Er ruhte sich aus, indem er die Einfassungen der Blumenbeete ableckte, seine Nüstern blähte und Iah schrie, bevor er sich wieder dem Grasen widmete. Die Kinder folgten ihm überallhin.

»Schmeckt das Gras da drüben in der Sonne nicht besser? Es ist doch weicher und frischer.«

»Für eine gute Verdauung musst du mehr trinken.«

»He, pass auf! Da sind gefährliche, spitze Steine. Und dahinter ist gleich die Mauer.«

»Du bist doch nicht böse, wenn ich dich berühre?«

Die Kinder sprachen abwechselnd mit Boiler. Aber anstatt ihnen zu antworten, wedelte der bloß mit dem Schwanz und ließ hin und wieder geräuschvoll seinen Kot fallen.

Es war ein makellos schöner Sommernachmittag. Das Stück Himmel, das sich zwischen der Mauer und den Baumkronen auftat, war von einer unendlichen Tiefe. Das durch die Zweige dringende Sonnenlicht fiel direkt auf die drei Kinder und den Esel. Das üppige Gras bedeckte die leise vor sich hin plätschernde Quelle, die Blumenbeete und die von Tieren gegrabenen Löcher. Nur um Boiler herum kam die bloße Erde zum Vorschein. Jenseits der Mauer war es still, nur das Zwitschern der Vögel und die Geräusche, die der Esel beim Grasen machte, waren zu hören.

»Du kannst dich ordentlich satt essen. Hier gibt es reichlich Futter für dich«, sagte Bernstein.

»Verdirb dir aber nicht den Magen.«

Opal rieb das weiße Fell auf seiner Unterseite. Sein Bauch war so aufgebläht, dass er nach unten durchhing. Achat, der einen Narren an Boilers kurzer Mähne gefressen hatte, strich unaufhörlich darüber. Wenn der Esel seinen Kopf senkte, war die Mähne genau auf der richtigen Höhe für die kleinen Hände, in denen die Haarspitzen schimmerten, als würden sie Licht spenden.

»Ich möchte auf ihm sitzen«, rief Achat. »Das macht bestimmt Spaß.«

Es klang ganz so, als wüsste er genau, was Boiler auf dem Hof des Sanatoriums getan hatte.

»Au ja, das machen wir.«

Auch Bernstein war Feuer und Flamme.

Aber ohne Zaumzeug und Sattel einen Esel zu reiten, der eigentlich mit Grasen beschäftigt war, erwies sich als schwieriger, als sie es sich vorgestellt hatten. Sie kletterten von einer Fußbank auf seinen knochigen Rücken, aber da sie sich an der allzu kurz geratenen Mähne kaum festhalten konnten, verloren sie schnell das Gleichgewicht. Die beiden Brüder versuchten es abwechselnd, sich an Boiler festzuklammern, aber es war vergeblich. Sie rutschten jedes Mal ab und fielen herunter.

»Der arme Esel! Wollt ihr nicht damit aufhören?«, sagte Opal, die das Treiben beobachtet hatte.

Boiler ging unverdrossen seiner Aufgabe nach, er war nicht abweisend, aber auch nicht einladend. Als es wärmer wurde, ließ er die beiden Jungen stehen und ging gemäßigten Schritts hinüber zum Mimosenbaum. Er wusste sehr wohl, dass es dort im Schatten angenehm kühl war.

Gut positioniert zwischen den herabhängenden Zweigen schloss er halb die Augen. Ab und zu ging ein Lüftchen, das seinen Schwanz im flirrenden Sonnenlicht erzittern ließ. Als der Wind dann ganz nachließ, regten sich allein seine Ohren.

Während die Kleinste vergeblich auf ihren Ritt gewartet hatte, standen ihre drei Geschwister stumm vor dem Esel und konnten sich nicht von seinem Anblick trennen.

An diesem Abend schlugen sie im »Illustrierten Wissenschaftslexikon für Kinder« unter dem Eintrag »Esel« nach:

»Er wird auch ›Hasenpferd‹ genannt … hat einen robusten Körperbau … ist sehr genügsam, da er mit wenig Futter und Wasser auskommt. Er wird als Nutztier gehalten, das bei der Arbeit und beim Transport von Lasten hilft …«

Während Opal den Text vorlas, betrachtete Bernstein die dazugehörigen Abbildungen. Auf einem Foto war ein strohbeladener Esel zu sehen. Wie hatte man die Last bloß auf ihm befestigt? Es war ein gigantischer Ballen, dreimal so hoch wie das Tier, das unter ihm verschwand und von dem Gewicht zerquetscht zu werden drohte. Von dem Esel lugten unter seiner riesigen Last nur noch Kopf und Vorderbeine hervor. Einige solcher bepackter Tiere waren auf der Landstraße unterwegs. Am Rand wachte ein Mann mit einer Peitsche in der Hand.

Auf einem anderen Bild sah man einen Esel, der einen Mühlstein drehte. Seine Augen waren mit Scheuklappen versehen, und er zog in einer düsteren Hütte Runde für Runde. Der Stein war abgerieben, der Holzstab, der auf seinem Rücken festgemacht war, schief und verbogen.

Unwillkürlich zog Bernstein den Bildband näher zu sich heran. All die Esel verrichteten folgsam ihre Arbeit. Sie sträubten sich nicht dagegen, und auf ihren Mienen konnte man keinen Schmerz erkennen. Im Gegenteil, die Tiere wirkten unerschütterlich, als wollten sie sagen, bitte macht euch um uns keine Sorgen. Das Gleiche galt für den Esel mit den Scheuklappen. Keines der Tiere konnte fragen, wie weit sie mit ihrer schweren Last noch laufen mussten, wie viele Runden sie noch drehen mussten, bis man sie erlöste. Alle trugen tapfer die Bürde, die man ihnen auferlegt hatte.

»Verzeih uns«, rief Bernstein mit tränenerstickter Stimme. »Wir hätten nicht an dir hochklettern sollen.«

Bernstein strich über die Fotografien.

»Wir waren bestimmt zu schwer für dich.«

Nun begann auch Achat zu weinen.

»Nur weil du stark bist, musst du nicht alles erdulden. Du bist doch ein Hasenpferd. So lieb und gutmütig …«

Die Vorstellung, dass der Esel sich fügte, weil kein anderes Tier zur Verfügung stand, das den großen Heuballen auf dem Rücken trug oder den schweren Mühlstein drehte, war für Bernstein kaum zu ertragen. In seinem Herzen verschmolz das Knallen der Peitsche, die gegen die zitternden Beine schlug, mit den knirschenden Wirbeln des Rückgrats, wo der Holzstab sich tief ins Fleisch rieb. Bernstein hätte am liebsten geschrien, um die Geräusche des misshandelten Esels zu übertönen, aber aus seiner Kehle, die lange keine laute Stimme mehr hervorgebracht hatte, drang nur ein heiseres Wimmern.

»Keine Sorge«, hauchte Opals Stimme über die Bilder im Lexikon. »Das Stroh ist längst im Stall und der Mühlstein steht inzwischen still. Die Esel haben viel grünes Gras zum Fressen und reichlich Wasser zum Trinken bekommen. Und jetzt schlafen sie. Da, schaut euch Boiler an!«

Die drei Geschwister wandten sich gleichzeitig zum Fenster und schauten hinaus. Der Garten war in Dunkelheit gehüllt. Aber Bernstein wusste genau, dass Boiler unter den Zweigen des Mimosenbaums stand. Wenn Bernstein mit dem Auge blinzelte, hatte er das Gefühl, dass der Esel sich von der Dunkelheit abhob, so als würde er von einer flackernden Signallampe beleuchtet werden.

Der Esel zeigte sich in seiner idealen Gestalt. Anstatt Strohballen auf dem Rücken zu tragen oder Mühlsteine zu drehen, stand er einfach da, den Blick auf einen Punkt in der Ferne gerichtet, und empfing mit zuckenden Ohren Signale, die nur für ihn bestimmt waren. Daraufhin senkte er demütig sein Haupt und verneigte sich vor der Erde.

Achat stimmte ein Lied für Boiler an. Die drei Geschwister lagen, gemeinsam in eine Decke gehüllt, eng aneinandergekuschelt im Bett. Achats Gesang klang noch geheimnisvoller, denn seine Stimme wurde in die von den drei Körpern gebildete Tiefe gesogen – eine Tiefe, die für eine Abwesende bestimmt war, die eigentlich bei ihnen sein sollte. Es war sein Liebreiz, der dem Esel den Spitznamen »Hasenpferd« verlieh. Bernstein vermutete, dass der Rhythmus, in dem seine Ohren zuckten und seine Augen blinzelten, ein Zeichen war, um seine Dankbarkeit auszudrücken.

Als hätte es jemand im Voraus geplant, hatte Boiler genau zum Ende der verabredeten Frist den letzten Winkel im Garten abgegrast. Die Grünfläche hatte ihm ausreichend Futter gegeben, und er hatte pflichtbewusst seine Arbeit erledigt, sodass die Rückgabe am Morgen des vorgesehenen Tags problemlos verlief. Der Garten war nun wie verwandelt, eine völlig neuartige Welt. Alles, was bislang im hohen Gras verborgen war, kam nun ans Tageslicht: Wasserschalen, Trittsteine, Terrakottafiguren, Gießkannen, die Abdeckungen der Abflussrinnen … Dieser frische Anblick ließ einen unwillkürlich aufatmen. Die Bäume hatten ihre Lebenskraft zurückgewonnen, die weiche, feuchte Erde glänzte in der Morgensonne und das Wasser sprudelte aus der Quelle und ergoss sich über die Steine. Als die Kinder auf die Terrasse traten und den Garten erblickten, jauchzten sie vor Freude. Der Gedanke, dass ein einziger Esel all das vollbracht hatte, erfüllte sie mit Ehrfurcht und Stolz zugleich.

»Das hast du gut gemacht, Boiler!«

»Du bist großartig, Boiler!«

»Danke, Boiler!«

Die drei Kinder lobten den Esel aus vollem Herzen.

Nachdem sie ihren Dank auf jede erdenkliche Art und Weise zum Ausdruck gebracht hatten, überkam sie ein Gefühl der Traurigkeit.

Der Esel wartete, mit Wasser versorgt und bereits gezäumt, geduldig vor der Terrasse. Das Maul gegen das Holzgeländer gedrückt, schien er sagen zu wollen, dass es nicht der Rede wert sei, was er vollbracht hatte.

Achat streichelte zum Abschied wehmütig sein Fell. Auf den Rücken seines Kittels hatte seine Mutter eine Mähne genäht, die sie aus gleichmäßig zugeschnittenen Resten einer Paketschnur fabriziert hatte.

»Er wird zurückkommen«, sagte sie und griff nach dem Halfter.

»Wann denn?«, fragten alle drei wie aus einem Mund.

»Wenn das Gras wieder gewachsen ist. Für heute heißt es Abschied nehmen.«

Die Spitzhacke geschultert, führte sie den Esel am Zügel aus dem Tor. Die drei Geschwister standen still und lauschten, bis das Klappern der Hufe verklungen war.

Solange die Kinder ihr verborgenes Leben innerhalb der Mauer verbrachten, tauchte der Esel jedes Jahr auf, um gewissenhaft seine Pflicht zu erledigen. In dem Maße, wie sie heranwuchsen, wurde er älter. Sein Fell wurde stumpf, und er schaffte weniger Gras am Tag, sodass es nun länger dauerte, bis der letzte Winkel im Garten abgefressen war. Aber er war immer noch ihr einziger Freund.

Bernstein, der im Laufe seines Lebens noch zahlreiche Werke schaffen würde, wählte den Esel als Motiv für seine erste Arbeit. Das zierliche Spielzeug, das er seinem kleinen Bruder schenkte, bestand aus einem Ulmenzweig, an dessen Ende er zwei runde Pappscheiben zusammengeklebt hatte. Auf der einen Seite hatte er mit Wachsmalstiften den Esel in aufrechter Haltung gemalt, auf der anderen war der Esel mit hängendem Kopf zu sehen. Bernstein klemmte den Zweig zwischen die Hände und drehte ihn vor Achats Augen.

»Was ist das?«

Achat riss erstaunt die Augen auf, da er zunächst gar nicht verstand, was sich da abspielte.

»Oh, das ist ja Boiler. Boiler frisst Gras«, rief er dann, als er es begriff.

Der Esel entstieg Bernsteins Handflächen, als würde er ihn aus den Fingerspitzen hervorzaubern. Lag es am Luftzug, der durch das Drehen der Pappe entstand? Die verwackelten Umrisse der Wachszeichnungen ergaben ein verschwommenes Bild. Sobald Bernsteins Bewegungen nur ein wenig erlahmten, drohte es zu verschwinden, um dann sogleich mit einem propellerartig surrenden Geräusch wieder aufzuleben. Der Esel richtete seinen Blick auf einen Punkt in der Ferne. Dann senkte er andächtig den Kopf in Richtung Erde. Währenddessen stellte er seine Ohren auf, seine Mähne flirrte, sein Bauch schwoll an. Um seine Beine herum flatterten Schmetterlinge.

Im Zwischenreich, das im Zusammenspiel von Vorder- und Rückseite entstand, graste weiterhin der Esel. Andächtig senkte er den Kopf zur Erde, sooft es Bernstein gefiel.

Der Junge umfing diesen Schauplatz und erweckte das darin Verborgene zum Leben.

»Das ist ja wie Zauberei.«

Bernstein hielt inne, als er Opals Stimme vernahm. Sofort löste sich die Silhouette des grasenden Tieres auf. Auf den beiden Pappscheiben blieben zwei Esel zurück, die ihr Gegenüber aus den Augen verloren hatten. Zwei grobe Gestalten mit übergroßen Köpfen. Die bis eben noch zitternden Umrisse hatten nun wieder feste Konturen.

»Wie hast du das gemacht?«, fragte ihn Achat.

»Ich habe einfach nur das gezeichnet, was ich gesehen habe.«

Eine bessere Antwort fiel Bernstein dazu nicht ein.

»Wenn ich so wie jetzt mit den Augen blinzle, erscheint mir Boiler in dieser Gestalt.«

Langsam klappte Bernstein seine Lider auf und zu. Dann gab er Achat den Zweig.

»Probier's selbst!«

Zuerst war alles etwas wacklig, aber bald schon drehte sich der Zweig geschmeidig in seinen Händen.

»He, schaut mal! Ich kann's.«

Diesmal lebte Boiler in Achats Handflächen auf. Der Kleine lenkte seine ganze Kraft in die Fingerspitzen, damit der Esel nicht strauchelte. Bei ihm bewegte sich das Vexierbild noch lebhafter als bei seinem Bruder zuvor.

»Wahnsinn! Meister Signal, helfen Sie mir! Wie soll ich das nennen?«, rief Achat begeistert und drehte immerzu den Stiel.

Die Mutter nahm alle zwei, drei Monate den Bus oder den Zug in die Stadt, um ins Theater zu gehen. Am Morgen, bevor sie losmarschierte, putzte sie sich ordentlich heraus. Sie polierte sich die Nägel, zog die Augenbrauen nach und ließ sich von Opal die Haare mit Lockenwicklern eindrehen. Dann zog sie ein parfümiertes Seidenkleid an, das sie mit einer Brosche aus Kunstperlen, dem einzigen Geschenk ihres Mannes, schmückte. Sie vergaß nicht, Rouge aufzutragen.

»Sehr elegant«, sagte Opal.

Ihre Mutter schwang den Saum ihres Kleides und verbreitete eine Wolke aus Parfüm.

»Und die Spitzhacke?«

»Heute nicht. Ich werde Schuhe mit Absätzen tragen.«

Die Mutter zeigte Opal die hohen Absätze.

»Du hütest derweil das Haus. Pass gut auf alles auf!«

Als sie durch die Pforte schritt, prüfte sie noch einmal in ihrem Taschenspiegel, ob ihre Frisur noch saß.

In der Stadt gab es einen kleinen, schmucken Theatersaal, wo alle möglichen Stücke aufgeführt wurden. Aber die Mutter hatte noch nie eins davon gesehen. Sie schaute sich immer nur die Plakate im Foyer an. Danach saß sie für die Dauer der Vorstellung auf einer Bank im Park gegenüber vom Theater. Selbst ein Billett für die äußerste Ecke im oberen Rang konnte sie sich nicht leisten. Kurioserweise brauchte sie nie einen Blick auf die Uhr oder auf das Gebäude zu werfen, um zu wissen, wann die Vorstellung anfing. Es war so weit, wenn draußen Stille einkehrte, nachdem die Besucher, die sich vor dem Eingang versammelt oder an der Abendkasse angestanden hatten, plötzlich verschwunden waren.

Natürlich drang aus dem Saal nichts nach draußen, weder das Klingeln zu Beginn der Aufführung noch die Musik, und doch zogen die atmosphärischen Schwingungen sie in ihren Bann. Neben den Bänken gab es lediglich einen Spielplatz mit Rutsche, Sandkasten und einem Trinkbrunnen. Es war ein trostloser Flecken. Niemand verstand, weshalb man hier einen Park angelegt hatte.

Aber es war der ideale Ort, um das Theater zu beobachten. Nichts schränkte die Sicht auf das Gebäude ein, hinter dessen gläserner Drehtür man direkt das hell erleuchtete Foyer und die Treppen sehen konnte.

Die Mutter saß aufrecht, die Handtasche im Schoß.

Hin und wieder schlug sie ein Bein über das andere oder griff nach ihrem Taschentuch. Nie wandte sie den Blick von dem Theater ab. Das hier war ihr Logenplatz.

Komödien, Musicals, One-Man-Shows, Lesungen, Pantomime, Marionettentheater. Mit dem Programm änderte sich auch die Atmosphäre des Theaters. Es gab euphorische Tage, die voller Trubel waren, aber auch ernste, besonnene. Die Konturen des Dachs, das in den Himmel ragte, das funkelnde Sonnenlicht auf dem verglasten Atrium, die Farben der Sträuße vor dem Blumenladen – all diese Details waren jedes Mal ein wenig anders. Wie sehr man den Saal auch mit schweren Türen von innen verriegelte, alles, was sich dort abspielte, drang dennoch bruchstückhaft nach außen. Niemand außer der Mutter schien dies zu bemerken. Es war zweifellos sie, die am besten über das äußere Erscheinungsbild des Theaters Bescheid wusste, obwohl sie nie auch nur eine einzige Veranstaltung besucht hatte. Von den Passanten, die durch den Park spazierten, nahm niemand von dem Gebäude Notiz, und die Dame, die dort auf der Bank saß, bemerkte auch keiner.

In Mutters Kopf leuchteten die Scheinwerfer, die Schauspielerin, die draußen auf dem Plakat abgebildet war, deklamierte eloquent ihren Part, und die Orchestermusik untermalte stimmungsvoll das Stück. Selbst das Räuspern und Hüsteln, mit dem einige der Zuschauer die Konzentration der anderen störten, konnte sie hören.

Ungeachtet der Witterung, egal ob es heiß war oder windig, verharrte sie bis zum Ende der Vorstellung reglos auf der Bank. Um die Etikette zu wahren, aß sie nicht einmal einen Keks, sondern benahm sich gesitteter als das tatsächliche Publikum.

Wenn der Vorhang sich gesenkt hatte und keine weitere Zugabe mehr erfolgte, blieb sie noch eine Weile andächtig sitzen, während die Zuschauer bereits ins Foyer drängten. Es dämmerte schon und die Scheiben waren nicht mehr erleuchtet. Endlos ergoss sich der Menschenstrom durch die Drehtür ins Freie, sodass man sich verwundert fragte, wie ein Gebäude nur so viele Personen fassen konnte. Nach geraumer Zeit verstaute die Mutter das Taschentuch in der Handtasche und holte stattdessen ihre Sonnenbrille heraus.

Sie mischt sich unters Publikum und flaniert vor dem Theater hin und her. Mit beschwingtem Schritt, den Blick auf die Spitzen ihrer eleganten Schuhe gesenkt, stöckelt sie auf ihren hohen Absätzen über das Pflaster. Die aufgestaute Spannung überträgt sich durch den fieberhaften Atem der Zuschauer auf sie und bringt ihre Wangen zum Glühen. Als sie die Menge durchschreitet, wo man lebhaft Meinungen austauscht oder sich über den anschließenden Restaurantbesuch beratschlagt, rempelt sie ein älteres Ehepaar an.

»Oh, pardon!«, murmelt die Mutter, die Augen hinter dunklen Gläsern verborgen.

Sie will schon weitergehen, als die Dame plötzlich stehen bleibt und den Kopf zur Seite neigt: »Ach, was für ein Glück … Könnten Sie vielleicht … Es war, wie soll ich sagen, sehr bewegend. Verzeihen Sie, würden Sie mir bitte ein Autogramm geben?«

Aufgeregt hält sie ihr Programmheft hin.

»Hast du nichts zum Schreiben dabei?«

Auf Drängen seiner Frau zieht der Mann hastig seinen Füller aus der Innentasche seines Jacketts.

In schön geschwungenen Linien, die niemand genau entziffern kann, schreibt Mutter ihren Namen auf das Heft. Inzwischen hat sie schon Routine darin und schafft es in einem Zug.

»Oh, da bin ich aber froh. Darf ich Ihnen auch die Hand geben?«

Mutter drückt zuerst die Hand der Frau, dann die ihres Gatten. Wie jedes Mal wundert sie sich, wie zart und weich die Haut der anderen sich anfühlt. Einige Umstehende, die ihren kleinen Wortwechsel bemerkt haben, schauen verstohlen zu ihnen herüber.

»Verzeihen Sie, ich muss leider weiter.«

Sie entfernt sich eiligen Schrittes.

Auf diese Weise schüttelte Mutter etliche fremde Hände und hinterließ auf zahlreichen Broschüren ihr Autogramm. Sie schrieb ihren Namen auf Programmhefte von Stücken, die sie nie gesehen hatte und höchstwahrscheinlich auch nie sehen würde. Selbst wenn sie der Bühnenheldin kein bisschen ähnlich sah, gab es garantiert immer jemanden, der sie verwechselte. Man sprach sie an, weil man in ihr eine Diva sah, eine Göttin, die durch Zufall erschienen war, um Glück zu spenden. Wortlos erfüllte Mutter ihnen diesen Wunsch. Sie sagte sich, dass sie dabei niemanden täuschte, sondern einfach einen Anflug von Glück hinterließ.

In manchen Situationen – etwa wenn sie die Pforte von innen verriegelte, ihren Kindern neue Kostüme nähte oder den Deckel des Harmoniums nach der gemeinsamen Musikstunde zuklappte – musste sie daran denken. Die Vorstellung, dass irgendwo an einem fernen Ort solch ein Programmheft als kostbares Kleinod aufbewahrt wurde, besänftigte ihre Seele. Dann fühlte sie sich innerhalb der Mauer erst recht in Sicherheit.

Wie viele Runden hat sie gedreht? Wenn sie irgendwann eine Verschnaufpause braucht, wenn ihr die Zehen in den ungewohnten Schuhen wehtun, dann haben sich die Menschenmassen längst entfernt und sämtliche Spuren der Aufführung sind verblasst. Mutter bleibt allein zurück. Sie setzt die Sonnenbrille ab und läuft zum Bahnhof, um rechtzeitig den Zug nach Hause zu erreichen. Die Locken haben ihre Spannung verloren, das Parfum ist verflogen, das Kleid zerknittert. Damit ist ihr kurzer Ausflug vorbei.

4

An den Tagen, an denen wir alle mit dem Reisebus einen Ausflug unternehmen, überfällt mich morgens Unruhe. Mehrmals schaue ich nervös aus dem Fenster hinüber zum Eingangsportal. Vielleicht fällt die Tour ja aus, weil es zu regnen anfängt oder weil jemand krank geworden ist. Sobald ich sicher sein kann, dass der Bus wirklich losgefahren ist, laufe ich sofort hinunter in den Salon und setze mich ans Klavier.

Wir sind insgesamt vier ehemalige Pianisten und wechseln uns normalerweise mit dem Spielen ab. Deshalb habe ich mich entschieden, auf alle Exkursionen zu verzichten, weil ich an diesen Tagen das Klavier ganz für mich alleine habe. Ich lege die aufgeschlagenen Partituren meines Vorgängers beiseite, stelle die Höhe des Hockers ein, und während ich zum Aufwärmen Fingerübungen spiele, verblassen nach und nach die Spuren der anderen Pianisten. Die Klaviatur ist wie geschaffen für mich. Die anderen drei Pianisten haben eine erfolgreiche Karriere hinter sich, sie spielen eigenwillig und ausdrucksstark. Während ich geduldig neben ihnen warte, bis ich an die Reihe komme, hämmern sie weiter in die Tasten, als wollten sie mir damit zu verstehen geben, dass niemand darauf erpicht sei, meinem Spiel zuzuhören. Niemals lassen sie mir den Vortritt. Die Wartezeit dauert meistens länger als das Musizieren selbst. Es stimmt, dass ich mit meinen krummen Fingern keine schönen Klänge mehr hervorbringe, sodass ich mich kleinmütig im Hintergrund halten muss. Insofern kann ich wenigstens an den Ausflugstagen die ganze Zeit über Klavier spielen.

Schon bald taucht Herr Bernstein auf.

»Geht es Ihnen gut?«

Er passt einen Moment ab, in dem ich eine Pause mache, um mich anzusprechen.

»Ja, sehr«, erwidere ich dann mit vergnügter Stimme.

Herr Bernstein verzichtet ebenfalls darauf, an den Exkursionen teilzunehmen. Bus, Bahn, Schiff, Flugzeug, Gondel, Pferdekusche, Aufzug. Um welche Fortbewegungsmittel es sich auch handelt, sie schrecken ihn ab. Für ihn gilt immer noch das Verbot seiner Mutter, durch die Pforte zu schreiten, um die Welt zu sehen. Obwohl seit seiner Rettung bereits mehrere Jahrzehnte vergangen sind, hält er sich in Gedanken unverändert innerhalb der Mauer auf, so als könne seine Seele nur in diesem Refugium ihren Frieden finden.

Wenn ich ein Stück zu Ende gespielt habe, vernehme ich seinen stillen Applaus. Auf diese geräuschlose Weise würdigt er mein Spiel.

»Bitte, singen Sie doch eins von Achats Liedern für mich.«

Mein Wunsch bringt ihn jedes Mal in Verlegenheit.

»Heute sind doch alle fort. Es gibt keinen Grund, sich zu genieren.«

»Welches Lied wollen Sie denn hören?«

Ich wünsche mir mein Lieblingslied:

»Zuerst bitte das *Loblied auf einen Esel.*«

Herr Bernstein erinnert sich an sämtliche Lieder, die Achat gesungen hat. Und mir genügt, wenn ich einmal die Melodie höre, um sie auf dem Klavier zu spielen. Immerhin bin ich Begleitpianistin gewesen. In den Unterrichtsräumen der Hochschule für Musik, an Austragungsorten für die Vorentscheidungen von Wettbewerben, in Aufnahmestudios für Werbespots. Ich hatte auch unzählige kleinere Engagements: Hausfrauenchöre, Talentwettbewerbe, Ballettklassen, unbekannte Sänger … Ich habe für die unterschiedlichsten Leute Klavier gespielt. Aber stets nur die Begleitung. Der Applaus galt immer den anderen.

»Klang das Harmonium damals in etwa so wie dieses Klavier?«, erkundige ich mich bei ihm.

Herr Bernstein murmelt etwas, das ich nicht richtig verstehen kann.

Ach ja, besinne ich mich, das Harmonium war ja kaputt. Bedauerlicherweise ist mein Klavierspiel viel zu aufdringlich, um die Erinnerung an den Gesang der Geschwister wiederaufleben zu lassen. Das ist der schlimmste Fehler, den ein Begleitmusiker begehen kann.

Herr Bernstein erhebt sich, nimmt die Hände hinter den Rücken und stimmt zum Takt, den seine Ferse schlägt, das Lied an, das er einst mit Opal und Achat zusammen gesungen hat. Seine Stimme ist so leise, als würde sie aus dem Inneren der Mauer kommen und Jahrzehnte brauchen, um mich zu erreichen. Ich achte darauf, das stille, zarte Band nicht zu zerschneiden, das die vier Geschwister – Opal, Bernstein, Achat und die jüngste Schwester – verbindet.

In diesem Moment bin ich ausnahmsweise einmal dankbar für meine durch die Krankheit verunstalteten Hände. Meine krummen Finger sind kraftlos und können die Tasten nur leicht anschlagen.

Das *Loblied auf einen Esel* gewinnt an Heiterkeit, als wollte man das Tier anspornen. Ich stelle mir den Esel vor. Er weidet zwischen mir und den vier Geschwistern. Uns umgibt das leuchtend grüne, von Tau benetzte Gras. Eine angenehm frische Brise trägt die Töne des Klaviers weit fort. Es macht mich glücklich, wenn sie sich allmählich dem Klang des alten Harmoniums anpassen. Das bereitet mir größere Freude als jeder Ausflug. Am liebsten würde ich bis in alle Ewigkeit am Klavier den Gesang der Geschwister begleiten.

Im Innern der Mauer war es schwierig, die Tage voneinander zu unterscheiden. Jedes Kind hatte seine eigene Methode, die dahinfließende Zeit zu messen. Opal kreuzte die Tage auf Mutters Dienstplan an, Achat stapelte Kieselsteine neben der Quelle, Bernstein warf täglich die Kletten über die Pforte. Es geschah weder durch eine gemeinsame Übereinkunft noch aus eigenem Vorsatz. Jeder begnügte sich damit, ein individuelles Zeichen zu setzen, ohne dass ihnen bewusst wurde, was sie da taten. Die

Kreuze auf dem Dienstplan bildeten ein Stickmuster, die Kieselsteine neben der Quelle türmten sich zu einem Befestigungswall, und die Kletten keimten irgendwo außerhalb der Mauer. Stickerei, Zitadelle und Kletten symbolisierten ihr Wachstum. Die drei Kinder waren inzwischen vierzehn, elf und sieben Jahre alt.

Als sie heranwuchsen, waren Krankheiten das größte Problem. Die Mutter mochte noch so sehr auf ihre Kinder achtgeben, immer wieder wurden sie unversehens krank. Mandelentzündungen, Nesselsucht oder Verbrennungen. Lebensmittelvergiftungen, Mittelohrentzündungen, Verstauchungen, Bronchitis oder Blasenkatarrh ... Die Ursachen dafür waren unterschiedlich. Ohne dass der Mutter bewusst wurde, dass sie selbst es war, die Krankheitskeime aus der Außenwelt ins Haus brachte, verfiel sie sofort in Panik, sobald sich jemand nicht wohlfühlte, da es in ihr Erinnerungen an den bösen Hund weckte. Sie verriegelte sämtliche Fensterläden und pflückte im Garten Aloe und Molchschwanz, um daraus einen Heiltee zu brauen. Da dies meistens nicht ausreichte, um die Mutter zu beruhigen, wappnete sie sich gegen den erneuten Angriff der Bestie, indem sie unter der Veranda mit Rattengift getränkte Brioches auslegte.

Am schlimmsten war es, als Achat Windpocken bekam. Es war eine schlimme Krankheit. Plötzlich ausbrechendes Fieber, ein roter Ausschlag auf der Brust, der sich am ganzen Körper ausbreitete. Von Kopf bis Fuß war er mit Pusteln übersät. Es gab praktisch keinen Flecken unversehrter Haut. Dieser grausame Anblick, mit dem verglichen die geröteten Wangen der kleinen Schwester harmlos gewesen waren, brachte Bernstein zu der Überzeugung, dass die Bestie sich ein neues Opfer ausgesucht hatte. Er saß vor der Tür des Kinderzimmers, die einen schmalen Spalt offen stand. In diesem Ausschnitt war sein kleiner Bruder nicht wiederzuerkennen. Achat erschien ihm wie ein wimmerndes Etwas. Er lag auf dem Bett, in dem sie normalerweise zu dritt schliefen, und seine mit Pusteln übersäte Gestalt sah bedenklich aus. Vor dem Spalt bewegte sich Mutters Hand, mit der sie Achat über den Rücken strich, hin und her. Er hörte ihre tränenerstickte Stimme, die ein Wiegenlied sang, unterbrochen von vielen verzweifelten Seufzern. Hin und wieder vernahm er die schwachen Klagelaute seines Bruders, der die Mutter anflehte, seine Schmerzen zu lindern.

Auch die Engel an den Wänden und die Tiere im Heißluftballon sahen ziemlich besorgt aus. Bernstein presste ein Auge an die Türritze und blinzelte im Rhythmus von Mutters Streichelbewegung. Vor dem Hintergrund der geschlossenen Fensterläden blitzte in dem länglichen Spalt eine Reihe von Szenen auf, so als würden sie von einem Blinksignal erleuchtet.

Achat schien tief im Innern des Augenblicks eingeschlossen zu sein. Die Pusteln wurden größer und röteten sich noch mehr. Aus ihrer Mitte trat Flüssigkeit, ihr Giftgehalt schien immer weiter zuzunehmen. Je dunkler die Rötung, umso mehr schien Achat zu schrumpfen. Dieser Sinnestäuschung erlegen, streckte Bernstein unwillkürlich die Hand nach ihm aus. Bald schon war sein Körper so klein, dass er in Mutters Handfläche Platz fand. Bernstein nahm jedes Detail wahr, während Achats Stimme an sein Ohr drang: »Mama, bitte mach, dass die Schmerzen weggehen.«

Schließlich war eine Grenze überschritten. Als könnte jede einzelne Pustel dem Druck nicht mehr standhalten, durchlief ein Zittern Achats Körper, und im nächsten Moment klaffte ein Riss an seinem Nacken. Von dort aus zerfiel die Röte schlagartig. Der Riss wurde weiter, je heftiger Bernstein blinzelte. Bevor er etwas sagen konnte, erreichte der Riss schon den Kopf seines Bruders.

»Hört auf! Man darf ihm die Schmerzen nicht nehmen!«, schrie er in seinem Herzen. »Wenn man die Schmerzen fortnimmt, dann verschwindet auch Achat.«

Hilflos musste er mitansehen, wie sich der Riss inzwischen bis zum Steiß erstreckte, wie Achats Haut wie die Schale einer verfaulten Frucht aufplatzte und ihr Innerstes nach außen kehrte. Dann war die eruptive Phase vorbei, und ein Muster aus schwärzlichen Punkten bildete sich, aus dem ein gallertartiger Schleim drang. Von Achats hübschen Augen, von seinen Ohren und seinem Stummelschwänzchen war nichts mehr übrig. Aber seine Mutter hörte nicht auf, ihn zu streicheln, ohne dass sie es bemerkte.

All dies ereignete sich innerhalb weniger Augenblicke. Bernstein konnte den Anblick nicht länger ertragen und schloss die Augen.

»Komm, wir schlafen unten.«

Als er, durch Opals Stimme aufgeschreckt, die Augen

wieder öffnete, hatte sich der Spalt wieder geschlossen. Die Tür war zu, der nach außen gestülpte Körper Achats und die Hand ihrer Mutter waren verschwunden, ihre beiden Stimmen verstummt. Opal und Bernstein legten sich auf dem Sofa schlafen.

Am Morgen des fünften Tages begann das Fieber zu sinken. Gleichzeitig verblassten die roten Pusteln und trockneten ein, ein dunkler Schorf bildete sich. Als Bernstein sah, wie sich die Schorfplättchen von Achats Haut lösten und in den Falten des Lakens verschwanden, verstand er, dass der böse Hund bald abziehen würde. Achats aufgeplatzter Nacken war inzwischen restlos verheilt.

Als nach zehn Tagen die Pusteln in Gänze verschwunden waren, wurden die Fensterläden geöffnet. Opal und Bernstein durften wieder in den Garten, wo sie sogleich die Brioche unter der Veranda am Eingang entdeckten. Sie war vertrocknet und verschimmelt, zu etwas Ungenießbarem verkommen. Als Bernstein mit der Fußspitze dagegentrat, rollte sie weg und eine kleine trübe Sporenwolke wurde aufgewirbelt, als wollte sie um Vergebung bitten. Bernstein war sicher, dass es das rotschwarze Gelee war, das sich in Achats krankem Körper herangebildet hatte und das nun vertrocknet an diesem verborgenen Ort lag. Opal und er kickten den Klumpen zur Quelle, wo sie ein Loch unter Achats aufgetürmter Zitadelle gruben und das Gebäck dort verscharrten.

Es bedurfte noch einer weiteren Beerdigungszeremonie. Als Achat vollends genesen war, faltete er ein Boot aus Origami-Papier, das er mit den aus den Lakenfalten gesammelten Schorfresten belud.

»Wir müssen Meister Signal Lebewohl sagen!«

Achat gab sich beim Einsammeln die größte Mühe, keine einzelne Schuppe zu übersehen. Da sie ein Teil seiner Qualen waren, behandelte er sie so, als wären sie ein Teil von ihm selbst. Kraftlos, ohne Widerstand zu leisten, ließen sie Achat gewähren.

Auf dem Papierboot bildeten sie einen kleinen Haufen, der eine stumpfe, undefinierbare Farbe hatte. Es hätten auch Erdnussschalen oder die Asche eines Verstorbenen sein können.

»Sie sind abgefallen, als das Fieber gesunken ist.«

Die drei traten an die Quelle. Achat trug das kostbare Schiffchen achtsam vor der Brust, um es nicht fallen zu lassen. Während seiner Krankheit hatte es nicht geregnet, sodass der Bach nicht mehr so lebhaft sprudelte, sondern ruhig über die Felsen glitt.

»Er hat seine Aktenmappe hochgehalten, um mir ein Zeichen zu geben. Aber dann ist er gestolpert und hingefallen.«

Achat tauchte seine Hand ins Wasser. Das sich auf der Oberfläche spiegelnde Licht zerstob. Die kleinen Vögel, die sich dort zum Trinken versammelt hatten, zwitscherten über ihren Köpfen.

»Dabei sind ihm sämtliche Erdnüsse aus der Hosentasche gekullert.«

Achat setzte das Boot in das fließende Wasser, wo es für einen kurzen Moment in der Mulde eines Strudels verharrte, bis es schließlich auf den Wellen davonglitt. Das Papierschiffchen schlingerte ein wenig, ohne jedoch zu kentern. Es stieß gegen Felsen, blieb stecken, drehte sich, wobei es jedes Mal ein paar Schorfschuppen verlor, die dann neben ihm hertrieben. Die drei Geschwister liefen ihm hinterher. Opal nahm Achat an die Hand, damit er nicht über die Steine stolperte.

Als das Schiff an die Stelle gelangte, wo der Bach unterirdisch weiterfloss, kreiselte es inmitten von toten Blättern und abgebrochenen Zweigen einen Moment lang um sich selbst, als wüsste es, dass sein Ende nahte.

»Leben Sie wohl, Meister Signal!«, wisperte Achat, als das Schiffchen zwischen den Felsen verschwand. Das Zwitschern der Vögel, die aus den Baumwipfeln zum Bach herabgeflogen kamen, war weithin hörbar.

Achat schaute gebannt auf die Stelle, wo das kleine Schiff verschwunden war, er schien sich davon nicht lösen zu können. Es gab nicht den geringsten Hinweis, welche Route das Schiff künftig nehmen würde, und vom Schorf war nichts zurückgeblieben.

»Wo ist es denn hin?«

Sein erstauntes Murmeln verriet, dass er sich erst jetzt die Frage stellte, weshalb er das gefaltete Papierboot auf die Reise geschickt hatte. Achat lehnte sich nach vorn und war im Begriff, in die Öffnung zu greifen, in der das Wasser verschwand.

»Nein!«, rief Opal und zog geschwind seinen Arm zurück.

Das Loch war umgeben von knorrigen Wurzeln und

bemoosten Steinen. Es lag halb verborgen hinter einem Vorhang aus Farnen, selbst mit zusammengekniffenen Augen konnte man es nicht erkennen. Man hörte nur ein leises, dumpfes Plätschern auf der anderen Seite des Dunkels. Dahinter erhob sich die Mauer, die den Garten umgab.

»Es ist zu gefährlich!«

Opal wischte Achats nasse Hand an ihrem Rock ab. Bernstein fragte sich, ob sie Angst hatte, dass ihr kleiner Bruder ins Wasser fallen oder auf dem Schiff zusammen mit Meister Signal nach draußen verschwinden könnte.

»Hier gibt es einen Durchgang. Ein Tunnel, der auf der anderen Seite der Mauer herauskommt. Ich habe ihn vorher nie bemerkt. Aber jetzt weiß ich es. Das hat mir Meister Signal noch erzählt.«

Achat berichtete aufgeregt von seiner Entdeckung. Er inspizierte das Loch immer wieder, um ganz sicherzugehen, dass er sich nicht getäuscht hatte.

»Ja, du hast recht. Aber zum Glück ist das Loch so klein, dass der böse Hund nicht hindurchschlüpfen kann.«

Die Flügel an Opals Rücken zitterten. Obwohl sie ahnte, dass Achat etwas anderes meinte, wusste sie nicht, was sie sagen sollte.

Bernstein blickte zu dem Baumwipfel empor, wo die Puppe hing, die er einst Opal gestohlen hatte. Das Opfer, das eigentlich das Innere der Mauer versiegeln sollte, war schon so weit vermodert, dass von seiner ursprünglichen Gestalt nichts mehr übrig war. Hätte er sie besser in den Bach werfen sollen?

Indessen sprudelte das Wasser unentwegt aus der Quelle und der Bach zog sich dahin wie ein schlängelndes Lichtband. Die drei Kinder standen nebeneinander, schauten dem Wasserlauf nach und riefen einstimmig: »Leben Sie wohl, Meister Signal!«

Die Veränderung in Bernsteins linkem Auge machte sich bemerkbar, nachdem sich sein kleiner Bruder von den Windpocken erholt hatte. Anfangs verlor er kein Wort darüber. Da alle noch erschöpft waren von der Aufregung um Achats Krankheit, wollte er niemanden damit behelligen.

Zum ersten Mal fiel es ihm auf, als er in den Teich schaute. Er sah einen zappelnden Wasserläufer, der sich mit den Beinen im Blütenblatt einer Seerose verfangen hatte. Um ihn zu retten, wollte er ihn in die Hand nehmen, aber es rann lediglich das Wasser durch seine Finger, vom Wasserläufer blieb merkwürdigerweise keine Spur. Er fragte sich, wieso? Als die Wasseroberfläche sich wieder glättete, sah er das Insekt erneut in der Blume zappeln. Er wiederholte sein Rettungsmanöver mehrere Male, jedoch ohne Erfolg.

Mit dem Bild des Wasserläufers vor Augen, lief Bernstein in die Bibliothek und holte sich die Enzyklopädie, um darin nachzuschlagen. Dabei entdeckte er ein Gewirr von Fäden auf dem Buch. Sie ähnelten den Fadenresten, die verstreut auf Mutters Nähmaschine herumlagen, und bedeckten die linke untere Ecke der aufgeschlagenen Seiten. Als Bernstein nach ihnen griff, glitten sie ihm durch die Finger und erschienen beim Umblättern auf der nächsten Seite wieder an der gleichen Stelle. Er träufelte sich Tropfen auf die Bindehaut, weil er glaubte, er hätte Staub ins Auge bekommen. Dann versuchte er es mit einer Borsäurelösung, die seine Mutter aus der Kurbad-Apotheke mitgebracht hatte, als Opal an einer Bindehautentzündung litt. Aber die Fäden wollten einfach nicht verschwinden. Die flimmernden Fasern schwammen in der wässrigen Lösung. Je nach Ort und Lichtverhältnissen nahmen sie immer wieder eine andere Gestalt an. Mal war es ein mimetisches Insekt, mal am Teichufer abgelegter Amphibienlaich. Mal glaubte er, sie würden in seinem Auge herumfliegen wie die Kletten, die er über die Mauer warf. Dann wieder sahen sie wie durchsichtige Raupen aus, die gerade geschlüpft waren. Bei hellem Licht gewannen sie an Klarheit – wenn er jedoch die Augen schloss, verschwand das Flimmern schlagartig.

»Warte kurz!«, sagte Bernstein eines Abends vor dem Schlafengehen zu Opal, die gerade im Begriff war, die Nachttischlampe auszuschalten.

»Lass das Licht noch ein wenig länger brennen.«

Im milchigen Schein der Lampe erschienen die Bilder in seinem linken Auge verschwommener als im Sonnenlicht. Bernstein mochte diese Weichheit. Es war, als würden die Konturen auf dem Tränenfilm dahinschmelzen. Seien es Fasern, Amphibienlaich oder Kletten – alles wirkte dezenter als am helllichten Tag. Während des Blinzelns hatte er das Gefühl, er stünde kurz davor, ins Reich des

Schlafes, der in den tieferen Schichten der Membran angesiedelt war, hinüberzugleiten.

»Was ist denn? Kannst du nicht schlafen?«, fragte Opal.

Bernstein schüttelte den Kopf, während er mit dem linken Auge ins Licht der Lampe blinzelte.

»Nein, das ist es nicht.«

Wie sollte er Opal das alles erklären?

Achat war bereits eingeschlafen, sie hörten seinen regelmäßigen Atem. Opal zog die Hand von der Nachttischlampe zurück und deckte ihren kleinen Bruder zu. Sie hatte Bernsteins linkes Auge im Blick, und er konnte ihren Atem auf seiner Wange spüren. Die drei Geschwister waren inzwischen herangewachsen, aber es gab keine Befangenheit, wenn sie gemeinsam in einem Bett schliefen. Es war wie immer: Mit Opal in der Mitte, schmiegten sich die drei dicht aneinander und wurden eins. Nicht nur von Bernsteins Auge ging ein Leuchten aus, auch das lange Haar seiner Schwester und der Mund des kleinen Bruders, der bis eben noch gesungen hatte, erstrahlten. Auf dem Nachttisch lagen Flügel und Krone, die Opal zuvor dort abgelegt hatte. Sie wirkten erschöpfter als ihre Trägerin.

»Wenn man das Blinzeln verlangsamt, wird man allmählich schläfrig. Die Lider werden immer schwerer und schwerer.«

Zu diesem Zeitpunkt hatten sich Wasserläufer, Insekten und Larven längst hinter den dunklen Vorhang seiner Augenlider zurückgezogen. Bernstein hatte nicht mitbekommen, wann Opal das Licht gelöscht hatte.

Eines Nachmittags – die Mutter war von der Nachtschicht zurück und saß an der Nähmaschine – spielten die Kinder Olympiade. Opal hatte das Spiel erfunden, nachdem sie in der Enzyklopädie das Kapitel »Alles über die Olympischen Spiele« gelesen hatte. Jeder spielte abwechselnd einen Athleten in der Disziplin seiner Wahl, während die beiden anderen Reporter mimten, die ihn interviewten. Das Entscheidende dabei war natürlich, die Enzyklopädie hinsichtlich der betreffenden Sportart sorgfältig zu studieren, um den Athleten glaubhaft darstellen und die Fragen der Reporter fließend beantworten zu können.

Es fiel ihnen nicht leicht, sich ein konkretes Bild von den Olympischen Spielen zu machen. Die beiden Jungen wussten nicht einmal genau, was »Sport« überhaupt war. Wenn sie die Seiten vorsichtig umblätterten, sich gegenseitig die Erklärungen laut vorlasen, Fotos und Illustrationen betrachteten, dachten sie ja über ein Ereignis nach, das sich in einem anderen Universum abspielte, Lichtjahre von dem Ort entfernt, an dem sie sich befanden. Je weiter sie mit ihrer Lektüre vorankamen, umso gigantischer stellten sie sich eine solche Veranstaltung vor. Sie konnten kaum glauben, dass die jeweilige Olympiade an einem einzigen Austragungsort stattfinden sollte, und das nur während weniger Tage.

Rasen, Erde, Sand, Boden, Matten, Wasser … Nicht allein die Beschaffenheit des Terrains war ungemein vielfältig, sondern auch die Athleten, die in verschiedenartige Trikots und Uniformen gekleidet waren und unzählige

Gerätschaften benutzten. Nur wenige davon – wie ein Ball, ein Degen oder ein Segelboot – hatten eine klar definierte Funktion. Die meisten jedoch hatten seltsame Formen, von denen man nicht ableiten konnte, wofür sie geschaffen waren. Lange Stäbe, die sich fast bis zum Zerbrechen bogen; zwei im Raum schwebende Ringe, die an Seilen von der Decke hingen; eine Birne, die sich immer wieder aufrichtete, wenn man gegen sie schlug; ein Folterinstrument, um jemandem das Genick zu brechen, in Form einer Stange mit einem großen Gewicht an jedem Ende. Die drei Geschwister wetteiferten miteinander, die einzelnen Fotos zu deuten. All die Menschen, die sich ächzend und schweißtriefend der Gerätschaften bedienten, erschienen ihnen wie romantische Helden aus einer Fantasiewelt. Da funkelten Medaillen, da flogen Tauben auf und knallten Pistolenschüsse. Ein riesiges, allumfassendes Spektakel. Und das mit bunten Flaggen geschmückte Märchenland wurde behütet vom olympischen Feuer.

Jeder der drei hatte seine Lieblingsdisziplinen. Achat mochte die Sportarten, die keine komplizierten Regeln hatten, wo man sofort über Sieg und Niederlage entscheiden konnte. Mit schnellen Läufen, hohen Sprüngen und weiten Würfen beschäftigte er sich am liebsten. Außerdem gab er sich nur mit Goldmedaillen zufrieden. Opals Interesse galt hingegen der Sportkleidung. Hingerissen betrachtete sie die Abbildung einer Turnerin, die eine elegante Pose auf dem Schwebebalken vollführte, oder sie bewunderte das schillernde Paillettentrikot einer Eiskunstläuferin. Bernstein begeisterte sich für Sportarten, die seine Geschwister ignorierten. Mal war es Dressurreiten, mal Einerkajak, mal Biathlon. Er scherte sich nicht um Medaillen, sondern übte sich in der Tugend des Fair Play.

»Biathlon ist eine Sportart, bei der man bestraft wird«, erklärte er den beiden Reportern. »Jedes Mal wenn man beim Schießen versagt, muss man eine Extrarunde laufen. Sonst gibt es nur Sportarten, wo man bestraft wird, wenn man schummelt.«

Die beiden Reporter nickten zustimmend, während sie sich Notizen machten.

»Das muss ärgerlich sein«, sagte Reporterin Opal mitfühlend.

Biathlet Bernstein schüttelte den Kopf.

»Aber nein, sich zu ärgern zeugt von Unreife. Diese Disziplin erfordert ein Höchstmaß an Ausdauer, um die auferlegte Strafe zu meistern, ja mehr noch, um bei einer Staffel die Verantwortung für das gemeinsame Team zu übernehmen.«

»Ich verstehe.«

Reporterin Opal schrieb »Ausdauer«, während Reporter Achat ein Muster aus Kringeln und Dreiecken zeichnete.

»Und welchen Rang erreichten Sie im Einzelwettbewerb?«

Achats geradlinige Fragen waren sehr einfach zu beantworten.

»Den 81.«

»Was?«

Die beiden Reporter stutzten und hielten mit dem Schreiben inne. Sie wussten zwar, dass der Athlet Bernstein noch nie um eine Medaille gekämpft hatte, aber mit dem 81. Rang hatte er sicher den schlechtesten Platz in seiner ganzen Sportlerlaufbahn belegt.

»Das ist ja die schlechteste Leistung von allen Rennteilnehmern. Sogar die schlechteste Leistung der ganzen Olympiade.«

»Ach wirklich?«

Die Reporterin Opal seufzte, während ihr Kollege Achat ganz stolz darauf war, die arabischen Ziffern zu kennen, und eine große »81« auf seinen Block malte.

»Keine meiner Kugeln trafen ihr Ziel. Deshalb musste ich viele, viele Strafrunden drehen.«

Biathlet Bernstein senkte den Blick und krümmte den Rücken, als würde er immer noch seine Extrarunden laufen.

So verliefen die Olympischen Spiele der Kinder.

»Sag, welche Sportlerin möchtest du gerne sein?«, fragte Achat seine Mutter, die gerade damit beschäftigt war, neue Applikationen auf die Kleidung der Kinder zu nähen.

»Tja …«

Die Tretnähmaschine war das lauteste Gerät in ihrem Haushalt, aber ihre Mutter hatte eine Technik entwickelt, das Pedal so sanft wie möglich zu bedienen. Der Riemen schnurrte ganz leise, um ihre Stimmen nicht zu übertönen.

»Ich würde gerne als Hostess arbeiten.«

»Welche Disziplin ist das?«

»Das ist keine Disziplin. Man ist hübsch geschminkt und läuft in Stöckelschuhen an der Seite von Staatspräsidenten aus aller Welt, um sie zu begleiten.«

»Aha.«

Achats Stimme klang enttäuscht. Die Mutter trat wieder auf das Pedal. Es waren noch einige Sommerhemden ihres Jüngsten übrig, an die sie eine Mähne nähen wollte.

An diesem Tag entschied Bernstein sich für Rennrodeln im Einsitzer.

»Was hat Sie dazu bewegt, sich dieser Sportart zu widmen?«

»Zu meinem elften Geburtstag hat mein Vater mir einen Schlitten geschenkt.«

»Und was macht Ihnen daran Spaß?«

»Es gibt weder eine Bremse noch ein Lenkrad, man rutscht einfach nur dahin. Um Geschwindigkeit aufzunehmen, braucht man sich am Start nur mit den Händen abzustoßen. Mir gefällt das Ursprüngliche daran.«

»Und haben Sie keine Angst dabei?«

»Doch, schon. Ich rase mit einhundertzwanzig Stundenkilometern die Bahn hinunter. Der Schlitten und ich bilden eine Einheit. In dem Augenblick, wo sich zwischen uns eine Kluft auftut, würde mich der Eistunnel verschlingen.«

»Woran denken Sie während des Rennens?«

»Dass ich das Ziel am Ende des Eiskanals erreiche.«

»Und was erwartet Sie dort?«

»Äh … hm … vielleicht mein Vater?«

Das Sonnenlicht, das durch das Fenster gegenüber der Nähmaschine fiel, erhellte das Gesicht der Mutter und die Zehen der Kinder auf dem Teppich. Bernstein stand aufrecht wie ein echter Olympiasieger, während die beiden Reporter emsig ihre Stifte über das Papier gleiten ließen. Außer dem leisen Rattern der Maschine drang kein Laut an ihr Ohr.

Unbewusst wandte Bernstein sein linkes Auge zum Licht hin und stellte sich eine Eisrinne vor, durch die Schlitten rasten. Natürlich hatte er niemals ein echtes Rennen gesehen, aber ihm genügten die Fotos und Illustrationen in der Enzyklopädie, um im Bilde zu sein. Das Eis der elliptisch verlaufenden Bahnen, die sich unregelmäßig durch den Wald schlängeln, ist weißer und härter als Felsgestein. Die Rodler tragen Ganzkörperanzüge und Helme, sodass man nicht zwischen Frauen und Männern unterscheiden kann.

Der Schlitten gleitet mit unerbittlicher Gesetzmäßigkeit. Die Geschwindigkeit nimmt stetig zu. Man hört die knirschenden Kufen, die sich ins Eis pressen. Gleichzeitig wirbelt feiner Eisstaub auf. Man sieht nur Weiß, sonst nichts. Man darf den Kopf nicht heben, obwohl man allzu gern die Fahrtrichtung kontrollieren würde. Jeglicher zusätzlicher Luftwiderstand würde das Tempo verringern. Wie ängstlich man auch sein mag, das Kinn muss eingezogen bleiben und der Blick auf das Eis gerichtet, das zwischen den Füßen hervorlugt.

Vor dem Hintergrund des weißen Eises bewegen sich

die Bewohner seines linken Auges immer lebhafter. Alle sind anwesend: Wasserläufer, Fäden, Laich, mimetische Insekten, Kletten, Larven – und alle wogen hin und her, als würden sie beten. Zielstrebig rast der Schlitten auf einen eisigen Punkt zu.

»Der Wievielte sind Sie geworden?«

Achat stellte die für ihn typische Frage.

»Ich wurde disqualifiziert«, erwiderte Athlet Bernstein.

Die beiden Reporter verstummten einen Moment. Der eine, weil er die Bedeutung des Wortes nicht erfasste, die andere, weil sie angestrengt nach einer Frage suchte, die die Gefühle des Athleten nicht verletzte.

»Sie wollen damit sagen, dass …«

»Jemand im Sekretariat hatte vergessen, meinen Teilnahmeantrag beim Internationalen Rodelverband einzureichen.«

Reporterin Opal hielt beim Schreiben inne und bohrte sich das Ende ihres Stifts in die Wange, während Reporter Achat sich den Kopf zerbrach, um was es sich dabei wohl handeln mochte.

»Niemand hatte bemerkt, dass der Umschlag mit dem Kleberand an der Unterseite der Schreibtischschublade haften geblieben war. Als man ihn dann entdeckte, war die Abgabefrist schon abgelaufen.«

»Das heißt, der Antrag kam zu spät?«

»Ja.«

»Und am Ende des Eiskanals …«

»Ich bin nie dort angekommen. Und konnte meinen Vater nicht treffen.«

Plötzlich stoppte das Surren der Nähmaschine. Die Mutter schaute auf ihre Kinder. In der einen Hand hielt sie das Schwungrad, in der anderen eine Mähne.

»Was ist mit dir, Bernstein?«, fragte sie. »Warum zwinkerst du so?«

Die Mutter kniete sich vor ihn hin, nahm seinen Kopf in die Hände und schaute in sein linkes Auge. Da er so abrupt von seinem Schlitten weggerissen und aus der Bahn gezerrt wurde, wusste Bernstein für einen Moment nicht, wie ihm geschah.

»Tut das weh?«

»Nicht wirklich.«

Dass er ihre Frage verneinte, beruhigte seine Mutter, aber ein Hauch von Besorgnis war ihr noch anzumerken. Opal kam sachte herangeschlichen.

»Ich sehe da etwas. In meinem linken Auge. Aber es ist nicht unangenehm und stört mich nicht«, sagte Bernstein möglichst unbekümmert und deutete auf seinen Augenwinkel.

»Ich kann nichts erkennen.«

»Nein, Mama, es ist ja auch innerhalb des Auges. Deshalb kann nur ich es sehen. Du brauchst dir wirklich keine Sorgen zu machen.«

»Was siehst du denn da? Zeig mal …«

Die Mutter zog sein Gesicht zu sich heran und hob mit der Fingerspitze das Augenlid an. Ihr rauer Atem streifte seine Wimpern.

»Es ist ganz verschwommen, weich und sanft.«

Er hatte jedes Wort mit Bedacht gewählt.

»Woher kommt das?«

»Woher? Ich weiß nicht, auf einmal war es da.«

»Im Inneren des Auges, ja? Also direkt neben uns.«

Bernstein nickte.

»Sie ist schlau. Aber wenn man ihr zu nahe kommt, dann läuft sie gleich weg. Ich muss ganz vorsichtig sein, sonst …«, flüsterte die Mutter.

Sie verdeckte nun mit ihrem Körper das einfallende Sonnenlicht, woraufhin das kleine Ding in seinem linken Auge langsam den Rückzug antrat. Da sie weiterhin sein Lid hochgezogen hielt, konnte Bernstein nicht mehr blinzeln. Der Tränenfilm verdunstete und sein Auge begann zu brennen.

Achat hatte Notizblock und Stift fallen lassen, um sich an Opals Arm zu klammern. Im Garten herrschte unverändert Totenstille. Es gab noch nicht einmal kleine Vögel, die von Ast zu Ast hüpften. Einsam lag die halb fertige Mähne neben der Nähmaschine und die aufgeschlagene Enzyklopädie auf dem Teppich. Alle konzentrierten sich auf Bernsteins linkes Auge.

»Da ist eure Schwester«, sagte die Mutter.

Die drei Geschwister schmiegten sich abends wie immer im Bett aneinander. Sie bildeten ein Gefüge, in dessen Zentrum sich nun Bernsteins linkes Auge befand.

»Ich bin mir sicher, das ist eure Schwester«, hatte ihre Mutter etliche Male wiederholt. Ihre Stimme, mit der sie es sich selbst einzureden versuchte, hatte immer mehr an Überzeugungskraft gewonnen, als wollte sie es allen lauthals verkünden.

»Sie ist zurückgekehrt. Meine kleine Tochter, die von einem Hund getötet wurde. Sie ist wieder bei uns.«

Energisch hatte sie an Bernsteins Augenlid gezogen, fast so, als wollte sie ihre Tochter aus seinem Auge herausziehen.

»Ja, natürlich! Da ist sie!«

Es war allein Opal zu verdanken, dass Bernstein sein Auge wieder schließen konnte. Sie hatte sanft die Hand ihrer Mutter genommen.

Ist es wirklich meine kleine Schwester, fragte sich Bernstein, als er alleine war. Vielleicht ist die kleine Gestalt ja so etwas wie Meister Signal, überlegte er und lief zu Achat, um ihn danach zu befragen, aber er erhielt keine zufriedenstellende Antwort. Im Gegensatz zu früher, als sein Bruder sich ausführlich über Kleidungsstücke und Essgewohnheiten seines Lehrers ausgelassen hatte, hegte er nun kaum noch Erinnerungen an Meister Signal. Diese hatten zusammen mit dem Papierschiffchen ihre Welt für immer verlassen.

Wenn er ehrlich war, konnte Bernstein nicht in dem Maße Gewissheit erlangen, wie seine Mutter es von ihm erwartete. Hatte er seine kleine Schwester nicht schon längst vergessen, herzlos wie er war? Dieser Gedanke quälte ihn. Wenn er Zeit fand, versuchte er ihr Gesicht heraufzubeschwören, und zugleich suchte er in seinem linken Augenwinkel nach Beweisen ihrer Existenz. Natürlich wünschte er sich, dass sie es war. Es hatte keinen Sinn, dies zu leugnen. Aber sein vorrangiges Bestreben lag darin, seiner Mutter nicht noch mehr Kummer zu bereiten.

Was auch immer die wahre Natur der Erscheinung sein mochte, Bernstein fand es keineswegs unangenehm, mit der kleinen Figur in seinem linken Augenwinkel zu spielen. Es war zweifellos ein Teil von ihm, der immer wieder ungeahnte Formen annahm, derer er nie überdrüssig wurde. Er hatte den Eindruck, er brauche nur seine Hand auszustrecken, um es zu berühren, was ihm das Gefühl gab, dass sein Auge eine unerreichbare Tiefe in sich barg. Dorthin zog sich die Erscheinung zurück, wenn er sie nicht sehen wollte, und sobald er sich aufs Neue auf sie konzentrierte, tauchte sie sofort wieder auf. Sie war vertraut und scheu zugleich. Während Opal tanzte und Achat sang, begnügte sich Bernstein damit, mit weit aufgerissenen Augen dazusitzen. Auf diese Weise konnte er jederzeit mit sich alleine sein.

»Wie geht es der Kleinen?«

Mutter erkundigte sich nun ständig nach ihrer jüngsten Tochter.

»Sind denn die schrecklichen Flecken auf ihren Wangen verschwunden?«

Was immer sie fragte, Bernstein konnte keine befriedigende Antwort darauf geben.

»Sie hatte eine ganz zarte, schneeweiße Haut, als ich sie zur Welt gebracht habe.«

Bernstein sagte irgendetwas, aber seine Mutter schien nicht zuzuhören.

»Ich frage mich, wie groß sie inzwischen sein mag.«

»Na ja …«

Bernstein schaute Hilfe suchend zu Opal, aber seine Schwester wusste auch nicht, was sie sagen sollte.

»Sie hat inzwischen sicher viele neue Wörter gelernt.«

»Es tut mir leid, aber ihre Stimme kann ich nicht hören.«

Das war die einzige Gewissheit. In seinem linken Auge war es still.

»Ich beneide dich sehr.«

Die Mutter legte ihre Stirn an seine.

»Ich wünschte, wir könnten unsere Augen tauschen«, wisperte sie. Ihre Worte waren noch leiser als die Laute, die das kaputte Harmonium von sich gab.

An einem Sommermorgen stand das Fenster in der Bibliothek weit offen. Es war zu Beginn ihres Unterrichts. Bis auf das Abreißen der verschimmelten Tapete hatten sie seit der Zeit, als ihr Vater es als Arbeitszimmer benutzt hatte, nichts daran verändert. Es gab zwei Tische. Ein Schreibpult an der Ostseite und einen großen ovalen Tisch in der Mitte. Vier Stühle unterschiedlichster Art standen um ihn herum. Die hoch aufragenden Bücherregale an den übrigen Wänden waren vollgestopft mit den Enzyklopädien aus dem Verlag ihres Vaters. An ihnen lehnte eine Holzleiter, um die Bände aus den oberen Regalen zu holen.

Die drei Geschwister saßen auf ihren Lieblingsplätzen, und jedes hatte ein Buch seiner Wahl aufgeschlagen. Opal hatte sich vorgenommen, alle Bände der Reihe nach durchzuarbeiten, angefangen vom obersten Fach ganz rechts. Sei es »Die große Enzyklopädie der Sanitäreinrichtungen und Hygieneartikel«, »Der Taschenatlas der illustrierten Geschichte der Familienwappen« oder »Das Bildlexikon für Industrienormen bei Schraubengewinden und Federn« – ganz gleich wie langweilig die jeweilige Lektüre auch sein mochte, sie las alle Bände gewissenhaft von Anfang bis Ende durch, um dann eine Zusammenfassung zu schreiben. Achat hingegen war mehr ein Freigeist. Seine Lehrbücher handelten von Dinosauriern, Musik oder Fahrzeugen.

Die Anordnung der Bände in den Regalen folgte keiner Systematik. Unabhängig von Fachgebiet, Thematik oder Erscheinungsjahr stapelten sich die Bände kreuz und quer in den Fächern. Dieses Tohuwabohu stand jedoch buchstäblich für das Chaos der Welt. Für die drei Kinder enthielten die Bücherregale gewissermaßen alles, was im Universum existierte. Genau das war der passende Ausdruck für die überwältigende Menge an umfangreichen Bildbänden, die sie umgaben. Sie wussten nichts weiter von der Welt als das, was die Bücher sie lehrten.

Bernstein liebte den Augenblick, wenn er eine Rubrik aufschlug, von der bisher noch niemand Notiz genommen hatte, selbst Opal und Achat nicht. Oft spürte er dies schon beim Umblättern der Seite. Gab es eine Randbemerkung oder ein Eselsohr, war er enttäuscht. Es tröstete ihn auch nicht, wenn er wusste, dass die Spuren von seinem Vater stammten. Dadurch, dass die Bände über eine lange Zeit nicht angerührt worden waren, waren manche Seiten so verklebt, dass nichts mehr zwischen ihnen existierte, die darin eingeschlossenen Artikel waren nun wie geheimnisvolle Fossilien. Wenn er die Seiten voneinander löste, kamen plötzlich Dinge ans Tageslicht, die lange Zeit vergessen vor sich hin rotteten. Als Pionier auf der Suche nach Fossilien stand Bernstein immer wieder vor unerforschten Gebieten.

Was wäre, wenn er im Gegensatz zu Opal im Regal ganz unten links anfangen würde. Die Idee kam ihm ganz plötzlich. Auf diese Weise würde er Opal auf halber Strecke begegnen. Sie würden einen Tunnel bohren, um die Welt zu erobern.

Bernstein blickte zu den Regalen hoch. Seit dem Morgen saß Opal in unveränderter Haltung am Sekretär, während Achat am Ende des ovalen Tischs gelangweilt mit den Beinen baumelte. Es roch nach vergilbtem Papier. Draußen ließ ein Windstoß das Laub der Bäume erzittern. Wie üblich schwamm das undefinierbare Ding in Bernsteins Auge. Zusammen mit seinem Blick wanderte es über die Regalreihen, vom obersten Fach rechts bis zum untersten Fach links. Es folgte Bernstein, als wollte es seinen eigenen Tunnel durch die Buchrücken und dunklen Zwischenräume in den Fächern bohren, aus denen die Buchzeichen herausragten. Alle Schichten, in denen die Fossilien hausten, wurden durchgewühlt, was den Geruch nach altem Papier noch intensivierte.

Im nächsten Moment bauschte ein erneuter Windstoß die Spitzengardine auf und streifte Bernsteins Hand. Der

Luftzug ging durch die aufgeschlagene Enzyklopädie und blätterte die Seiten um. Bernstein beugte sich vor und versuchte sie zurückzuhalten, aber vor seiner ausgestreckten Hand flatterte das Papier. Für einen kurzen Moment waren die Seiten und sein linkes Auge eins.

»Oh!«, rief Bernstein leise.

Opal und Achat achteten nicht auf den Wind. Bernstein schob den Bildband näher zum Fenster und hoffte auf einen weiteren Windstoß, aber der Vorhang bewegte sich nur noch ganz sachte. Ungeduldig rückte er die Ecke des Buchs ins Sonnenlicht und ließ die Seiten rasch durch seine Finger gleiten. Dabei wurde das Ding, das bislang im Tränenfilm seines Auges nur verschwommen auftauchte, auf dem leeren Rand der aufblätternden Seiten zum Leben erweckt. Die miteinander verwobenen Fäden entwirrten sich zögerlich, so als hätten sie lange geschlafen. Sie entfernten sich voneinander, dann fanden sie wieder zusammen, sie streckten und drehten sich, um schwindelerregende Formen zu bilden. Bernstein blätterte noch einmal durch die Enzyklopädie. Rasant verwandelte sich das Fadenknäuel in vertraute Gefährten: Wasserläufer, Insekten, Kletten. Letztere klammerten sich an die Beinchen der Insekten, um mit ihnen davonzufliegen und neues Terrain zu erobern. Bald würden sie langsam auf die Erde heruntersegeln, keimen und Knospen hervorbringen. Damit all dies nicht zum Stillstand kam, ließ Bernstein die Seiten über seinen Daumennagel surren. Während die Leuchtkraft der weißen Ränder zunahm, wuchsen Stängel, sprossen Blätter und erblühten Knospen. Im hellen Licht war der mandelförmige Fruchtknoten im Nu von Stacheln übersät. Jede einzelne Spitze war leicht gebogen, ein perfekter Widerhaken. Die Kletten wirkten zwar stachlig, aber nicht gefährlich. Ein sanfter Luftzug brachte die Stängel ins Schwanken. Es sah aus, als würden die Kletten lächeln.

Auch Bernstein lächelte und ließ die Seiten immer schneller über seine Daumenspitze gleiten. Seitenzahlen, Bildunterschriften, farbige Fotografien – der gesamte Inhalt der Enzyklopädie versank im Schatten, nur das leuchtende Weiß der Ränder lag in seiner einen Handfläche.

Der Wind, der eben noch die Spitzenvorhänge leicht gebauscht hatte, streifte nun als sanfter Hauch über das Weiß und Bernsteins Fingerspitzen. Blätter und Stängel raschelten und winkten ihm zu. Die gebogenen Haken hatten sich inzwischen zu Matten verflochten. Und inmitten dieses Dornengeflechts schaute ihn ein Auge an und zwinkerte ihm zu. Da war sie endlich.

5

Seit dem Morgen warte ich auf meine Tochter. Zuerst in meinem Zimmer, dann bin ich in den Salon hinuntergegangen und danach auf die Terrasse, wo ich Tee trinke. Eigentlich wollte ich Klavier spielen, aber da mich keiner an das Instrument ließ, musste ich erst drei Tassen Tee zu mir nehmen, um mich aus der Schockstarre zu befreien. Und nun sitze ich auf dem Stuhl gegenüber der Eingangstür. Von hier aus kann man alle eintreffenden Besucher sehen, es ist also ein ziemlich exklusiver Platz im Foyer, zumal das Möbelstück von einem modernen Künstler gestiftet wurde, es ist aber dafür alles andere als bequem. Tatsächlich habe ich auch noch nie jemand anderen darauf sitzen sehen.

Allmählich frage ich mich, ob ich mich nicht vielleicht im Tag geirrt habe. In letzter Zeit nimmt meine Zerstreutheit immer mehr zu. Ständig muss ich achtgeben, um mich zu konzentrieren. Vielleicht kommt sie erst nächsten Samstag? Es sei denn, heute ist Freitag … Bei diesem Gedanken schüttle ich den Kopf. Nein, wir haben uns ganz bestimmt für heute verabredet. Ich habe mehrmals im Kalender nachgeschaut, wo meine Tochter das Datum rot eingekreist hat. Herr Bernstein hat das bestätigt. Er ist nämlich auf seinem Zimmer geblieben, um uns nicht im Weg zu sein. Er findet, dass es von schlechten Manieren zeugt, wenn man Familienzusammenkünfte stört. Seiner Meinung nach ist für Außenstehende kein Platz, wenn Angehörige sich treffen. Genau darin besteht für ihn der Sinn einer Familie.

Jedes Mal wenn meine Tochter sich mit mir verabredet, legt sie das Datum fest, aber nicht die Uhrzeit.

»Ich will vorher zur Reinigung, und dann habe ich noch was auf dem Bezirksamt zu erledigen. Danach komme ich.«

Da ihre Mutter ständig hier sei, spiele es doch keine Rolle, zu welcher Uhrzeit sie einträfe. Ihr Argument klingt plausibel. Also verbringe ich den ganzen Tag mit Warten.

Wenn sie Winterkleidung in der Reinigung abgibt und sich danach auf dem Amt eine Bescheinigung abholt, wird sie wohl um zwölf Uhr hier sein. Vielleicht will sie vorher noch etwas für das Mittagessen besorgen. Seit dem Morgen geht mir der Gedanke im Kopf herum, und damit ich mir den Appetit für die mitgebrachten Sandwiches nicht verderbe, bin ich nicht zum Essen in den Speisesaal gegangen. Aber jetzt ist es bereits nach drei, und die in der Halle schwebenden Essensdünste sind längst verflogen.

Bestimmt ist beim Bezirksamt etwas schiefgelaufen. Diesen Bürokraten fehlt es einfach an Flexibilität. Sie wird sicher keine Sandwiches mitbringen, sondern nur irgendwas zum Knabbern. Einen Schokoriegel und eine Packung Kekse, was man eben in Supermarktregalen so finden kann. Ich kenne meine Tochter. Sie schmeißt keinen Yen unnötig zum Fenster raus. Am besten, ich ändere unsere Pläne und passe sie der jetzigen Situation an. Das Mittagessen und der anschließende Spaziergang im Garten fallen aus, stattdessen nehmen wir auf der Terrasse ein Sonnenbad. Dort können wir die mitgebrachten Kekse knabbern und dazu Tee trinken. Und wenn es dafür auch zu spät wird, kann ich immer noch auf meinem Zimmer mit ihr plaudern. Oder wir hören uns gemeinsam das aufgezeichnete Salonkonzert aus dem letzten Monat an. Es wird sie vermutlich langweilen, aber so würden wir uns wenigstens nicht anschweigen.

Ich hingegen langweile mich nicht, wenn ich hier sitze und mir alle möglichen Gedanken durch den Kopf gehen. Das einzige Problem ist mein schmerzendes Steißbein, aber wenn ich meine Tochter hier empfangen will, darf ich mich nicht von der Stelle bewegen. Schließlich bin ich gewohnt, auf sie zu warten. Wie oft kommt sie erst zehn Minuten vor Ende der Besuchszeit und hetzt gleich wieder los, nachdem sie mir die Plastiktüte aus dem Supermarkt auf den Schoß gelegt hat.

Draußen ist es bereits dunkel. In der Reinigung und auf dem Bezirksamt hat sie sich offenbar um schwierige Angelegenheiten kümmern müssen, von denen ich mir kein Bild machen kann.

»Ich habe gerade einen Anruf von Ihrer Tochter bekommen.«

Wie aus dem Nichts steht auf einmal die Sekretärin vor mir.

»Ihrer Tochter ist etwas dazwischengekommen. Leider kann sie heute nicht kommen. Das ist schade, nicht wahr?«

Sie hockt vor mir und streichelt meine Hände. Ich verstehe ihr Mitgefühl, sie will nicht, dass ich traurig bin.

»Sie wird sicher bald wieder vorbeikommen. Nächste Woche oder spätestens Ende des Monats …«

»Ja, ich danke Ihnen.«

Die Sekretärin geht fort, aber ich bleibe reglos sitzen, obwohl nun klar ist, dass meine Tochter nicht mehr kommen wird. Mein Körper steckt in diesem unbequemen Stuhl fest und ich habe das Gefühl, mich nicht mehr von der Stelle rühren zu können.

Den Blick unverwandt auf das Portal gerichtet, das sich nicht öffnen wird, hoffe ich inständig, dass die Angelegenheiten, um die sich meine Tochter kümmern muss, keine dramatischen Folgen für sie und meine Enkel haben werden.

»Jetzt sitzt niemand am Klavier.«

Plötzlich steht Herr Bernstein neben mir. Ich habe ihn gar nicht kommen hören. Wie ist er so leise die Treppe heruntergekommen? Ich lege mir die Hand auf die Brust und umfasse das Medaillon. Es enthält Fotos von meiner Tochter und meinen Enkeln, denn ich habe kein besonderes Auge wie Herr Bernstein.

»Ach, wie schön! Dann können wir ja Achats Stücke spielen.«

Ich greife nach seiner Hand, um mich zu erheben und mit ihm in den Salon zu gehen. Meine tauben Beine machen mich unsicher, und ich bin ganz nervös bei dem Gedanken, jemand könnte mir das Klavier wegschnappen, während ich Arm in Arm mit Herrn Bernstein das Foyer durchschreite und aufpasse, dass wir nicht stolpern.

Die Mutter mochte es sich auch noch so sehr wünschen, allmählich musste auch sie einsehen, dass es unmöglich war, ihr Auge mit dem ihres Sohnes zu tauschen. Sein linkes Auge zeigte Veränderungen, die keinem anderen Namen als seinem eigenen gerecht wurden. Zuerst verschwamm die Grenze zwischen Schwarz und Weiß in der Nähe des Augenwinkels, dann verwandelte sich das Dunkelbraun der Iris in ein marmoriertes Muster, das sich bald auf das gesamte Auge ausweitete. An den Kapillargefäßen entlang verliefen Schlieren, die sich absetzten und sedimentierten. Wie flüssiges Harz sickerten Tränen in die Zwischenräume, bis die Schichten komplett versiegelt waren. Das Auge hatte nun die glasartige Konsistenz eines Bernsteins. Es wurde zur Inkarnation seines Namens.

Im Laufe dieser Entwicklung büßte es immer mehr an Sehkraft ein, aber das beunruhigte Bernstein nicht weiter. Während er mit dem linken Auge die Außenwelt zunehmend verschwommen wahrnahm, wurde die Sicht nach innen immer intensiver, die dort auftauchenden Gestalten schwebten immer lebhafter umher. Für Bernstein waren die Phänomene, die sich in den Schichten seines Auges verbargen, viel wichtiger als das, was sich seiner Wahrnehmung immer mehr entzog. Um die Außenwelt zu sehen, genügte ihm das rechte Auge allemal.

Nachdem er eine Methode entwickelt hatte, wie er auf den Buchseiten die Erscheinungen, die sich in seinem linken Auge manifestierten, wiedergeben konnte, wählte er zunächst »Das Illustrierte Wissenschaftslexikon für Kinder«, mit dem er seine kleine Schwester zum Leben erwecken wollte. Er dachte, es sei naheliegend, wenn sie in dem Buch erscheine, aus dem die drei Geschwister ihre Namen hatten.

In der unteren Ecke auf der ersten Seite beginnend, zeichnete er mit dem Bleistift alle Erscheinungen, die er wahrgenommen hatte. Erst die sich windenden Fäden, dann die anderen animierten Gestalten – eine nach der anderen, Seite für Seite. Die Arbeit war weitaus mühevoller, als er es sich vorgestellt hatte. Obwohl er seine gesamte Unterrichtszeit darauf verwendete, schaffte er immer nur wenige Seiten, was ihn traurig machte. Auch nachmittags, wenn Opal und Achat im Garten spielten, zog er sich ins Arbeitszimmer zurück und konzentrierte sich auf die Ecken der Seiten.

Opal und Achat wollten natürlich wissen, was Bernstein dort trieb, aber er wich ihren Fragen aus. Auch vor seiner Mutter hielt er es geheim, denn er wollte seine Familie nicht unnötig enttäuschen, falls sein Vorhaben misslang. Nach etlichen Fehlschlägen, als sich aus den Radiergummikrümeln bereits Haufen bildeten, hatte er endlich den Dreh raus. Sein größter Feind war die Ungeduld. Wenn er zu überhastet vorging und beim Zeichnen die

Zwischenräume ausließ, entstand in der Abfolge der Bilder sogleich ein irreparabler Riss. Wenn sich beispielsweise eine einzelne Faser in das Spinnenbein eines Wasserläufers verwandelte oder wenn die Widerhaken der Kletten sich ineinander verhedderten, war ein solcher Riss wie ein brutaler Hieb aus dem Nichts, der Fäden, Beine, Dornen oder Geflechte in einen tiefen Abgrund stürzen ließ. Dieser Abgrund klaffte so bedrohlich, dass er nicht übersprungen werden konnte, egal wie fließend die Seiten über den Daumen glitten. In diesem Fall blieb ihm nichts anderes übrig, als die früheren Zeichnungen auf den vorhergehenden Seiten auszuradieren und noch einmal von vorn anzufangen.

Bernstein ermahnte sich, dass es keinen Grund zur Eile gebe. Schließlich würde er immer auf die Bilder in seinem linken Auge zurückgreifen können, sie würden weder verloren gehen noch geklaut werden. Außerdem war der Bildband ein ziemlicher Wälzer. Die unzähligen leeren Ecken warteten nur darauf, von seiner Hand erschlossen zu werden.

Bernstein bildete sogar einzelne Sandkörner ab, die aufflogen, wenn die Kletten zu Boden fielen. Er modifizierte die Krümmungen der Widerhaken und verband sie zu einem millimetergenauen Geflecht. Andererseits durfte er bei den Änderungen nichts erzwingen. Um welche Situation es auch ging, die größte Schwierigkeit bestand darin, sie für einen Augenblick einzufrieren, da er nicht mehr zurückkonnte, sobald er die nächste Seite aufgeschlagen hatte.

Bernstein verstand nun auch, dass einer Seite ein Lidschlag entsprach. Wenn er blinzelt, herrscht Dunkelheit. Für einen winzigen Augenblick wird alles schwarz. Zwischen zwei Seiten gibt es einen Moment der Leere. Sobald das Licht wieder da ist, ist die kurze Unterbrechung zwar sofort vergessen, und doch hat sich eine Lücke aufgetan. Der Beweis dafür liegt darin, dass nach der Pause etwas anders ist als zuvor. Der Wassertropfen, der am Spinnenbein hängt, ist größer geworden, die Dornen der Klette haben sich zur Sonne hingewendet. Bernsteins Bestreben war, mit dem Bleistift auch die kleinste Veränderung festzuhalten, die sich bei geschlossenem Auge ereignete. Er hatte verstanden, dass die Welt, in der er lebte, eigentlich aus einer Reihe von Augenblicken bestand, die durch das Blinzeln seines Auges definiert wurde.

Es war faszinierend. Für Bernstein zählten nur noch sein linkes Auge und die Momente zwischen dem Blinzeln. Durch die Wärme seines Körpers wurde das Papier weicher, während die Fingerabdrücke und die verwischten Bleistiftspuren ihm eine vertraute Färbung verliehen. Er brauchte nur den Daumen oder die Fingerkuppen sachte auf das Papier zu legen, und schon folgte es gehorsam seinen Anweisungen.

»Was ist das für ein Gekritzel?«

Ab und zu sah Achat seinem Bruder neugierig zu, wurde aber sofort von Opal zurechtgewiesen:

»Komm, lass ihn in Ruhe, wir dürfen ihn nicht stören!«

Opal schien keine Erklärung zu brauchen, um intuitiv

zu begreifen, was da auf den Seiten in der Enzyklopädie geschah.

Durch den Vorhang von Bernsteins Augenlid kam ihre kleine Schwester Seite für Seite näher, manchmal scheu, manchmal ungeduldig auf der Stelle tretend. Unermüdlich hielt ihr Bruder seinen Stift in Bewegung, als wollte er ihr die Hand reichen.

»Seid schön leise!«

»Dürfen wir wirklich nichts sagen?«

»Nein, wir wollen sie nicht erschrecken.«

»Fängt sie dann an zu weinen?«

»Das kann sein. Sie ist noch sehr klein.«

»Sollen wir nicht die Nachttischlampe anschalten?«

»Ja, das wäre gut. Licht ist wichtig.«

»Mama, deine Brille?«

»Keine Sorge, ich setze sie gerade auf.«

»Los, kommt ein bisschen näher.«

»Reicht das?«

»Hm, noch ein bisschen …«

Seinen Anweisungen folgend, rückten Opal, Achat und ihre Mutter mit ihren Stühlen näher an den Tisch heran und steckten die Köpfe zusammen, um sich ganz klein zu machen. Wie zur Schlafenszeit legte Achat seine Wange in die Kuhle von Opals rechter Schulter, deren Haar Bernsteins Ohr streifte. Der wiederum spürte links neben sich den Atem seiner Mutter.

Am Abend, wenn die Fenster der Bibliothek geschlossen waren, roch es noch intensiver nach altem Papier. Aus unerklärlichen Gründen wirkte der Raum viel höher als tagsüber. Die dicken Wälzer in den bis oben hin vollgestopften Regalen blickten auf sie hinab.

Keiner sprach ein Wort. Vor ihnen lag »Das Illustrierte Wissenschaftslexikon für Kinder«. Bernstein hob den Band mit beiden Händen an und legte seinen Daumen an den Schnitt. In angemessenem Tempo, das er sich durch viel Übung angeeignet hatte, ohne mit dem Fingernagel hängen zu bleiben und dadurch den Ablauf zu stören, blätterte er die Seiten ab, sodass bei gleichmäßiger Geschwindigkeit ihr Rand sichtbar wurde.

»Oh!«, entfuhr es ihnen. Das Schauspiel war bereits vorbei, als der Nachhall des Seufzers noch nicht verklungen war. Trotzdem wunderten sich alle, wie gemäßigt alles vonstattenging. Es war, als ruhte jeder Augenblick in Bernsteins Händen, um sich dann in Zeitlupe zu entfalten. Auf jeder neuen Seite hatte sich ihre Schwester gezeigt. In der Enzyklopädie, die von den Dingen zwischen Himmel und Erde handelte, war sie wiederauferstanden.

Sie pflückte Weißklee. Geschickt flocht sie die Stiele ineinander, so wie Opal es ihr beigebracht hatte. Als die Kette fertig war, schmückte sie damit ihren Hals. Die Blumen hüpften auf und ab, als sie fröhlich durch die Gegend sprang. Die Kette war ihr Emblem, so wie Krone und Flügel, Schweif und Mähne bei ihren Geschwistern. Ein Lächeln breitet sich auf ihrem Gesicht aus. Alle wissen, dass sie ein Lied singt. Eine Komposition von Achat aus ihrer gemeinsamen Musikstunde.

Das Muster der Söckchen, die Form ihrer Fingernägel, das Funkeln in ihren Augen, die ständig in Bewegung sind – den Geschwistern entging nicht das geringste Detail. Mit der Bewegung der Seiten, die sich schnurrend aufeinanderlegten, nahmen sie alles auf, was Bernstein gezeichnet hatte. Das Licht der Nachttischlampe fiel auf ihre Gesichter und auf Bernsteins Finger. Gebannt hörten die Mutter und ihre drei Kinder dem Blätterrauschen zu, in dem sie den Gesang der Kleinen zu hören glaubten.

»Hier hat sie sich also versteckt«, wisperte Achat, der nicht mehr an sich halten konnte.

Dies war Bernsteins Debüt: seine erste Ausstellung, die »Revue der Augenblicke«. Der Veranstaltungsort war die heimische Bibliothek. Ohne Einladung, ohne Plakate und Katalog. Das Publikum bestand nur aus drei Personen.

Natürlich hatte er selbst dabei nie im Sinn gehabt, seine Zeichnungen als Kunstwerke zu deklarieren und sie der Öffentlichkeit zu präsentieren.

Der Titel »Revue der Augenblicke« stammte von jemandem, den Bernstein gar nicht kannte. Er tauchte erst Jahrzehnte später auf, nachdem er gerettet worden war. Anfangs weigerte er sich kategorisch, die Zeichnungen einem Fremden zu zeigen. Vor allem wollte er nicht gegen das Verbot seiner Mutter verstoßen.

»Und wenn ich für die Zeichnungen keinen unhandlichen Wälzer, sondern ein kleineres Format nehmen würde, zum Beispiel ein Notizbuch?«

Bernstein erinnerte sich noch gut an den Moment, als er seiner Mutter diesen Vorschlag unterbreitete.

»Dann könntest du es in die Tasche stecken und immer bei dir tragen.«

»Auf gar keinen Fall!«, sagte seine Mutter und schüttelte den Kopf. »Es gibt keinen sichereren Platz als die Enzyklopädie deines Vaters. Außer uns dreien darf sie niemand aufschlagen.«

Bernstein hielt sich strikt an diese Anweisung.

Nach dem »Illustrierten Wissenschaftslexikon für Kinder« nahm er sich die anderen Bände vor, in der Reihenfolge, wie sie im Regal standen, um seine kleine Schwester immer wieder zu malen. Er würde Opal, die sich von oben rechts durch die Lexika arbeiten wollte, vom anderen Ende aus begegnen. Vermutlich würden sie sich in der Mitte treffen. Dann könnten sie, sich die Hand reichend, den Durchbruch ihres Tunnels feiern, der die Welt regierte. Bei diesem Gedanken hüpfte sein Herz vor Freude.

Die Kleine rittlings auf Boiler, der mit ihr über die Wiese trabt; die Kleine, wie sie auf den Mimosenbaum klettert und dabei gelbe Blüten auf Opals Krone rieseln; die Kleine, die auf dem Riemen der Nähmaschine wie auf einer Rodelbahn hinunterrutscht; die Kleine auf lustiger Fahrt in Achats Papierschiffchen, das über den Teich segelt. Und schließlich, wie sie mit einer Schaufel im Boden gräbt und sich zwischen Bernsteinsedimenten schlafen legt. Immer spielte sie die Hauptrolle.

Wenn er seine Aufmerksamkeit auf die Fäden in seinem linken Auge lenkte, war es nicht schwer, seine jüngste Schwester zum Leben zu erwecken. Wie von allein begann diese sich frei zu bewegen, mit einer Lebendigkeit, der man nicht ansah, dass sie von einer Bleistiftmine stammte. Ihr Anblick brachte ihm Szenen in Erinnerung, die er längst vergessen zu haben glaubte.

Die Schwierigkeiten lagen eher in der Natur des Materials. Nicht alle Enzyklopädien eigneten sich für seine Vorgehensweise. Die Größe und Schwere des Buchs, die Papierstärke, die Haptik, die Verfärbungen der Ränder, die Thematik, das Erscheinungsdatum … alles spielte eine Rolle. Es gab Exemplare, deren Seiten im Nu durchrauschten, während manche nur einen trägen Lufthauch zustande brachten. Einige Papiersorten waren zu glatt für die Bleistiftmine und ließen keine markanten Striche zu, andere waren von Papierfischchen zerfressen und perforiert. Bernstein aber machte sich die unterschiedliche Beschaffenheit zunutze und passte die einzelnen Szenen entsprechend an. Dabei verzichtete er auf vorangehende Entwürfe in einem Skizzenbuch, sondern versteckte seine Schwester direkt im Herzen der Enzyklopädien, um sie nicht unnötig einer erneuten Bedrohung durch den bösen Hund auszusetzen. In einem doppelten Refugium aus Mauern und Buchdeckeln war sie bestimmt sicher aufgehoben.

Wenn man Bernsteins Zeichnungen einzeln betrachtete, war es schwer zu beurteilen, ob sie handwerklich gut gelungen waren. Er hatte kaum sichtbare Fortschritte gemacht, seit er im Alter von elf Jahren zum ersten Mal seine kleine Schwester zeichnete. Die Linien waren holprig und simpel, manchmal fehlte es ihnen an Balance. Trotzdem besaßen sie eine geheimnisvolle Kraft, die seine Mutter, Opal und Achat davon überzeugten, dass ihre kleine Schwester tatsächlich existierte.

Seine Bilder wurden erst in der Abfolge vollendet. Das Entscheidende dabei war nicht, dass das Gesicht seiner Schwester einen bestimmen Ausdruck annahm, sondern dass er detaillierte Bewegungen seiner Schwester schuf, die alle in Erinnerung hatten: das Flattern ihres Rocks, die wippenden Zöpfe, die funkelnden Augen. Natürlich funktionierte es nicht so nahtlos wie im Film. Es gab durchaus ruckelnde Stellen, aber gerade diese Tapsigkeit machte die Kleine umso liebenswerter. Es handelte sich nicht bloß um eine auf Leinwand gebannte Silhouette, sondern auf den Ecken der Seiten entstand eine mit Händen greifbare animierte Figur. Alle Momente ihres Daseins wurden sorgfältig in Szene gesetzt, von ihren Schatten befreit und dem Licht übergeben. Darin bestand Bernsteins Werk.

Wann immer die Mutter und seine beiden Geschwister Lust hatten, die jüngste Schwester zu treffen, begaben sie sich ins Arbeitszimmer, um in den Seiten der Enzyklopädien zu blättern. Dabei spürten sie, wie die Kleine von Band zu Band vorwärtsschritt. Wann würde sie Opal endlich die Hand reichen? Gespannt verfolgten sie ihr Vorankommen. Aber wie geübt sie inzwischen auch beim Blättern waren, an Bernsteins Fingerfertigkeit kamen sie nicht heran. Keiner traf das richtige Tempo, und deshalb wollten alle, dass Bernstein stets die Regie übernahm. Sie liebten ihre kleine Schwester am meisten, wenn sie durch seine Fingerspitzen in Erscheinung trat.

In späteren Jahren, als die »Revue der Augenblicke« auf Wanderschaft ging und die Besucher von seiner jüngsten Schwester nichts wussten, kehrte Bernsteins Seele stets an den Ort innerhalb der Mauern zurück. An den Tisch in der Bibliothek, während der Abendstunden: die Mutter, Opal, Achat und er saßen dicht zusammen, ein festes Gefüge, das nicht auseinanderbrechen konnte. Bald darauf würde die Jüngste ihnen lautlos entgegenhüpfen. Nun bildeten sie ein Quintett. In jenem Moment schrumpfte ihr Gefüge, bis sich alle vereint im Innern der Enzyklopädie geborgen fühlten.

In diesem Refugium ist es absolut ruhig. Während es alle Dinge dieser Welt in sich birgt, herrscht an den Seitenrändern eine wundersame Stille. Diese Ränder gehören zu keiner Rubrik, zu keiner Kategorie, sie sind von sämtlichen Einträgen ausgeschlossen und bleiben sich selbst überlassen, was die Familie aufatmen lässt. Ruhe ist für sie das Intimste, was es gibt.

Dort ist niemand, der sie stören könnte. Das einzig Spürbare ist ein leichter Windhauch, der beim Blättern der Seiten entsteht. Bernstein mochte es, wenn dieser Lufthauch in der Stille durch seine Fingerspitzen strich. Denn er war überzeugt, darin die Stimme seiner Schwester zu vernehmen.

»Es ist ein Kasten. Ein stabiler Behälter, der nicht rostet, wenn es regnet. Man kann ihn allerdings nicht forttragen. Er bleibt immer am selben Ort. Wie geduldig er dort ausharrt!

Als wir noch außerhalb der Mauern lebten, war es meine Aufgabe, aus dem Kasten zu holen, was sich darin befand. Er enthielt Worte, die auf Zettel geschrieben waren.

Ganz vorsichtig habe ich meine Hand hineingeschoben. Sie lagen dort tief im Dunkeln verborgen, und ich wollte sie nicht erschrecken. Ich war noch zu klein, um sie zu entziffern, aber ich wusste, dass sie einen langen Weg zurückgelegt hatten und ziemlich erschöpft waren.

Wenn der Kasten so vollgestopft war, dass er überquoll, wurde mir bewusst, wie wichtig meine Aufgabe war, und ich gab mir besonders viel Mühe. Das soll jedoch nicht heißen, dass es auf die Menge ankam. Selbst ein einzelnes Blatt Papier, auf dem jedes Schriftzeichen sehnsüchtig die Hand nach einem geliebten Menschen ausstreckt, durfte nicht übersehen werden. Wenn ich Mutter die Post übergab, hielt ich den Blick gesenkt, damit sie ungestört jedes einzelne Wort lesen konnte. Der Absender war meistens unser Vater.

Um meine Aufgabe gewissenhaft zu erfüllen, habe ich immer auf die entsprechenden Geräusche geachtet, wenn die Sendung geliefert wurde. Das Knattern des Mofas hörte sich an wie der Flügelschlag eines Vogels. Es war kein prachtvoller Vogel, der sich elegant in den Himmel aufschwingt, sondern einer mit kleinen Flügeln, die angestrengt flattern. Stimmen gelangen gewöhnlich direkt ans Ohr. Aber stumme Zeichen schweigen für immer, wenn keiner Notiz von ihnen nimmt. Es ist der Vogel, der sie überbringt. Indem er ihnen unter seinen Fittichen Schutz gewährt.

Es geschah zwar nicht oft, aber auch ich habe Post bekommen. Von einer Freundin aus der Ballettklasse, die weggezogen war, weil ihr Vater versetzt wurde. In Anbetracht der Milliarden Menschen auf der Welt erschien es mir seltsam, dass der Brief nur an mich gerichtet sein sollte. Ich war so stolz, als hätte ich gerade in der Lotterie gewonnen. Aber ich habe all meine Briefe weggeworfen, als wir hierher gezogen sind.

Wisst ihr, dass am Tor dieses Hauses auch solch ein Kasten hängt? Sobald ich die Flügelschläge eines Vogels höre, erinnere ich mich an meine damalige Aufgabe und schaue unwillkürlich zu dem Kasten hin. Es ist uns strikt verboten, in die Nähe des Tores zu gehen, deshalb darf Mutter nichts davon erfahren. Meistens ist er sowieso leer. Enttäuschend leer. Manchmal liegt ein zerknüllter Werbeprospekt darin oder eine tote Wespe. Damit es keine unangenehmen Überraschungen gibt, wenn wirklich einmal eine wichtige Nachricht eintrifft, mache ich ihn regelmäßig sauber.

Wenn ich zum Beispiel allein in der Bibliothek sitze und plötzlich das Flattern eines Vogels höre, der sich irgendwo im Garten verbirgt, werde ich unruhig. Hat er sich verirrt, weil er auf der Suche nach mir war? Vielleicht ist er so erschöpft, dass er nicht mehr fliegen kann und nun im Gebüsch seinen letzten Atemzug tut? Dann werden auch die Worte aus seinen Fittichen zu Boden fallen und sich in alle Winde zerstreuen, und es wird äußerst schwierig sein, sie wieder miteinander zu verknüpfen.

Und dennoch ist der Kasten geduldig. Unermüdlich, ohne des Wartens überdrüssig zu werden, umarmt er seine innere Leere, damit jederzeit ein Vogel zu ihm herabfliegen kann.«

»Ich weiß!«

Als Opal ihre Erzählung beendet hatte, war Achat wie üblich der Erste, der reagierte.

»Da kann man die Hüllen von toten Insekten reinlegen.«

»Aber nein!« Opal drehte sich im Bett zu ihm und strich ihm übers Haar. »Der Kasten ist doch kein Sarg.«

»Nein, wenn man sie da reinlegt, werden sie wieder lebendig.«

»Ach ja?«

»Ja, irgendwann sind sie nämlich verschwunden.«

»Aber Opal hat doch …«

Seine Schwester zwinkerte Bernstein zu, als dieser sich einmischen wollte.

»Jedenfalls ist es sehr gefährlich, in die Nähe des Tors zu gehen. Besonders für einen kleinen Jungen wie dich, Achat.«

»Keine Angst, ich passe gut auf, und außerdem gehe

ich nicht oft dorthin. Nur wenn ich solche Hüllen finde. Letztes Mal, als ich sie aus Spaß zertrampelt habe, hat mich doch die Klette angegriffen und mir wehgetan. Jetzt behandle ich die Hüllen ganz vorsichtig.«

»Das ist gut.«

Achat genoss es sichtlich, dass man sein Haar streichelte, bis er einschlief. Bernstein lag schweigend auf dem Futon, um seinen Schlaf nicht zu stören.

Nun, da er wusste, dass seine beiden Geschwister sich jeder auf seine Weise unbemerkt dem Portal genähert hatten, verspürte er einen Stich der Enttäuschung. Ihn beschlich das ungute Gefühl, dass er heimlich dabei beobachtet worden war, wie er nach und nach die Kletten über die Pforte geworfen hatte. Er nahm sich vor, sie von nun an mit aller Kraft in die Luft zu schleudern, damit sie weit wegflogen. So hoch und weit, dass sie vielleicht am Gefieder des Vogels haften bleiben, der die Worte mit sich trägt. Nachdem er den Entschluss gefasst hatte und sich seine Lider senkten, sah er im linken Augenwinkel seine kleine Schwester auf dem Rücken eines Vogels sitzen, der hoch am Himmel kreiste.

Wie von Opal geschildert, war der Vogel so zierlich, dass er in eine Handfläche passte, und seine zarten Flügel wirkten so zerbrechlich, dass man ihnen nicht viel zutraute. Trotzdem sitzt die Kleine rittlings auf ihm und hält sich gut am Nackengefieder fest. Die pechschwarzen Augen des Vogels sind ungetrübt, sein Schnabel ist spitz. Gemeinsam fliegen sie über die Wipfel der Bäume und nehmen Kurs auf den klaren blauen Himmel. Wird der Vogel von einem unerwarteten Luftzug der umgeblätterten Seiten erfasst, zittern seine Schwanzfedern, damit er das Gleichgewicht halten kann. Dazu hüpft die Kette aus Weißklee stetig auf und ab.

Schließlich erblickt die Kleine weit unten den Kasten. Sobald sie ihn ausgemacht hat, deutet sie mit dem Finger darauf. Auf dieses Signal hin setzt der Vogel zum Tiefflug an. Um nicht abgeworfen zu werden, krallt sich das Mädchen am Gefieder fest. An sein Ohr dringt nichts außer den Flügelschlägen, die die Luft durchschneiden.

Die Innenseite der Schwingen ist mit herrlichen weichen Daunen ausgekleidet. Dort in diesem Federbett liegen die Worte, die die Kleine mit beiden Händen herausschöpft, um sie in den Kasten zu legen. Sie schiebt ihre Hand durch den schmalen Spalt. Drinnen ist es zu dunkel, um etwas erkennen zu können, aber sie weiß, dass dort eine feierliche Stille herrscht, um die Zeichen zu empfangen. Dank Achat, der dort die toten Insekten deponiert.

Die Kleine setzt sich wieder rittlings auf den Vogel. Der fliegt mit lauterem Flügelschlag davon, damit Opal sie beide hören kann.

Opal braucht nun keine Angst mehr zu haben, die Anweisungen ihrer Mutter zu missachten, wenn sie zum Tor geht. Und sie muss auch nicht erschrecken, wenn sie tote Wespen in dem Kasten findet. Wenn sie einen Brief von ihrer Freundin aus der Ballettklasse lesen möchte, braucht sie nur ein Lexikon aus dem Regal zu holen. Statt den Kasten zu öffnen, blättert sie nun mit leichter Hand durch die Seiten. So erhält sie den Brief, den die Schwester ihr gebracht hat.

Es regnete ununterbrochen, und sie konnten tagelang nicht in den Garten. Opals Studien und Bernsteins Werkreihe machten sichtlich Fortschritte, nur Achat wusste seinen Übermut nicht zu zügeln und richtete allerhand Schaden an. Er zerbrach den Lampenschirm im Wohnzimmer, er riss den Knauf von Mutters Schlafzimmertür ab und er ruinierte die Sprungfedern des Bettgestells, weil er es als Trampolin benutzte. Einen Handwerker zu bestellen war ausgeschlossen, deshalb mussten sie sich gemeinsam etwas einfallen lassen, um die Schäden auszubessern. Der Lampenschirm wurde mit Klebeband repariert, statt des Knaufs diente nun das Loch zum Öffnen und Schließen der Tür, und die kaputten Sprungfedern ließ man einfach so, wie sie waren.

Niemand schimpfte mit Achat. Ob er nun durch die Gegend tobte oder still dasaß, es hatte ohnehin keinerlei Einfluss auf den Zustand des Hauses, das zunehmend verfiel. Die Dielen knarrten, an den Decken breiteten sich unerklärliche Flecken aus, das Geländer an der Terrasse war stellenweise morsch. Die Collagen aus Engeln und Blumen im Kinderzimmer lösten sich von den Wänden und mussten immer wieder neu angeklebt werden, während die Zahl der funktionierenden Tasten des Harmoniums immer geringer wurde. Die Mutter konnte noch so sehr den Boden schrubben oder die Vorhänge mit Bleichmittel waschen, die Flecken und Schmutzspuren nahmen überhand. Es half auch nicht, alle Fenster weit aufzureißen, die trübselige Atmosphäre ließ sich einfach nicht vertreiben. Regen und Wind zirkulierten nur innerhalb der Mauern, während die Luft von außerhalb nicht mehr zu ihnen vorzudringen schien.

Mit der Spitzhacke über der Schulter, machte sich die Mutter unverdrossen jeden Tag auf den Weg zur Arbeit. Als der Bus wegen der Überschwemmungen vorübergehend den Betrieb einstellte, nahm sie sogar einen zweistündigen Fußmarsch in Kauf. An solchen Tagen war ihre Bewaffnung unentbehrlich.

»Ich muss auf der Hut sein. Der Regen hat die Spuren des bösen Hundes weggespült«, erklärte sie, während sie ihre Spitzhacke schulterte.

Beeinflusste das feuchte Wetter die körperliche Verfassung der Menschen? Die Thermalbäder waren weiterhin ausgebucht und die Mutter hatte immer viel zu tun.

»Weißt du, wo die Republik Irland liegt?«, fragte Opal, die eine Landkarte auf dem Tisch im Arbeitszimmer ausgebreitet hatte.

»Nicht so richtig«, sagte Bernstein ausweichend.

Er hatte sich gerade einen neuen Band vorgenommen, den »Panorama-Sternenatlas«, und wartete darauf, dass sich die Fäden in seinem linken Augenwinkel regten, um zu überprüfen, ob die Seiten geeignet waren. Achat schien im Wohnzimmer auf dem Harmonium zu spielen. Hörte das Prasseln des Regens einmal kurz auf, konnten die beiden das gedämpfte Schnaufen hören, das das Instrument von sich gab.

»Hier, ganz außen.«

Die Umrisskarte gehörte zum Anhang einer geografischen Lexikonreihe über die Länder der Welt, die Achat mit Wachsstiften in den Farben seiner Wahl ausgemalt hatte. Das Land ganz am Rand, auf das Opal gezeigt hatte, war blauschwarz.

»Es sieht aus wie ein verlorener Gegenstand, findest du nicht? Wie ein zerknittertes Taschentuch, das einem unbemerkt aus der Hosentasche gefallen ist. Ein vergeblich wartendes Ding, vom Besitzer längst vergessen.«

Bernstein betrachtete das kleine Eiland. Umgeben von Meer am Rand der Welt. Er besann sich auf den Medaillenspiegel der einzelnen Nationen im Anhang des Olympia-Bildbands, konnte sich jedoch nicht daran erinnern, welchen Rang dieses Land eingenommen hatte.

»Das Land ist ein einziges Sumpfgebiet. Deshalb haben sie dort kaum Landwirtschaft. Es heißt, wenn die Pflanzen im Moor verrotten, bilden sich Torfschichten.«

Opal hatte ihr Notizheft aufgeschlagen und überprüfte die soeben fertiggestellte Zusammenfassung. Ihre akkurate Handschrift wirkte erwachsen, fast ein wenig steif. Bernstein warf einen Blick in ihr Heft und wunderte sich, wie sie sich diese Schönschrift hatte aneignen können. Darunter prangte ein fett gedrucktes »Bestanden«, obwohl es gar keine Prüfungen gab. Den Stempel hatte sich Opal aus einem Radiergummi geschnitzt.

Es hörte nicht auf zu regnen. Wenn man aus dem Fenster schaute, sah der Garten völlig verändert aus. Die zusammengerechten Laubhaufen waren eingefallen und matschig, der ursprüngliche Wasserlauf der Quelle suchte sich verzweigte Wege.

»Dort regnet es wahrscheinlich immer, so wie jetzt hier«, sagte Bernstein.

»Ja, das ganze Land ist ein einziger Morast. Wenn man dort die Erde umgräbt, findet man überall uralte Sachen, die im Laufe von Jahrhunderten ins Moor gefallen und unversehrt geblieben sind, weil sie dort nicht verrotten können. Knöpfe, Haarspangen, Holzschuhe, Handspiegel und dergleichen. Torf ist wie ein Konservierungsmittel, es schließt alles luftdicht ein.«

»Dann ist es ja das Land der verlorenen Dinge.«

»Ganz genau. Und weißt du, was das größte all dieser Dinge ist?«

Bernstein schüttelte den Kopf.

»Der Mensch.«

»Wieso?«

»Leichen verwesen dort nicht. Weder Haare noch Fingernägel, nicht einmal die Augen. Obwohl alles so erhalten bleibt wie zu Lebzeiten, ist man dennoch mausetot.«

Opal zeigte auf Bernsteins linkes Auge.

»Wie Mumien oder Fossilien?«

»Nein, ganz so ausgetrocknet sind sie nicht. Sie liegen ja am Grunde eines feuchten Sumpfs. Ich stelle mir das eher so vor wie feuchten Knetgummi. Wenn man die Wange berührt, könnte man glatt mit der Fingerspitze reinbohren.«

Bernstein bemerkte, wie sich Opals Zeigefinger seinem linken Auge näherte. Die Fäden lagen ganz ruhig da, als lauschten sie interessiert Opals Geschichte.

»Die armen Leichen! Es ist wirklich traurig, dass sie nicht richtig tot sein können.«

»Um Mitternacht, als er heimlich seine Geliebte treffen wollte, war er versehentlich mit einem Fuß ins Moor getreten. Es war bestimmt eine mondlose, finstere Nacht.«

Mit einer Haarnadel zwischen den Lippen ordnete Opal ihre Frisur und rückte die verrutschte Krone zurecht. Bernstein fand, dass das Wort »Geliebte« nicht zu Opal passte, verkniff sich jedoch die Bemerkung. Er blinzelte mehrmals, um die Fäden in Bewegung zu versetzen, aber sie verharrten reglos wie im Moor versunkene Leichen.

»Aber als er es merkt, ist es zu spät. Je stärker er dagegen ankämpft, umso tiefer zieht es ihn hinab, bis er sich nicht mehr bewegen kann und ihm der Schlamm in Mund und Nase dringt. Um ihn herum wird es stockdunkel. So dunkel, dass alles einen bläulichen Schimmer bekommt. Ja, genau so wie das Blauschwarz der Farben, die Achat benutzt. Wie mag es sich anfühlen, wenn das Sterben in den Fingernägeln beginnt? Lass uns beten, dass er wenigstens keine Schmerzen hat. Tief im Moor versunken, muss er nun eine Ewigkeit warten, bis ihn überhaupt jemand entdeckt. Bis in eine ferne Zukunft, nachdem seine Geliebte längst gestorben ist …«

Während beide schweigend aus dem Fenster zum Himmel über der Mauer blickten, schweiften ihre Gedanken zum Grund des Moores, das in einem unbekannten

Land liegt. Bernstein fiel ein, dass sein Name sich auf tief in der Erde begrabenes Baumharz bezog. Sein linker Augapfel war also ins Moor gefallen, rasch durch den Schlamm gesunken und von Torf umschlossen worden. Deshalb betete er für diejenigen, die dort am Grunde vergessen lagen. Auf dass sie in Frieden ruhen mögen.

»Es ist Essenszeit!«

Sie hörten Achats Schritte, der durch den Korridor gerannt kam.

»Ich habe einen Riesenhunger.«

Opal klappte ihr Notizbuch zu und erhob sich.

»Wir machen etwas Milch warm, ja?«

Lächelnd fing Opal ihren kleinen Bruder in ihren Armen auf, als dieser die Tür aufriss und hereingestürmt kam.

Am nächsten Tag hatte es aufgehört zu regnen. Als die gleißende Morgensonne durch den Vorhangspalt ins Kinderzimmer schien, wusste Bernstein, dass die Regenzeit vorbei war und nun der Sommer Einzug hielt. Er kletterte aus dem Bett und war ganz begierig darauf, das Fenster zu öffnen. Es tropfte von der Regenrinne herunter, und eine frische Brise wehte ins Zimmer. Im Garten glitzerten die nassen Blätter.

Es war Opal, die als Erste bemerkte, dass sich im Garten ein Sumpf gebildet hatte.

»Schau mal, Bernstein! Hier entsteht gerade die Republik Irland.«

Ursprünglich handelte es sich um einen Teich, der durch eine besondere Bodenbeschaffenheit hervorgegangen war, den jedoch die früheren Bewohner des Grundstücks hatten verkommen lassen, bis nur eine ausgetrocknete Senke übrig blieb. Aber die sintflutartigen Regenfälle hatten die Ränder aufgeweicht, sodass sich die nasse, schwere Erde in einen Morast verwandelt hatte. Der Schlamm hatte die gleiche blauschwarze Farbe, die sich die Kinder bei den Moorlandschaften Irlands vorstellten. Sie konnten den Nachmittag kaum abwarten und stürmten sofort in den Garten, wo sich jeder, barfuß und in Unterwäsche, eine Schaufel schnappte und anfing, im Sumpf zu graben. Sobald ihre Fußsohlen im Schlamm versanken, kreischten sie vor Vergnügen. Wie auf ihr Signal hin strahlte die Sonne intensiver, während das Zirpen der Zikaden und das Zwitschern der Vögel noch lauter wurden. Die drei Kinder spürten, wie ihre Körper durch die Bewegung aufblühten und sie frei durchatmen konnten. Bald schon waren sie von Kopf bis Fuß mit Schlamm bedeckt, aber es störte sie nicht im Geringsten.

»Lasst uns nach verlorenen Gegenständen suchen!«, schlug Opal vor.

»Was ist denn verloren gegangen?«, fragte Achat sofort.

»Ich weiß es nicht, die Besitzer sind schon tot«, erwiderte Opal.

»Au ja, lasst uns danach suchen!«

Achat hockte bereits mitten im Tümpel und begann energisch zu schaufeln. Opal und Bernstein gruben nicht weniger eifrig. Der Schlamm war wärmer und weicher als erwartet, ihre Hände waren voll davon. Jedes Mal wenn der Spaten in den Sumpf eindrang, schlug ihnen ein modriger Geruch entgegen. Es war der Geruch der Erde, der dort emporstieg.

Und es kamen tatsächlich etliche Dinge zum Vorschein: kahle Zweige, Muschelschalen in der Größe eines Daumennagels, Korken, Nüsse und Samen, Wurzelknollen, Glasscherben, Stofffetzen, Nägel, die Spitze eines Füllfederhalters.

»Schaut mal!«

Jedes Mal wenn einer von ihnen ein bemerkenswertes Fundstück zutage förderte, hielt Achat es gegen das Licht.

»Bravo!«

Die beiden anderen klatschten in die schlammigen Hände, um dem Finder zu applaudieren. Natürlich entdeckten sie auch allerlei lebendes Getier wie Regenwürmer, Tausendfüßler und Nacktschnecken. Ihnen wurde aber kein Beifall gezollt, denn sie flüchteten und verkrochen sich rasch wieder im Schlamm.

Die Fundstücke wurden an einem sonnigen Flecken auf der Terrasse aufgereiht. Nachdem sie im Sumpf über einen langen Zeitraum hinweg Schlamm aufgesogen hatten, hatten sie eine dunkle Farbe angenommen. Dennoch erkannte man an den Umrissen, welche Funktion sie einst erfüllten. Abrupt aus ihrem Tiefschlaf gerissen, lagen sie nun geblendet im grellen Licht und wirkten ein wenig verschämt.

Die durch das Laub scheinende Sonne bildete flirrende Muster am Boden. Als ein kleiner Vogel zwitschernd aus einer Baumkrone aufflog, perlten die letzten Regentropfen von den Blättern herab. Aus der Quelle, die während der Regenzeit vom Schlamm getrübt war, sprudelte nun wieder klares Wasser. Der Himmel zwischen den Wipfeln strahlte blau.

Was, wenn ich plötzlich auf eine Leiche stoße, fragte sich Bernstein. Aber es gab nichts zu befürchten, denn Opal und Achat waren ja bei ihm. Immer wenn etwas auftauchte, was ihn an die Überreste eines menschlichen Körpers erinnerte – eine Fischgräte oder eine Murmel, die einem Augapfel ähnelte –, pochte sein Herz vor Aufregung. Er war sicher, dass es eine ruhmreiche Entdeckung wäre, wenn er das größte Fundstück bergen würde, weshalb er sich bemühte, mit seinem Spaten noch tiefer zu gelangen als seine Geschwister. Der Morast sickerte langsam ins Erdreich. Voller Hingabe und mit vereinten Kräften widmeten sich die drei Kinder ihrer Arbeit.

Bald waren sie am ganzen Körper schweißgebadet und mit Schlamm beschmutzt, sodass sie den Gartenschlauch holen mussten, um sich zu waschen. Das Wasser war erschreckend kalt im Vergleich zur warmen Erde. Der matschige Boden, auf dem sie standen, verstärkte ihr Gefühl, ein irisches Moor vor sich zu haben. Achat jagte Bernstein mit dem Wasserstrahl, den er quietschvergnügt auf dessen Po richtete, worauf Bernstein ihm den Schlauch entriss und seinerseits Opal nass spritzte. In den drei Jahren völliger Abgeschiedenheit und dem Gebot, sich nur mit unterdrückter Stimme zu unterhalten, waren ihre Stimmbänder offensichtlich verkümmert. Obwohl sie hemmungslos herumkreischten, kam kaum mehr als ein heiseres Flüstern aus ihren Kehlen, aber an einem bestand kein Zweifel: Sie lachten aus vollem Herzen.

Bernstein war erstaunt, wie ausgelassen Opal mit ihnen spielte, denn wenn ihre Mutter das alles gesehen hätte, hätte es sicherlich ein weiteres Verbot gegeben. Seine Schwester war sogar diejenige, die am wildesten herumtobte. Als Bernstein das Schlauchende zusammendrückte, um dem Wasserstrahl mehr Kraft zu verleihen, sprang sie übermütig von der Terrasse herunter, lief einmal um den Mimosenbaum herum und warf erneut mit Matsch, um es ihm heimzuzahlen.

Ihr zusammengebundenes Haar hatte sich gelockert, die verrutschte Krone hing nur noch lose an einer Haarnadel. Die von ihrer Mutter genähte Baumwollunterwäsche, die ihr längst zu eng geworden war, klebte nass an ihrer Haut. Über ihre nackten Oberschenkel liefen aschgraue Schlieren, die ein Muster bildeten, das an ein Blattgerippe erinnerte. Aber trotz der Schlammspritzer strahlte ihre Haut rein und weiß. Je nachdem, wie das Licht einfiel und Opal sich drehte, schimmerten ihre Körperkonturen durch ihre Bluse hindurch. Um jedes Blinzeln zu vermeiden, so als wollte er nicht mehr weiterblättern, verengte Bernstein seine Lider, aber im gleißenden Licht offenbarte sich Opals Silhouette Augenblick für Augenblick durch den Tränenfilm.

»He, sieh mal!«

Opal hatte etwas vom Boden aufgesammelt und hielt es ihm entgegen. Es war ein kleiner Stein, der in ihrer Hand Platz fand. Seine Form war unregelmäßig, aber die nasse Oberfläche schimmerte milchig in allen möglichen Schattierungen, als wäre der feuchtwarme Schlamm noch im Stein enthalten.

»Ein Opal«, rief sie. »Das ist ein Opal!«

Ihre Stimme klang frisch und lebendig, als wäre sie zutiefst erleichtert darüber, endlich das verlorene und lang gesuchte Objekt gefunden zu haben. Geblendet von der Sonne, betrachteten ihre beiden Brüder schweigend den Stein. Aus dem Schlauch lief immer noch Wasser, das an Bernsteins Wade hinabrann. Er überlegte, dass es eine halbe Million Jahre gedauert haben musste, bis sich ein Opal in dieser Größe bilden konnte. Zugleich erinnerte er sich an eine Zeile im »Illustrierten Wissenschaftslexikon für Kinder«, wo es hieß, dass der Opal am schönsten aussehe, wenn er von Wasser benetzt sei.

Opal stand barfuß im Schlamm, holte tief Luft und ballte die Hand zur Faust, um den Stein fest zu umschließen. Auf ihrer Haut perlten unzählige Wassertropfen, die das Licht so stark reflektierten, dass man nicht mehr unterscheiden konnte, ob sie von der Sonne beschienen wurde oder aus sich heraus strahlte. Opal funkelte wie ein Juwel.

»Ich habe auch meinen entdeckt«, rief Achat.

Sein Fundstück, das er aufgelesen hatte, war ein von Schlieren durchzogener brauner Stein.

»Meiner sieht so aus.« Bernstein wollte nicht hinter seinen Geschwistern zurückstehen und fischte ebenfalls ein Bröckchen aus dem Schlamm. Ohne sich zu vergewissern, meinte er, die goldene Farbe des Steins entspräche seinem linken Auge. Jedes der drei Geschwister hielt seinen Stein in der Hand, während die Sonne vom Himmel herunterstrahlte.

Als der Tag sich bereits neigte, übergaben sie die Fundstücke, aus denen sie inzwischen einen Körper gebastelt hatten, dem Sumpf. Wurzelknorren und Ranken bildeten das Gesicht, während sie an dem aus Stofffetzen geformten Torso Zweige als Gliedmaßen befestigten. Die Finger bestanden aus Nägeln, Schreibfeder, Samen und Muschelschalen stellten Fingernägel dar. Mitten im Gesicht prangte ein Korken als Nase, das Haar war aus Draht geformt. Zu guter Letzt stiftete Achat seinen Stein als linkes Ohr, Bernstein seinen als linkes Auge und Opal den ihren als Mund. Sie hatten sich nicht vorher abgestimmt, alles geschah spontan. Das Ohr, das den Lehrer der Worte beherbergte und Lieder komponierte; das Auge, das in den Intervallen von Lidschlägen der Kleinen Zuflucht gewährte; der Mund, der Geschichten über die Außenwelt zu erzählen wusste.

Es war ein Körper mit einem sanften, liebenswürdigen Gesichtsausdruck. So wie er dort lag, schien er sich zu fragen, weshalb er tot sei, und nicht zu verstehen, was ihn hierher verschlagen habe. Das Zirpen der Zikaden war verstummt, die durch das Laub scheinende Sonne bereits verschwunden, während die Schatten der Bäume sich über den Sumpf erstreckten.

»Also los.«

Gerade wollten sie den Toten mit Schlamm bedecken, als Bernstein plötzlich rief:

»Wartet! Ich finde, wir sollten sie behalten.«

Bernstein lehnte sich über den Rand des Sumpfes und pickte die drei Steine aus der Figur.

»Ja, schließlich haben wir sie auch gefunden«, stimmte Opal zu.

Bernstein überreichte Achat das linke Ohr und Opal den Mund, während er selbst das linke Auge behielt.

»Stattdessen werden wir ihn hiermit schmücken.«

Opal zog die Haarnadel heraus, nahm die Krone ab und kniete sich vor den Körper, um sie ihm auf den Kopf zu setzen. Der Haarschopf aus Draht verschwand darunter.

Mit beiden Händen schöpften sie Schlamm und begruben ihren Toten im Sumpf. Die verästelten Glieder und Fingernägel brachen auseinander, der Stoffrumpf verdrehte sich und die Löcher von Ohren, Mund und Augen waren nun voller Schlamm. Auch die Krone, die bis eben noch Opals Kopf geschmückt hatte, versank in der Tiefe. Alle Dinge kehrten in den Morast zurück, wo ihnen ein langer Schlaf bevorstand. Die Sonne war fast untergegangen.

An diesem Abend nahm Opal Stoffreste aus dem Nähkasten ihrer Mutter und fertigte daraus Säckchen, in denen ihre drei Steine aufbewahrt werden konnten.

»Es wäre furchtbar, wenn wir sie verlieren würden. Wir müssen auf sie achtgeben.«

Bernstein beobachtete seine Schwester, wie sie sorgfältig den Stoff zusammennähte, damit er nicht ausfranste. Sie arbeitete ernsthaft und mit großer Fürsorge, damit es nicht das geringste Loch gab, aus dem etwas herausrutschen konnte. Ihre Hände waren weiß und makellos, sie schimmerten immer noch vom Sonnenlicht, das sie tagsüber geatmet hatten. Nacheinander legte sie den Achat, den Bernstein und schließlich den Opal in das jeweilige Säckchen und verschnürte es mit einer Kordel.

»So, das hätten wir!«, sagte Opal und hängte ihren Brüdern je eines um den Hals. Als Bernstein den Kopf neigte, spürte er, wie ihre Hände seinen Nacken streiften.

»Wir werden sie immer bei uns tragen, einverstanden?«

Die drei Geschwister rückten zusammen und hakten ihre kleinen Finger ineinander.

»Zusammen mit der Kette aus Weißklee, ja?«, sagte Achat aufgeregt.

So kam es, dass der Schmuck auf der Brust der vier Geschwister ein Zeichen ihrer Verbundenheit wurde.

Es war der letzte Tag von Opals Kindheit. Von nun an übernachtete sie nicht mehr im selben Bett wie ihre Brüder, sondern stellte sich eine Liege in eine Ecke des Abstellraums, auf der sie fortan schlief.

»Wieso nimmst du mich nicht mehr in den Arm?«,

jammerte Achat unablässig, wenn er abends nicht einschlafen konnte.

Statt einer Antwort fragte sie nur: »Und welche Geschichte möchtet ihr heute hören?«

Sie saß auf der Bettkante und machte sich bereit, ihnen etwas zu erzählen.

»Sag doch, warum?«

Achat hatte Tränen in den Augen.

»Die Sprungfedern sind kaputt.«

Nun weinte Achat erst recht, da er glaubte, er allein sei daran schuld.

»Sei ein braves Kind und mach die Augen zu.«

Opal löschte das Licht und verließ das Kinderzimmer. Die beiden Brüder fanden keinen Schlaf und starrten auf das schwarze Loch inmitten der blinkenden Signale. Bei der kleinsten Bewegung ächzten wehleidig die Federn.

»Nimm dein Säckchen in die Hand«, sagte Bernstein. »Es wird dir das Gefühl geben, Opal wäre bei dir.«

Achat nickte, legte die Hand auf die Brust und schloss die Augen.

Die Krone blieb von jenem Tag an auf dem Grund des Sumpfes. Ihre Mutter konnte noch so schöne neue Kronen für sie anfertigen, Opal weigerte sich, noch einmal eine zu tragen. Bernstein wusste, dass die Krone nun fünfhunderttausend Jahre schlafend in dem Sumpf verbringen würde, bis sie jemand fand.

6

Jeder, der schon einmal Herrn Bernsteins Zimmer betreten hat, weiß, dass auf dem Fensterbrett drei Steine liegen. Es handelt sich ganz offensichtlich um gewöhnliche Kieselsteine, trotzdem geht niemand nachlässig mit ihnen um. Das Reinigungspersonal macht jeden einzeln vorsichtig sauber, und die Krankenschwestern achten beim Öffnen und Schließen der Fenster darauf, dass sie nicht versehentlich herunterfallen. Wenn sie aus irgendeinem Grund verrückt wurden, schiebe ich sie sorgfältig an ihren ursprünglichen Platz zurück. Opal, Bernstein und Achat liegen in gleichmäßigem Abstand nebeneinander, sodass sie sich die Hand reichen könnten. Sie sind so platziert, dass sie aus dem Fenster schauen können.

Herr Bernstein möchte mir gern von den weiten Reisen erzählen, die er mit seinen Geschwistern innerhalb der Mauern unternommen hat. Endlose Entfernungen haben sie zurückgelegt, vom Regaltunnel aus bis zu den Sumpfgebieten der Republik Irland, von den Spiralnebeln bis in die Tiefe der Bernsteinsedimente. Wagemutige Expeditionen, aufregende Abenteuer, gefährliche Situationen, glückliche Triumphe ... Aber er will kein Wort über jene Reise verlieren, die ihn aus dem Refugium fort bis an dieses Fenster geführt hat. Darüber schweigt er beharrlich, als hätte er nicht die Zeit, auch nur eine einzige Seite in der Enzyklopädie umzublättern.

Meine Lieblingsgeschichte handelt von der Reise, die die Kieselsteine mit dem Esel Boiler unternahmen. Es begann mit der Idee, einen Rummelplatz nachzubauen. Am Fuße des Mimosenbaums ließen die Kinder im Gras verschiedene Attraktionen aus Blättern, Borke, Eicheln und Schlingpflanzen entstehen. Da die beiden Jungen keine Erinnerung an einen echten Rummelplatz hatten, mussten sie sich voll und ganz auf Opals Beschreibungen verlassen.

Dort dreht sich ein Riesenrad, das Karussell kreist zur Musik, die Achterbahn rattert durch gefährliche Kurven. Außerdem gibt es ein Häuschen, wo man die Eintrittskarten kaufen kann, eine Geisterbahn, einen Eisverkäufer. Beruhigend ist, dass die Fahrzeuge nie ganz wegfahren, sondern immer wieder an Ort und Stelle zurückkehren. Unverdrossen warten die Kinder vor jeder Attraktion, bis sie an der Reihe sind. Dann nehmen sie ihren Stein aus dem Brustbeutel und legen ihn auf den jeweiligen Wagen.

Die Steine haben so viel Spaß, dass sie nicht nach Hause wollen. Ohne in den Beutel zurückzuwandern, vergnügen sie sich die ganze Nacht auf dem Rummelplatz. Den Kindern fällt dies erst am nächsten Morgen auf, als ihre Mutter, den Mietesel hinter sich herziehend, von der Nachtschicht heimkehrt. Und schon ist es passiert. Da das weiche Gras unter dem Mimosenbaum Boilers liebstes Futter ist, weidet er dort als Erstes. Als die Kinder zu ihm eilen, hat er bereits den gesamten Vergnügungspark vertilgt, inklusive der drei Kieselsteine. Mit einem verzweifelten Aufschrei zeigt Achat auf die kahle Stelle auf dem Boden, während Boiler, dem beim Kauen der Speichel aus dem Maul läuft, ihn mit schläfrigem Blick anschaut.

Herr Bernstein versteht es gut, Achats Grimasse von damals nachzuahmen. Er verzieht den Mund, als wolle er gleich in Tränen ausbrechen, hin- und hergerissen zwischen schmerzlichem Nichtwahrhabenwollen, dass sein kostbarer Stein verloren sei, und der Einsicht, dass man Boiler keinen Vorwurf machen darf.

»Wir werden sie einfach als vermisst melden«, schlug Opal vor. Ihre Stimme klang wie immer höchst gelassen.

Es blieben ihnen fünf Tage Zeit, um die Steine zu finden. Der Tag, an dem Boiler zurückgebracht werden musste, rückte besorgniserregend näher. Sie mussten sich also beeilen.

Jeder mit einem Bambusspatel bewaffnet, suchten sie den gesamten Garten nach Eselsmist ab, um die Haufen zu sezieren. Zuerst wurde Bernstein fündig, dann Opal, und schließlich auch Achat. Dadurch dass jedes Kind seinen Stein genau kannte, ließen die sich auch genau unterscheiden.

»Wären sie noch länger in seinem Bauch geblieben, hätte er sie mit nach draußen geschleppt«, sagte Bernstein in einem Ton, als würde er diese für ihn undenkbare Vorstellung ins Reich der Träume verbannen.

»Man braucht nicht unbedingt auf ihm zu reiten, sondern kann auch seinen Bauch als Transportmittel benutzen.«

»Er hat Steine verschluckt, der Arme! Das hat bestimmt furchtbar wehgetan.«

Opal umschlang Boilers Hals und schmiegte ihre Wange an sein Fell.

»Das stimmt.«

Bernstein gab ihr recht. Er malte sich aus, wie das arme Tier fast zerquetscht wurde von der Last des Strohballens, wie es unermüdlich den schweren Stein zum Mahlen drehen musste. Nachdem Boiler seine Schnauze an Opals Stirn gerieben hatte, graste er unbekümmert weiter, ohne sich darum zu scheren, was sich in seinem Leib abgespielt hatte.

Nachdem die drei ihre Steine mit Wasser abgespült und in der Sonne getrocknet hatten, verstauten sie sie wieder in ihren Brustbeuteln. Irgendwie fühlten sich die Steine weicher und griffiger an als zuvor.

»Darf ich sie anfassen?«

»Nur zu!«

Als Herr Bernstein seine Erzählung beendet hat, nehme ich die Steine mit seiner Erlaubnis in die Hand. Sie wiegen fast nichts. Zwar passen sie in Form und Farbe nicht zusammen, aber wenn ich sie so aneinandergeschmiegt sehe, male ich mir aus, welch lange Reise sie zurückgelegt haben. Ich stelle mir die gewundene, finstere Route vor, die sich durch Boilers Eingeweide zieht. Aber nun liegen die Steine dort auf der Fensterbank und schweigen vor sich hin.

Als ich aufblicke, sehe ich, dass Herr Bernstein eingenickt ist. Draußen am Himmel ziehen Wolken auf.

Während ich mich frage, ob ich ihn darauf hinweisen sollte, dass er sich erkälten könnte, oder ob ich ihn einfach hier sitzen lasse, lege ich die Steine an ihren Platz zurück.

Bernstein entdeckte es als Erster.

Es handelte sich offensichtlich um eine Broschüre für Schüler der Mittelstufe, die den Titel »Bildlexikon der Hauswirtschaft: Band II – Küchen« trug. Die Ausgabe war nicht besonders dick, das Papier minderwertig, und er konnte weder Band I noch Band III finden. Als er das schmale Buch herauszog, das eingequetscht zwischen zwei dicken Wälzern klemmte, war der Einband gewellt, der Buchrücken zerfleddert, und die Seiten waren mit braunen Stockflecken übersät. Es war ein geschichtlicher Abriss über die Geschichte der Küche, insbesondere der Entwicklung des Kochgeschirrs, der Gerätschaften und deren Gebrauch: Gemüsegärten des 16. Jahrhunderts, Holzöfen, frühe Prototypen von Kühltruhen, die Aufbewahrung des Geschirrs, das Aufkommen von Einbauküchen, der Gebrauch spezieller Schneidemesser, Sterilisationsmethoden für diverse Materialien, Kalorientabellen. Fotos und Grafiken illustrierten die Texte.

Wie üblich überprüfte Bernstein die Papierqualität und die Beschaffenheit der Ränder, als sein Blick plötzlich bei einem der Fotos hängen blieb.

Eine Frau stand allein vor einer Spüle, beide Arme zur Seite ausgestreckt. Die Abbildung sollte die praktische

Anordnung der Küche erläutern, wo die Distanz vom Gasherd zum Kühlschrank eine Armspanne betrug, sodass man nicht einen Schritt tun musste. Die Frau trug eine weiße Schürze ohne Muster oder Rüschen, einen Rock, der ihr übers Knie reichte, und dazu eine hochgeknöpfte Bluse, hautfarbene Strumpfhosen und Söckchen. Kein Make-up, weder einen Ring noch eine Halskette. Ihr Haar war onduliert, in der Mitte gescheitelt und die Frisur mit Haarspray fixiert.

»Mama«, flüsterte Bernstein. »Das ist Mama!«

Es war tatsächlich seine Mutter in jungen Jahren, so wie Bernstein sie noch nie gesehen hatte. Ihr Gesicht zeigte keinerlei Regung. Sie stand aufrecht, hölzern, Blick geradeaus gerichtet. Ihr Gesichtsausdruck war leer, damit nichts von der dargestellten Szenerie ablenkte. Sie sah aus, als sei sie selbst Bestandteil der Kücheneinrichtung.

Als Bernstein aufmerksam weiterblätterte, bemerkte er, dass alle Fotos von Küchenarbeiten mit seiner Mutter als Modell aufgenommen worden waren. Mutter, wie sie eine rostige Bratpfanne schrubbt. Mutter beim Zusammenfalten einer Serviette. Mutter, wie sie das Feuer von brennendem Frittieröl löscht. Mutter beim Entfernen der Augen aus keimenden Kartoffeln. Manchmal waren nur Hände abgebildet, aber er war sich sicher, dass es ihre waren.

Seine Mutter hat ihre Rolle pflichtbewusst erfüllt. Wie zupackend sie nach der Kartoffel greift, wie umsichtig sie die Fritteuse hält – alles war perfekt. Ihre Pose war stets auf die dargestellte Situation abgestimmt, sie erschien selbstbeherrscht und gelassen, um den Leser nicht ungebührlich abzulenken oder gar in Aufregung zu versetzen. Ihre Hände waren bloß Hände, ihre Augen nur Augen, nicht mehr und nicht weniger.

Seltsamerweise empfand Bernstein beim Betrachten der Bilder keine Freude. Seine Mutter war ausdruckslos wie ein Messgerät, obgleich sie jung und hübsch aussah. Er hatte ein schlechtes Gewissen, die Broschüre aufgeschlagen zu haben, und beschloss, sie vor Opal und Achat zu verstecken. Mehr noch als heute ähnelte das Gesicht seiner Mutter dem seiner toten Schwester.

Das »Bildlexikon der Hauswirtschaft: Band II – Küchen« hatte zwar wenig Seiten und einen schmalen Rand, aber gerade deshalb stellte es für Bernstein eine Herausforderung dar. Seine kleine Schwester, die nur in seinem linken Augenwinkel einen Zufluchtsort fand, kam seiner bisherigen Erfahrung nach besser in Fahrt, wenn der Rand schmaler ausfiel. Mit dem mulmigen Gefühl, sich bei jemandem für die Entdeckung der Fotos entschuldigen zu müssen, machte sich Bernstein entschlossen ans Werk. Die schlechte Papierqualität kam der Bleistiftmine entgegen, das schmuddelige Weiß lieferte einen plastischen Hintergrund, während die Flecken inspirierende Formen bildeten, um seine Schwester zu animieren. Hier konnte sie noch unbeschwerter sein als sonst. Sie sprang aus der unteren Ecke hervor, rannte hoch zum oberen Rand, und kaum war sie dort angelangt, lief sie, den richtigen Moment abpassend, zum Ausgangspunkt zurück, um sich wieder in der Ecke zu verstecken.

Aber natürlich! Wieso hatte er das übersehen! Freiräume befanden sich doch überall auf der Seite, nicht nur an den Ecken, sondern auch an den Rändern und am Ende eines Absatzes. Warum war ihm das nicht schon vorher aufgefallen?

Zuerst platziert er einen Korb. Einen Picknickkorb mit einem Henkel, wie ihn sich jedes kleine Mädchen ausmalen würde. Am Verschluss des Deckels ist eine Schleife befestigt. Da kommt ein brauner Vogel angeflogen, der das Band mit seinem Schnabel löst, woraufhin die Kleine wie ein Springteufelchen herausschnellt. Habe ich dich erschreckt? Sie lacht triumphierend. Die kleine Schwester vergnügt sich in der Küche wie auf einem Rummel. Sie durchstöbert die Asche im Ofen, rutscht auf der gefalteten Stoffserviette wie auf einem Abhang herunter und treibt auf dem Grund einer Rotweinflasche. Sie trotzt mit einer Gabel der Feuer speienden Bestie in der Fritteuse, vollführt Zaubertricks mit der Thermoskanne und versprüht den Rost der Bratpfanne wie einen Kometenschweif im All. Wenn sie müde wird, verkriecht sie sich in eins der Löcher, in denen zuvor Kartoffelkeime steckten, und hält ein Schläfchen.

Bernstein arbeitet hoch konzentriert. Opal und Achat, wohl wissend, dass sie ihn nicht stören dürfen, vermeiden es, ihn anzusprechen. Da er schon viele Zeichnungen angefertigt hat, ist er sich irgendwann nicht mehr sicher, ob seine Schwester in seinem linken Augenwinkel auftaucht oder auf den Seiten des Buches. Er hat das Gefühl, dass er sie gar nicht selbst entwirft, sondern nur ihre Silhouette überträgt, so wie sie ihm zwischen zwei Wimpernschlägen erscheint. Wenn er Müdigkeit verspürt, schaut er aus dem Fenster und blinzelt nur langsam, um möglichst viel Licht zu speichern.

Mehrmals treffen sich ihre Blicke. Die Kleine neigt ihren Kopf, greift nach der Blumenkette aus Weißklee und zwinkert ihm zu.

Bernstein will ihr erzählen, dass Boiler ihren Vergnügungspark aufgefressen hat, aber ihm fällt ein, dass in ihrer Welt Stille herrscht. Also schüttelt er seinen Brustbeutel mit dem Kieselstein, um ihr ein Signal zu senden.

Schließlich erwacht sie aus ihrem Schlaf. Sie gähnt, klopft sich Kartoffelstärke vom Po und steht auf. Dann geht sie leise davon. Sie tobt nicht mehr so übermütig herum wie zuvor. Ihr Herz ist friedlich und klar. Niemand geleitet sie, aber sie weiß genau, wohin sie gehen muss.

Sie erreicht den Ort, an dem ihre Mutter ist. Diese steht, den Anweisungen des Vaters folgend, mit ausgebreiteten Armen vor der Spüle, die Hände bis in die Fingerspitzen gestreckt, um den Abstand zwischen Kühlschrank und Gasherd zu verdeutlichen. Die Kleine setzt sich ihrer Mutter auf die Schulter, streicht ihr über das wellige Haar und drückt ihr einen Kuss auf die Wange.

»Bisher hast du das Buch immer an den Ecken abgeblättert, aber jetzt ist es anders. Du musst nun die Seiten von der Mitte über den Daumen schnippen, dann gibt es noch viel mehr zu sehen. Die Kleine bleibt nicht länger an Ort und Stelle. Sie brennt vor Ungeduld und freut sich auf dich, denn sie möchte noch näher bei dir sein, Mama. Stell dir vor, fast hätte ich den schmalen Band übersehen. Da er zwischen zwei dicken Wälzern eingezwängt war, habe ich ihn erst gar nicht bemerkt. Ganz schüchtern hat er sich dort versteckt. Dies ist ein Geschenk für dich, Mama. Hier, schau! Das ist der Beweis: Der Korb auf der ersten Seite ist mit einer Schleife versehen. Zuerst musst du sie aufknoten. Ach, warte noch kurz! Ich gehe vorher zu Bett. Achat ist bestimmt schon ganz ungeduldig. Ich denke, es ist besser, wenn du es dir in Ruhe ansiehst. Ich kann es schlecht erklären, aber wenn wir, Opal, Achat und ich, nicht dabei sind, wirst du auch nicht abgelenkt. Dann seid ihr zwei euch näher. Keiner wird dich dabei stören, Mama. Gute Nacht!«

Die Mutter hatte das »Bildlexikon der Hauswirtschaft: Band II – Küchen« zu Gesicht bekommen, als es frisch aus der Druckerei angeliefert wurde. Obwohl sie bei diesem Buchprojekt den Vater ihrer Kinder kennengelernt hatte, war ihr völlig entfallen, dass noch ein Exemplar davon existierte.

»Frauen zwischen 23 und 28 Jahre alt, mittlere Größe, normaler Körperbau, keine Brillenträgerin, Bildungsniveau unwichtig« – nicht etwa Mutters Kleidungsstil oder ihre Schönheit waren dafür ausschlaggebend gewesen, dass sie unter den dreißig Bewerberinnen, die sich auf die Anzeige gemeldet hatten, ausgewählt wurde, sondern weil sie in jeder Hinsicht durchschnittlich war.

»Es ist eine sehr schwierige Aufgabe, Modell für Abbildungen zu stehen, die in Enzyklopädien erscheinen«, erklärte der Verleger und zukünftige Vater, der die Bewerbungsgespräche mit den Kandidatinnen selbst führte. »Normalerweise machen die Personen viel zu viel Aufhebens um sich selbst, nur weil sie darin abgebildet werden. Das Modell sollte jedoch nicht vom Hauptanliegen ablenken, sondern es betonen, sodass der Leser, sobald er das Buch zuklappt, nur das Thema im Gedächtnis behält und alles Beiwerk verschwindet. Solche Personen findet man äußerst selten. Nur sie haben das Zeug für ein Enzyklopädie-Modell.«

Ihrem Vater hatten es besonders die Hände der Mutter angetan. Sie hatten weder Schwielen noch Pigmentflecken oder Muttermale und keine hervortretenden Adern. Außerdem hatte die Mutter gepflegte Fingernägel. Trotzdem kam es nicht auf ihre Schönheit an, sie überzeugte vielmehr durch ihre Unauffälligkeit. Mit welcher Art von Objekt sie auch zu tun haben mochte, mit ihrem tief sitzenden Gleichmut behandelte sie alles gleich.

»Bitte rollen Sie diesen Brotteig aus!«

Das war für den Kameratest. Sie hatte ihn bravourös bestanden.

Vaters Manieren waren tadellos. Er wirkte stattlich und strotzte nur so vor Selbstbewusstsein. Es war, als wolle er zum Ausdruck bringen, dass niemand sonst so viel über Enzyklopädien wusste. Als Mutter ihn dann sagen hörte, dass sie in allen Bereichen ausgesprochenes Talent habe und als Einzige von dreißig Kandidatinnen infrage käme, stieg ihr das Blut in den Kopf und ihr wurde ganz schwindlig vor Verlegenheit.

Wenn es so war, dass der Vater ihre besondere Gabe entdeckt hatte, keine Spuren von sich selbst zu hinterlassen, dann hatte das Vorstellungsgespräch ihr künftiges Leben innerhalb der Mauern vorweggenommen. Aber zu jener Zeit war sie noch eine ahnungslose junge Frau. Damals wusste sie noch nicht, dass ihre Kunst, nicht aufzufallen, eines Tages von Nutzen sein würde, wenn sie ihre Kinder versteckt hielt.

Getuschel war während der Fotoaufnahmen untersagt. Jeglicher verbale Austausch hätte sich als unterschwellige Stimmung in den Abbildungen niedergeschlagen. Die gesamte Prozedur am Set verlief stillschweigend. Am Anfang erteilte der Vater noch Anweisungen, aber dann blieb sein Gesicht die ganze Zeit über ausdruckslos und er vermied es, dass sich ihre Blicke kreuzten. Er wollte die Mutter lediglich als Statistin sehen, die verschiedene Rollen für sein Werk spielte, während sie sich ins Zeug legte, um seiner Idealvorstellung als Enzyklopädie-Modell gerecht zu werden. Sie versuchte ihre Besorgnis, den Verleger eventuell zu enttäuschen, zu zerstreuen und ermahnte sich, dass es vor allem darum gehe, die bestmögliche Bildqualität zu erreichen. Sie setzte alles daran, den Gedanken, ihre Stimmungsschwankungen könnten sich negativ auf die Fotos auswirken, zu vertreiben.

Als der Vater zum ersten Mal ihre Hände nahm, fürchtete sie, er könne sie in eine der Requisiten verwandeln:

kalt-distanziert wie die Spüle aus Edelstahl oder die gusseiserne Bratpfanne. Aber die großen, starken Hände des Vaters flößten ihr Vertrauen ein. Sie spürte sofort, wie das Blut von ihren Fingerspitzen ausgehend durch ihren ganzen Körper pulsierte. Innerlich flehte sie, dass ihre Hände keine seelenlosen Attrappen seien, sondern er in ihnen etwas Einzigartiges erblicke.

Dann wurde die Fortsetzung des Bandes in Angriff genommen, das »Bildlexikon der Hauswirtschaft: Band III«, der sich mit dem Thema Kleidung befasste. Die Mutter war ganz aufgeregt, denn sie vermutete, dass ihre Auftritte als Modell noch zahlreicher seien als in der Küchenausgabe. Sie achtete peinlichst darauf, keine Pickel im Gesicht oder abgebrochene Fingernägel zu haben. Aber wegen geringfügiger Pannen geriet das Projekt bereits in der Planungsphase ins Stocken. In Band II waren mehrere Unstimmigkeiten gegenüber dem Hauptwerk, dem »Lehrbuch der Hauswirtschaft«, bemängelt worden, sodass sämtliche Exemplare des begleitenden Bildlexikons aus dem Verkehr gezogen wurden. Damit war Mutters Karriere als Enzyklopädie-Modell nicht über die Küchenausgabe hinausgekommen.

Nachdem Bernstein sie allein in der Bibliothek zurückgelassen hatte, nahm sie den Band in die Hand. Es war lange her, dass sie an den Vater ihrer Kinder zurückdachte, der ihr damals zusammen mit der Gage für ihre Dienste ein frisch gedrucktes Exemplar überreicht hatte. Sie erinnerte sich noch daran, wie sie schockiert vor der Halle, wo die ausrangierten Bände lagerten, gestanden und das

Gefühl gehabt hatte, dass nicht diese unbrauchbar geworden waren, sondern sie selbst.

Schliefen die Kinder schon? Die Mutter lauschte, ob Achats weinerliche Stimme zu hören war, aber sie vernahm nichts weiter als das Knistern der Stehlampe. Sie blätterte durch den Küchenband in der Weise, wie Bernstein es ihr zuvor demonstriert hatte. Gleichzeitig mit der Reibung der Fingerspitzen auf dem Papier löste sich die Schleife. Die Kleine sprüht vor Energie. Um sie brauchte man sich keine Sorgen zu machen. Ihre Glieder bewegen sich frei und unbefangen, die Wangen schimmern zart, ihre Schritte hallen laut und deutlich. Die Weißkleekette hüpft rhythmisch auf ihrer Brust. Ihre Augen strahlen.

Die Hand der Kleinen streicht über Mutters Haar. Wer hat ihr bloß beigebracht, wie man sich jemandem zuwendet, den man innig liebt? Wusste sie es schon von Geburt an? In der gleichen Weise nähert sich das offene Händchen ihrer Wange. Um diese Berührung so lange wie möglich auszukosten, hält die Mutter unwillkürlich beim Blättern inne, bis sie merkt, dass die Kleine auf der angehaltenen Seite kaum noch Luft bekommt, worauf sie rasch weitermacht.

Ihr Töchterchen ist so nah, dass man nur den Kopf ein wenig neigen muss, um seinen Atem zu spüren. Es blickt ihre Mutter an. Das Nachbild jeder Seite unterstreicht ihr Profil, wodurch es einem noch mehr ans Herz wächst. Wie es die Augen schließt, den Mund spitzt und mit den Hüften wackelt – seine Mimik, seine Gesten wirken besonnen und hingebungsvoll.

»Können die Lippen eines Kindes so warm sein«, murmelt die Mutter, als würde sie es zum ersten Mal bemerken. Sie fasst sich an die eigene Wange, um der verbleibenden Wärme nachzuspüren, bevor sie mit dem Blättern weitermacht. Jedes Mal berührt die Kleine ihr Haar und küsst sie auf die Wange. »Alles ist gut!«, flüstert die Mutter, ohne sich dazu durchringen zu können, das Buch zu schließen. Die gelassene Miene des Kindes zeigt kein bisschen Überdruss. So als würde es ihr zurufen: Sei unbesorgt! Der Lufthauch der umgeblätterten Seiten umhüllt sie beide. Die Mutter bricht in Tränen aus. Immer wieder küsst die Kleine ihre tränenfeuchten Wangen.

Wie viele Jahre waren vergangen, seit sie im Innern der Mauern lebten? Irgendwann hatten sie aufgehört zu zählen. Da die Mutter strikt dagegen war, ihre Geburtstage zu feiern, wussten sie nie genau, wie alt sie waren. Jedes der drei Kinder hatte nach wie vor seine eigene Methode, sich die Zeit einzuteilen: Kreuze auf den Dienstplan malen, eine Zitadelle bauen, Kletten über die Pforte werfen. All dies war zu Ritualen geworden, auch wenn sie mittlerweile nicht mehr den Grund dafür wussten, weshalb sie überhaupt hierher gezogen waren. Das Leben innerhalb dieser Mauern war so überwältigend, dass es nicht nötig war, sich an die Ursachen zu erinnern.

Und dennoch mussten sie auf der Hut sein. Mit den Jahren war auch ihre Vorsicht gereift. Ohne zu überlegen, ob das, was sie gerade taten, unter Mutters Verbote fiel, reagierten sie nunmehr ganz instinktiv, sodass sich alle drei in den jeweiligen Situationen immer angemessen verhielten. Ihre Stimmbänder verkümmerten weiter, bis sie sogar zum Harmonium, das inzwischen keinen Ton mehr von sich gab, stimmlos sangen.

Auch ohne Geburtstagsfeiern wuchsen die Kinder heran. Opal wurde sechzehn, Bernstein dreizehn und Achat neun. Doch die Kleidung, die ihre Mutter für sie genäht hatte, war ihnen mit den Jahren zu klein geworden. Bernstein lief immer noch in kurzen Hosen herum, Achats Hemden saßen zu knapp, Opals zu kurze Röcke entblößten ihre Oberschenkel. Nur Stummelschwanz, Mähne und Flügel blieben unverändert an Ort und Stelle. Das Interesse ihrer Mutter galt mehr den Applikationen als der Kleidung an sich. Anstatt Knöpfe zu versetzen oder einen Saum auszulassen, kümmerte sie sich nur um das Ausbessern von Schwanz, Mähne und Flügel, um die Gestalt ihrer Kinder nach ihren Vorstellungen zu bewahren.

Als das Tragen ihrer Kleider unerträglich wurde, änderte Opal sie eigenmächtig ab. Mit den wenigen Materialien, die ihr zur Verfügung standen, war sie auf ihren Einfallsreichtum angewiesen, um eine Taille zu weiten oder Säume zu verlängern. Damit ihre Mutter nichts davon mitbekam, dass ihre Nähmaschine benutzt wurde, achteten alle drei darauf, dass keine heruntergefallenen Stoffreste liegen blieben und dass die Schere wieder ordnungsgemäß im Nähkasten verstaut wurde.

Sie lebten in größter Vorsicht, nichts Schädliches in das Innere der Mauern zu lassen, manchmal jedoch geschah etwas Unvorhergesehenes. Das Allerschrecklichste für die drei Kinder war die Klingel an der Pforte, die jeden Monat einige Male schellte. Das Geräusch erinnerte sie unweigerlich daran, dass die andere Seite der Mauer nicht außerhalb ihrer Reichweite lag, sondern sich in bedrohlicher Nähe befand. Die Mutter lehnte Opals Vorschlag ab, einfach das Kabel zu kappen, und erklärte ihnen, dass die Klingel immerhin vor Gefahren warnte; wenn sie nicht mehr funktionierte, wären unerwartete Situationen weitaus schrecklicher. Also beließ man es dabei.

Die Klingel schrillte fürchterlich in den Ohren und zerriss mit ihrem Klang die Stille im Haus. Sie war wie das wütende Gebell des bösen Hunds. Wo immer sie sich aufhielten, was immer sie gerade taten, sobald der durchdringende Ton zu hören war, hielten sie augenblicklich inne und schlichen auf Zehenspitzen ins Arbeitszimmer, wo sie sich zu dritt unter dem Tisch versteckten. Ohne dass sie sich darauf geeinigt hätten, war diese Stelle irgendwann zu ihrem Zufluchtsort geworden. Das Zimmer war am weitesten vom Eingang entfernt, und das dichte Laub der Bäume ließ von außen keine Blicke zu. Abgesehen von diesen konkreten Erwägungen war es der besten Platz, hier fühlten die Kinder sich geborgen. Wenn sie unter den Tisch krochen, vergaß Bernstein nie, auch die Enzyklopädien zu schließen, damit niemand ihre kleine Schwester finden konnte.

Jedes Mal spielte die Klingel den Kindern einen bösen Streich, indem sie sie bis ins Mark erschreckte. Manchmal schrillte sie aufdringlich gereizt, andere Male beharrlich in gleichmäßigen Abständen. Oder es klingelte ein Mal, gefolgt von einer lang andauernden Stille, bis man glaubte, nicht mehr lauschen zu müssen, woraufhin man von einem einzigen, kurzen, markerschütternden Ton terrorisiert wurde.

Die Kinder kauerten unter dem Tisch mit angehaltenem Atem, ganz eng aneinander, um wieder eins zu werden. Ihre Körper wussten insgeheim, bis zu welchem Grad man den Hals biegen und die Arme anwinkeln musste. Die Kinder glaubten fest daran, dass sie umso sicherer waren, je enger sie zusammen krochen. Auch wenn sie sich gegenseitig nicht sehen konnten, erkannten sie sich am Hauch, der über ihre Wangen strich: Opal atmete ruhig, um ihre Brüder zu besänftigen, während Achat lautlos summte. Es war ein Lied ohne Ton, das er in Begleitung des geräuschlosen Harmoniums zu singen pflegte. Bernstein hielt die Augen geschlossen und hoffte inständig, dass die Kletten sich ans Hosenbein des Störenfrieds heften mochten, um an ferne Orte zu reisen. Die Kinder atmeten kaum, bis der letzte Klingelton verhallt war und die Stille wieder Einzug gehalten hatte. Nun konnten sie sicher sein, dass die Person jenseits der Pforte aufgegeben hatte. Sie hatten reglos verharrt wie die versunkenen Kieselsteine auf dem Grunde des Sumpfes.

Es geschah an einem sonnigen Nachmittag im Spätherbst, der Winter stand bereits vor der Tür, während sie auf der Terrasse ihre Teestunde abhielten: eine Attacke, die das

Geräusch der Klingel bei Weitem übertraf. Kaum hatten sie von ferne ein ungewohntes Geräusch vernommen, dröhnte im nächsten Moment über ihren Köpfen ein ohrenbetäubendes Knattern.

»Was ist das?«

Achat fuhr hoch, ein Stück Sandkuchen in der Hand. Der überwältigende Krach klang so anders als die Türglocke, dass sie vor Schreck vergaßen, ins Arbeitszimmer zu flüchten. Wie gebannt standen sie da und schauten zum Himmel empor. Das unbestimmte Ding kam immer näher.

»Ein Hubschrauber.«

Opals Stimme wurde vom Dröhnen übertönt. Ein Furcht einflößender Korpus aus Metall erschien über den dicht belaubten Baumkronen. Der Rumpf glänzte im Sonnenlicht und das Heck zeichnete sich am Himmel ab. Bernstein versuchte sich an die Beschreibung eines Hubschraubers in der Enzyklopädie zu erinnern, aber der Schock über das ungewohnte Objekt, von dem er nicht wusste, ob es schön war oder schrecklich, hatte ihn so verwirrt, dass er sich auf keine einzige Zeile des Textes besinnen konnte. Der Propeller rotierte schneller als Bernsteins Wimpernschläge. Es blieb nur ein schwaches Nachbild ohne Konturen, das sich mit den vorbeiziehenden Wolken vermengte. Die Rotation setzte Kräfte frei, die das Fadengewirr in seinem linken Auge pulverisierte. Bernstein malte sich aus, wie das Fluggerät auf den Lexikonseiten umherschwirrte.

»Landet er bei uns?«, fragte Achat.

»Hier ist doch gar kein Platz dafür«, erwiderte Opal.

»Sucht er nach uns?«

»Nein, bestimmt nicht.«

»Wird man uns sehen, wenn wir ihm zuwinken?«

»Nein, ich glaube nicht, dass sie uns von so weit erkennen können.«

»Weil der Himmel so hoch ist?«

»Nein, weil wir zu klein sind.«

Achat stopfte sich das letzte Stück Sandkuchen in den Mund und rannte mit fuchtelnden Armen Richtung Hubschrauber, um ihm zuzuwinken. Opal und Bernstein lehnten sich weit über die Balustrade und reckten die Hälse empor. Der Hubschrauber, der, gemessen an dem Höllenlärm, den er verursachte, nicht besonders schnell flog, blieb am Himmel stehen. Es erschienen noch zwei weitere Maschinen, die über ihren Köpfen schwebten und dann träge das von Mauern eingefasste Himmelsquadrat durchquerten. Achat hörte nicht auf zu winken, selbst als die Maschinen längst fort waren und nur noch die Wolken am Himmel vorüberzogen.

Erst am nächsten Morgen stellte sich heraus, dass die Hubschrauber den Himmel über dem Grundstück nicht bloß durchflogen hatten, ohne die Kinder zu bemerken. Als diese erwachten, entdeckten sie im Garten Pilze, orangefarben und etwa fünf Zentimeter hoch, die überall aus dem Boden sprossen. Im Schatten der Bäume, am Rand des Teichs, unter den Bohlen der Terrasse. Einige drängten sich in Gruppen zusammen, vereinzelte klammerten sich an eine abschüssige Stelle, wieder andere versteckten sich unter verrottendem Laub. Die drei Geschwister schauten sich ungläubig im Garten um, es war kaum vorstellbar, dass das alles in einer einzigen Nacht entstanden sein sollte.

»Das waren die Hubschrauber«, wisperte Bernstein.

»Ist das ein schlechtes Zeichen? Hätte ich besser nicht winken sollen?«, fragte Achat besorgt.

»Nein, es ist nicht deine Schuld, Achat!«, widersprach Opal sofort. »Aber es sieht so aus, als gebe es einen Zusammenhang zwischen den Hubschraubern und dieser Bescherung.«

»Ja, das glaube ich auch«, stimmte ihr Bernstein zu.

»Der Propeller hat vermutlich die Luft so stark verwirbelt, dass von draußen etwas in den Garten geflogen ist. Oder vielleicht hat die Vibration etwas in der Erde Schlummerndes an die Oberfläche getrieben.«

»Ist das etwas Schlimmes?«

»Tja, wenn ich das wüsste. Nur eins ist sicher: Die Dinger sind giftig.«

»Dann kann man sie also nicht essen?«

»Nein, sonst stirbst du«, sagte Opal entschieden.

Die vom Morgentau benetzten orangefarbenen Pilze waren schleimig und ihre Kappen mit weißen Tupfen übersät. Einige waren rund wie umgedrehte Schalen, während bei den geöffneten an der Unterseite die Lamellen sichtbar waren. Ihre Stiele waren weiß und schuppig, mit einer geschwulstartigen Verdickung am Fuß. Im diffusen

Schimmer der gerade aufgehenden Morgensonne leuchtete nur das grelle Orange, als wäre es ein Warnsignal.

»Wir müssen sie alle rausziehen, bevor Mama sie entdeckt.«

Sie hatten bloß noch eine Stunde Zeit, bevor sie von der Nachtschicht heimkehrte.

»Sie soll sich nicht unnötig Sorgen machen.«

Sie wussten nur zu gut, wie selbst kleine Abweichungen vom Gewohnten ihrer Mutter zusetzten und die Dinge kompliziert machten.

Die Kinder schnappten sich jedes einen Eimer und sammelten aufs Geratewohl die verstreuten Hinterlassenschaften der Hubschrauber ein. Achat, der anfangs skeptisch gewesen war, war nun mit Eifer dabei, die Aufgabe bereitete ihm sogar sichtlich Vergnügen. Wenn man die Pilze am Fuß zu fassen bekam, lösten sie sich erstaunlich leicht aus der Erde. Sie wirkten so frisch, als wären sie erst kurz vor Tagesanbruch aus dem Boden geschossen. Aus der Nähe sahen sie hübsch aus. Ameisen, Regenwürmer und Schnecken flüchteten aus den Löchern, die die Pilze zurückließen.

Bernstein hielt beim Entfernen der Pilze unwillkürlich inne, als er auf drei besondere Exemplare stieß. Die Pilze – klein, mittel und groß – standen eng zusammengeduckt. Umso mehr zögerte er, als er einen vierten in der Gruppe erblickte, einen ganz kleinen, dessen Kappe sich vom Stiel nicht unterscheiden ließ. Er war noch ganz farblos und streckte nur sein Köpfchen empor. Die Ansammlung der Pilze bildete eine Einheit, genau wie er und seine Geschwister, sei es bei Gefahr oder wenn sie sich Geheimnisse zuflüsterten. Als er die Gruppe herauszog, tat er es ganz sachte, um sie nicht zu erschrecken.

Die Finger der Kinder wurden mit der Zeit ganz klebrig, und es haftete ein sonderbarer Geruch an ihnen. Ein Geruch, der das Geheimnisvolle dessen, was sich in der vergangenen Nacht abgespielt hatte, zu bezeugen schien. Der Nebel zwischen den Ulmen hatte sich verflüchtigt, und mit der aufsteigenden Morgensonne wurde der Geruch noch intensiver. Er begnügte sich nun nicht mehr nur mit Fingerspitzen, sondern setzte sich auch in Haaren und Kleidung fest. Bald waren die drei Eimer mit Pilzen gefüllt. Es blieb nur noch ganz wenig Zeit, bis der Bus aus dem Kurbad die Haltestelle unten am Forstweg erreichte.

»Wir werden die Pilze erst einmal unter dem Laub verstecken, denn wenn wir sie vergraben, wachsen sie vielleicht nach. Morgen können wir sie dann in Ruhe im Hof verbrennen.«

Opals Anweisung folgend, schleppten sie die Eimer zur Ziegelmauer, wo sie den Inhalt auskippten und mit Laub bedeckten, bevor sie ins Esszimmer zurückeilten. Nachdem Opal sich die Hände gewaschen hatte, stellte sie den Korb mit Gebäck auf den Tisch und schaffte es gerade noch, Milch in die Gläser zu gießen, als ihre Mutter nach Hause kam. Lag es daran, dass sie übernächtigt war? Jedenfalls schien sie den fremden Geruch an den Kindern nicht zu bemerken.

Letztendlich war es nicht nötig, die Pilze auf dem Hinterhof, wo die Mutter normalerweise den Müll verbrannte, zu entsorgen. Als sie am nächsten Morgen unter dem Laubhaufen nachschauten, waren die Pilze vertrocknet und hatten ihr prachtvolles Orange eingebüßt, sodass sie von den toten Blättern kaum zu unterscheiden waren. Es reichte völlig aus, die Reste mit dem Laub zu vermischen.

Doch die drei Kinder bekamen an diesem Nachmittag die Rache der Pilze zu spüren. Es war eine Art Nesselsucht, die ihre Körper vollständig mit Bläschen bedeckte. Zunächst traten sie am Hals auf, dann erstreckten sie sich wie Tentakel über Brust, Bauch und Rücken, um schließlich die Glieder bis hin zu den Zehen und Fingern zu befallen. Zu guter Letzt bedeckten sie auch das Gesicht. Die Mutter schrie bei ihrem Anblick auf, lief um das ganze Haus herum, um alle Fensterläden zu schließen, badete die Kinder und rieb sie mit Aloe-vera-Saft ein, ihrem erklärten Allheilmittel. Währenddessen jammerte sie unablässig, es sei die Tat des bösen Hundes … des bösen Hundes … des bösen Hundes.

»Beruhige dich, Mama. Es ist nicht so wie bei unserer Schwester.«

Opal gab sich betont gelassen, damit ihre Mutter sich nicht fürchtete.

»Wir haben kein Fieber wie bei den Windpocken«, sagte Achat, woraufhin Bernstein hinzufügte: »Die Garnelen vom Mittagessen waren offenbar nicht mehr ganz frisch. Sobald wir sie verdaut haben, wird es uns wieder besser gehen.«

Aber sowohl Opal als auch Bernstein und Achat wussten, dass es nicht an verdorbenen Meeresfrüchten lag. Die roten Pusteln auf ihrer Haut waren nicht so rosafarben wie Garnelen, sondern vom gleichen Orange wie die Pilze. Während die Geschwister die Situation einschätzten und sich gegenseitig mit Blicken verständigten, beschlossen sie stillschweigend, die Sache mit den Hubschraubern und Pilzen vor ihrer Mutter geheim zu halten.

Abgesehen vom äußeren Erscheinungsbild, das bei ihrer Mutter Entsetzen ausgelöst hatte, stellten sich bei ihnen keine weiteren Symptome ein, aber sie hüteten brav das Bett, so wie es angeordnet wurde. Die beiden Jungen krempelten ihre Schlafanzüge hoch, um sich gegenseitig den Nesselausschlag zu zeigen. Unter den warmen Bettdecken war der Orangeton noch intensiver geworden, die Pusteln traten nun deutlich hervor und ähnelten, schweißbedeckt wie sie waren, den von Morgentau benetzten Pilzen. Genau wie die kleine Gruppe von ihnen im Garten tuschelten die Kinder vergnügt miteinander. Sie fassten sich gedankenverloren an den Händen.

»In Wahrheit wollten die Pilze noch nicht, dass wir sie herausziehen«, sagte Achat, »deshalb sprießen sie jetzt aus unserem Körper.«

»Ja, das glaube ich auch«, nickte Bernstein.

Achat zog Bernstein die Hosen herunter und entdeckte neiderfüllt auf einer Pobacke einen enormen Pilz, worauf er sich drehte und wendete, um bei sich selbst ein Exemplar zu finden, mit dem er konkurrieren konnte.

»Schau mal!«

Bernstein hielt seine Hände vor die Lampe. Das Licht durchleuchtete die Finger und tönte sie bis in die Spitzen orange.

»Oh, wie schön«, jubelte Achat und schaute zu, wie sich die Farbe je nach Blickwinkel leicht veränderte.

Sein Bruder schloss die Lider. Er bemerkte, dass sich auch in seinem linken Auge Pusteln gebildet hatten. Die Bernsteinschichten waren nun mit orangefarbenen Sprenkeln versehen. Die beiden Farben harmonierten perfekt. Mit jedem Blinzeln breitete sich der Ausschlag aus. Schon bald tauchte seine kleine Schwester zwischen den orangefarbenen Tupfen auf. Die Sporen, die der Hubschrauber aus fernen Regionen mitgebracht hatte, schwebten in die Sedimentschichten herab und schwollen an, bis die Köpfe der Pilze aus dem Boden schossen.

Die Kleine hockt auf einer Pilzkappe, den Henkelkorb am Arm, und lässt die Beine baumeln. Die Schließe des Deckels ist mit einem Band zugebunden, sodass sie jederzeit selbst in den Korb schlüpfen kann. Ihr Po passt perfekt in die Vertiefung der Pilzkappe. Im nächsten Augenblick hopst sie herunter und kniet sich neben Bernstein auf den Boden.

Sie sammelt die Pilze, die aus dem Körper ihres Bruders sprießen, und legt sie in den Korb. Mit der rechten Hand hält sie den Hut, mit der linken packt sie den Stiel, und so pflückt sie jeden Einzelnen mit größter Behutsamkeit, als wollte sie damit ein fröhliches Picknick veranstalten, ohne jedoch ihrem Bruder Schmerzen zuzufügen.

Bernstein spürt, wie die Hände seiner Schwester ihn berühren. Sie muss sich keine Sorgen machen, dass es wehtun könnte. Nur an empfindsamen Stellen wie am Nabel, den Lippen oder Augenlidern kitzelt es ein wenig.

Bernstein verfolgt mit dem Blick, wie das gepflückte Orange im Korb verschwindet. Die Hände seiner Schwester suchen in den Haaren, in den Mulden der Schlüsselbeine, zwischen den Fingern, hinter den Ohrmuscheln – kein Winkel wird außer Acht gelassen.

Der Korbdeckel schließt sich mit einem angenehmen Geräusch, so als wolle er sagen: Das wäre geschafft!

»Vergiss bitte Opal und Achat nicht!«

Die Kleine dreht sich zu ihm um und wedelt als Zeichen ihres Einverständnisses mit der Halskette. Die Weißkleeblüten rascheln.

»Okay. Du kannst dich auf mich verlassen«, meint er herauszuhören.

Am nächsten Morgen war der Nesselausschlag verschwunden. Alle drei Kinder waren vollständig genesen. Wo auch immer sie nachschauten, sie konnten keinen einzigen orangefarbenen Fleck entdecken. Der Himmel war endlos blau, es gab nicht das geringste Anzeichen, dass das Dröhnen wiederkehren sollte.

Der Mann war ungezwungen, gut gelaunt und benahm sich nicht so aufdringlich wie die Türklingel oder der Hubschrauber. Man hätte ihn sogar als ausgesprochen zuvorkommend beschreiben können.

»Das sind aber hübsche Flügel.«

Es waren seine ersten Worte. Opal stand wie angewurzelt da – unfähig, um Hilfe zu schreien oder wegzulaufen –, als der Mann sie am Hinterausgang ansprach. Seine Stimme war ungewohnt laut für Opals Ohren, auch wenn sie sehr freundlich klang.

Bernstein, der gerade das Geschirr vom Mittagessen abräumte, nahm Achat bei der Hand und lief mit ihm zu seiner Schwester. Sie war leichenblass, ihre Miene erstarrt. Als hätte sie etwas gesehen, das sie nicht hätte sehen solle und von dem sie sich eigentlich abwenden wollte, aber ihr Körper hatte ihr nicht gehorcht, sondern war wie gebannt. Die Flügel auf dem Rücken ihrer Bluse bebten.

»Hallo, Kinder! Gehört ihr drei wohl zur Familie des Hauses?«

Der Mann erhielt keine Antwort. Die drei waren sprachlos, da ihnen zum ersten Mal ein Wesen gegenüberstand, das seine Stimme erhob.

»O Verzeihung, ich wollte euch nicht erschrecken!«

Mit dem Türknauf in der Hand stand er auf der Schwelle. Er war groß, hatte kräftige Schultern und kurz geschorenes Haar. Sein braun gebranntes Gesicht strotzte vor Gesundheit. Das Auffälligste an ihm waren der schwarze Mantel und die beiden Umhängetaschen aus Leder, die ihm über Kreuz von den Schultern hingen. Der dicke, bauschige Mantel reichte ihm bis zu den Knöcheln und hatte aufgenähte Taschen, die alle mit Dingen vollgestopft waren. Auch die Ledertaschen platzten aus allen Nähten und baumelten neben seinen Hüften hin und her.

Wie alt mochte er sein, fragte sich Bernstein, aber ihm kam keine passende Antwort in den Sinn. Es war das erste Mal, dass er jemandem von außerhalb der Mauer gegenüberstand und eine andere Stimme vernahm als die von seiner Mutter oder seinen Geschwistern, weshalb er unsicher war, was er von der ganzen Sache halten sollte. Der muskulöse Brustkorb, der sich unter dem Mantel abzeichnete, die Stoppeln auf dem unrasierten Kinn, der auf und ab hüpfende Adamsapfel – all das war ungewohnt und sonderbar anzuschauen. Das einzige fremde Wesen, das sich bislang auf ihrem Grundstück aufgehalten hatte, war Boiler gewesen, und dessen Anblick war weitaus harmloser.

»Ist die gnädige Frau wohl daheim? Ich war vor einer Ewigkeit das letzte Mal hier. Wie lange mag das wohl her sein? Früher mussten Sie mit meinem Vater vorliebnehmen, aber wegen gesundheitlicher Probleme hat er sich irgendwann nur noch auf das Dorf konzentriert. Er ist jedoch kürzlich verstorben und ich habe nun sein Geschäft übernommen. Deshalb wollte ich mich vorstellen.«

Ohne Rücksicht auf die Ratlosigkeit der Kinder zu nehmen, redete der Mann einfach immer weiter.

»Und da ich die Ehre habe, hier vorbeischauen zu dürfen, stehe ich Ihnen ab jetzt voll und ganz zur Verfügung.«

»Oh, ich bitte Sie vielmals«, erwiderte Opal, die all ihren Mut aufbrachte, »wenn Sie nur etwas leiser sprechen könnten.«

»Was?«, rief der Mann, als würde er nicht verstehen, was gemeint war.

»Bitte etwas leiser, Ihre Stimme«, wiederholte Bernstein.

»Ah, Verzeihung! Ich hatte nicht die Absicht, übermäßig Krach zu machen. Ist es so besser?«

»Wie sind Sie denn hereingekommen?«, wollte Achat wissen.

»Na, durch das kleine Tor«, raunte der Mann.

»Durch das kleine Tor …«, wisperten Opal und Bernstein wie aus einem Mund.

»Es war vom Rankengestrüpp der Passionsblumen verdeckt, und davor lag ein riesiger Laubhaufen, aber ich habe mich wacker durchgekämpft.«

Keines der Kinder hatte den versteckten Zugang jemals bemerkt.

»Die gnädige Frau hat das Tor seinerzeit meinem Vater gezeigt. Sofern es nicht verschlossen ist, sollten wir das Grundstück ohne zu klingeln betreten und an die Küchentür klopfen. Ach, wie dumm von mir! Ich soll ja leise sprechen.«

Rasch senkte er die Stimme.

»Die gnädige Frau ist nicht da«, sagte Opal.

Der Mann, der es nicht gewohnt war, seine Ohren zu spitzen, musste nachfragen: »Wie bitte?«

»Der Besitzer des Hauses hat gewechselt.«

Nach diesen Worten trat Opal einen Schritt zurück. Die drei Geschwister rückten dichter zusammen.

»Ach, sieh an! Das wusste ich nicht.«

Der Mann nahm die erschreckte Reaktion der Kinder gar nicht zur Kenntnis, sondern lächelte einfach unverwandt weiter.

»Es ist nicht schlimm, dass die gnädige Frau nicht mehr da ist. Für mich ändert sich dadurch gar nichts. Als Händler führe ich Waren mit mir und gehe damit von Haus zu Haus. Darin besteht meine Arbeit. Was können Sie Schönes gebrauchen? Ich habe eine große Auswahl anzubieten. Möchten Sie mal schauen?«

Der Mann griff zu den Schultergurten der über Kreuz hängenden Taschen.

»Ja, ich will gerne«, sagte Achat freudig, noch bevor Opal und Bernstein Zeit hatten, das Angebot abzulehnen.

»Fein, das ist doch ein Wort.«

Er hatte vor der Küchentür sein Fahrrad abgestellt. Vorn und hinten waren daran große Körbe befestigt, während an allen möglichen Stellen des Rahmens und am Lenker, sogar an den Schutzblechen Tüten baumelten. Um den Lenker herum war ein dreieckiger Wimpel gewickelt. Das Gefährt war vollständig mit den bizarrsten Dingen behängt, sodass nur die herauslugenden Pedale darauf hindeuteten, dass es sich um ein Transportmittel handelte.

»Was darf ich Ihnen zeigen? Ich stehe zu Ihren Diensten.«

Der vordere Korb enthielt verschiedene Gemüsesorten: Zwiebeln, Kohl, Kürbis, Spinat, Maronen, Blumenkohl. Der Mann holte eins nach dem anderen hervor, um es den Kindern zu präsentieren. Auf dem hinteren Gepäckständer befand sich eine Styroporbox, in der diverse Fische auf Eis gebettet waren.

»Ich filetiere sie Ihnen sogar ohne Aufpreis«, sagte der Mann und hob einen Rotbarsch an der Schwanzflosse hoch.

»Wie toll!« Achat trat unbefangen auf ihn zu. Daraufhin wagten sich auch Opal und Bernstein näher, um in den Korb zu spähen, wenn auch nur zögerlich.

Die Präsentation der Waren fand lange kein Ende. Bei jedem neuen Beutel kamen die unglaublichsten Dinge zum Vorschein: Salatöl, Mixed Pickles, Instantkaffee, ungarische Paprikasalami, Milchpulver, Gelatine, Butter, Trockenbohnen, Honig … Natürlich gab es nicht nur Lebensmittel, sondern auch Wäschestärke und Tintenfässer, Schnürsenkel und Wattestäbchen. Oder Werkzeuge, Gartengeräte und Medikamente. Als die Aufmerksamkeit der Kinder nachließ, tauchten plötzlich Süßigkeiten auf, die ganz anders waren als die Kuchen, die ihre Mutter zusammen mit Opal backte. Hier gab es knallbuntes, zuckersüßes Naschwerk. Die Kinder waren fassungslos angesichts der Vorstellung, dass all die Dinge auf einem einzigen Fahrrad transportiert werden konnten. Wie gelang es, mit dem ganzen Zeug durch die Gegend zu radeln?

Noch erstaunter waren die Kinder, als der Mann anfing, weitere Gegenstände aus seinen Taschen hervorzukramen. Die Taschen waren in ihrer Größe den Inhalten genau angepasst und ungeachtet ihrer sonderbaren Form an den verschiedensten Stellen am Mantel aufgenäht: Papierservietten saßen beispielsweise auf der Brust, Rasierschaumdosen unter den Achselhöhlen, Golfbälle im Mantelsaum.

Schon bald löste sich Achat von Opals Arm, an den er sich die ganze Zeit geklammert hatte, um dichter an das Fahrrad heranzutreten. Er seufzte jedes Mal, wenn der Mann wie ein Magier all die für ihn fremdartigen Spielsachen hervorzauberte: Wasserpistolen, Zinnsoldaten, Wunderkerzen …

»Was für eine herrliche Mähne!«

Ohne zu merken, dass der Mann ihm über den Rücken strich, schaute Achat verzückt zu ihm auf.

Bernstein war fasziniert von den bunt schillernden Radiergummis. Jeder hatte die Form eines Tieres. Sie waren so hübsch, dass er sie allzu gern in die Hand genommen hätte. Er war sicher, dass er beim Zeichnen auf den Rändern der Buchseiten jeden falschen Strich spurlos beseitigen könnte, wenn er nur den Rüssel des Elefanten oder das Horn des Nashorns dazu verwendete. Aber er traute sich nicht, den Wunsch zu äußern, die Radiergummis aus der Nähe betrachten zu dürfen.

»Und hier bewahre ich die schönsten Sachen auf.«

Mit diesen Worten öffnete der Mann die schwarz glänzenden Schnallen der beiden Schultertaschen. Das Leder war von langem Gebrauch abgenutzt und derber als seine sonstige Ausrüstung.

»Das ist Eselsleder.«

Bei dem Wort horchten die Kinder auf.

»Früher in meiner Kindheit haben wir uns einen Esel

gehalten, und als er starb, habe ich zu seinem Andenken diese Taschen gefertigt.«

Der Gedanke, dass sie einem Mann, der seinen Esel so geliebt hat, getrost vertrauen konnten, schoss den drei Kindern gleichzeitig durch den Kopf.

Aus der rechten Schultertasche holte er ein Kleinod nach dem anderen hervor: eine Haarspange, eine gläserne Schneekugel, eine Puderdose mit Spiegel, einen falschen Zopf, eine Schmuckschatulle mit Perlmuttintarsien, ein Kaleidoskop … Aus der linken Tasche kamen bestickte Taschentücher, ein Brieföffner, ein Kragen aus Spitze, ein Parfümflakon, Emaille-Knöpfe, eine Brosche mit künstlichen Blumen …

All diese hübschen Dinge kamen zum Vorschein und verschwanden sofort wieder, so als würde Bernstein die Seiten der Enzyklopädie abblättern. Statt seiner Lider blinzelten hier die Klappen aus Eselsleder. Und diesmal war es nicht Achat, sondern Opal, die schmachtende Seufzer ausstieß.

Achat breitete den um den Lenker gewickelten Wimpel aus und versuchte die aufgedruckten Silben zu entziffern.

»YO … RU … ZU … YA.«

Dies war die erste Begegnung der drei Kinder mit Yoruzuya Joe, dem Hausierer und Hansdampf in allen Gassen.

7

Jeden letzten Sonntag im Monat ist es üblich, im Galerieanbau alle Geburtstage zu feiern. Man macht Geschenke, isst Kuchen und lässt jene Bewohner hochleben, die in jenem Monat geboren worden sind.

Auf der Bühne im Salon sitzen die Jubilare. Ganz am Rand entdecke ich Herrn Bernstein. Ihm ist offenbar unbehaglich zumute, da er nicht weiß, was er für eine Miene aufsetzen soll. Verlegen rutscht er auf seinem Stuhl herum wie ein Kind, das nicht geehrt, sondern getadelt wird.

Als er gerettet wurde, konnte er seinen Geburtstag nicht angeben. Innerhalb der Mauern wurden die Geburtstage der Kinder niemals gefeiert, sodass sie schließlich genau wie ihre Namen in Vergessenheit gerieten. Deshalb kann er mit einer solchen Zeremonie nicht viel anfangen.

»Aber nachdem Sie das Anwesen verlassen haben, gab es doch sicher einige Male Gelegenheit, Ihren Geburtstag zu feiern?«

Auf meine Frage hin starrte Herr Bernstein bloß verloren vor sich hin und wusste nichts zu antworten. Mir wurde klar, dass ich ihn das nicht hätte fragen sollen, und wechselte rasch das Thema.

Er selbst erzählt nie, wie es ihm ergangen ist, nachdem er die Außenwelt wieder betreten hatte. Er kann nur die Zeit, die er innerhalb der Mauern verbracht hat, in Worte fassen. Obwohl seit seiner Rettung inzwischen viele Jahre vergangen sind, verhält er sich immer noch so, als hätte er nur dort wirklich existiert.

Im Salon wird die Veranstaltung programmgemäß fortgesetzt. Ein Duo mit Violine und Cello, eine Solo-Opernarie, ein Flötenkonzert, eine Gedichtlesung … Alle sind begeistert von diesem Ort mit seinen erstklassigen Darbietungen. Da unser Haus ohnehin eine Begegnungsstätte für Künstler ist, herrscht nie Mangel am Repertoire. Jeden Monat ist die Zahl der Bewohner, die an der Veranstaltung teilnehmen wollen, so hoch, dass ein Losverfahren bestimmt, wer sich zu den Auserwählten zählen darf.

Bedauerlicherweise sind jedoch die Instrumente, der Gesang und die Lesungen für Herrn Bernstein eine akustische Zumutung. Bei den Aufführungen trifft er entsprechende Vorkehrungen, indem er die Schultern hochzieht, um seine Trommelfelle so gut es geht zu schützen. Wobei er darauf achtet, dass es niemandem auffällt.

Anschließend erhält jeder Jubilar vom Direktor ein Geschenk, begleitet von tosendem Applaus. Während die anderen Schleifen aufbinden, Kartons auspacken und ihre Dankbarkeit zum Ausdruck bringen, kostet es Herrn Bernstein viel Zeit und Mühe, bis er sein Paket vom Papier befreit hat. Obwohl seine Hände derart subtile Zeichnungen zustande bringen, tut er sich schwer damit, ein Geschenk aufzumachen. Voller Sorge gehe ich ihm zur Hand. Der Applaus ist längst verebbt, als das Präsent zum Vorschein kommt. Dieses Jahr sind es Socken aus Kaschmirwolle.

Ebenso, wie die künstlerischen Darbietungen ihm zu laut vorkommen, sind ihm die Socken zu groß. Da sein Körper an die Kleidung, die seine Mutter ihm früher angezogen hat, gewöhnt ist, bevorzugt er immer noch Sachen, die ihm zu klein sind, egal wie unkomfortabel sie auch sein mögen. Wenn er hingegen Kleider trägt, die ihm wie angegossen passen, kommt er sich verloren vor und verspürt eine leichte Unruhe. Deshalb weiß ich, dass die Wollweste, die er letztes Jahr geschenkt bekommen hat, in seiner Schublade schlummert. Auch heute noch schwelgt er in Erinnerungen an seine von Mauern umzingelte Welt.

Die Beleuchtung im Salon wird gedimmt, und als Höhepunkt der Veranstaltung wird die Torte serviert. Ich sitze am Klavier und begleite das Geburtstagsständchen. Der Kuchen stammt jedoch nicht aus der feinen Konditorei, wo ich das Gebäck für Herrn Bernstein kaufe, sondern ist ein Billigprodukt aus süßer Buttercreme, die Sodbrennen verursacht. In Anbetracht der großen Personenzahl erhält jeder nur einen zermatschten kleinen Bissen aus Biskuit und Creme, aber sowohl die Geburtstagskinder als auch die Gratulanten freuen sich darüber. Was immer man ihnen sonst noch auftischen mag, diese Geburtstagstorte bleibt für sie ein besonderes Ereignis. Die Flammen der Kerzen flackern. Um sie auszupusten, versammeln sich die Jubilare um den Kuchen herum. Wie immer ist Herr Bernstein unfähig zu entscheiden, wo sein Platz ist. Er erweckt den Eindruck, dort nur zu stehen, um die feierliche Stille nicht zu stören, halb verdeckt hinter einer anderen Person. Im Kerzenlicht scheint sein linkes Auge noch mehr Tiefe zu haben.

Nun singen alle im Chor. Ihre Stimmen hallen durch den Saal. Von den flackernden Kerzen steigt ein süßlicher Duft auf. Vom Klavier aus behalte ich die ganze Zeit über Herrn Bernstein im Auge. Ich wünschte, ich könnte lautlos für ihn spielen.

Herrn Bernsteins Lippen bewegen sich fast unmerklich. Obwohl die anderen Stimmen ihn übertönen, vermag ich seine herauszuhören. Das verdanke ich zweifellos meiner langjährigen Praxis, beim Musizieren achtsam die Tonintervalle zu befolgen. Indem ich das Geraune der Wesen, die sich in seinem linken Auge verbergen, herausfiltere, lege ich die Finger ganz sachte auf die Tasten, um sie nicht durch den Klang des Klaviers zu stören.

»Wenn Mama da ist, dürfen Sie auf keinen Fall hierher kommen«, sagte Opal zu Tausendsassa Joe. »Bitte halten Sie sich daran.«

Joe erschien regelmäßig am Mittwoch der ungeraden Wochen, pünktlich um vierzehn Uhr. Opal überprüfte gewissenhaft den Dienstplan ihrer Mutter, und wenn ihr freier Tag auf einen Mittwoch fiel, bestand sie hartnäckig darauf, dass Joe sich dann fernzuhalten hatte.

»Okay«, willigte Joe dann lakonisch ein. Er fragte nie nach dem Grund, noch warf er ihr einen argwöhnischen Blick zu. So brachte er zum Ausdruck, dass er die Wünsche seiner Kunden respektierte.

Für die drei Geschwister war Joe das größte Geheimnis. Sie mussten darüber absolutes Stillschweigen bewahren, noch gewissenhafter als bei dem dröhnenden Hubschrauber und ihrem anschließenden Pilzbefall, was nun vergleichsweise an Bedeutsamkeit verlor. Wenn Mutter davon erfuhr, dass ein Fremder von außerhalb sie regelmäßig besuchte … sie mochten sich ihre Reaktion nicht einmal vorstellen. Allein der Gedanke daran gab ihnen das Gefühl, einen nicht wiedergutzumachenden Fehler zu begehen.

Insgeheim überlegte Bernstein immer wieder, ob es nicht besser sei, Joe zu bitten, nicht mehr zu kommen. Das wahre Vergehen bestand ja nicht darin, dass ihre Mutter nichts davon wusste, sondern dass sie Joe hereinließen. Bernstein hatte von Anfang an diesen Widerspruch bemerkt, wenn Opal sich Mutters Dienstplan besorgte, um sich mit Joe zu verabreden. Weshalb traf Opal eine derart riskante Entscheidung, wo doch gerade sie es war, die Mutters Verbote am strengsten befolgte und sich ausgesprochen umsichtig verhielt, um sie nicht zu verärgern? Vielleicht äußerte Opal den Wunsch, Joe solle sich auf gar keinen Fall blicken lassen, wenn ihre Mutter zu Hause sei, gar nicht deshalb, um sie nicht zu beunruhigen, sondern weil sie ein Wiedersehen mit ihm nicht gefährden wollte.

Als Bernstein dieser Gedanke kam, erinnerte er sich an

Opals Seufzer, als Joe seine Kostbarkeiten aus den Eselsledertaschen hervorgeholt hatte. Seufzer voll schmachtender Sehnsucht, wie er sie nie zuvor vernommen hatte.

Es war offensichtlich, dass die Kinder über kein Geld verfügten. Und da Joe ihrer Mutter nie begegnen würde, bestand für ihn keine Aussicht, dass er seine Waren hier loswerden würde. Trotzdem erschien er pünktlich jeden Mittwoch um vierzehn Uhr. Joe war jemand, der ihnen die ganze Welt nach Hause brachte. Wie ein Universallexikon, das über alle möglichen Dinge und Phänomene zwischen Himmel und Erde Auskunft gibt, waren sein Fahrrad und sein Mantel vollgestopft mit realen Dingen. Dies führte Bernstein vor Augen, dass auch jenseits der Mauern eine Welt existierte. Jedes Mal wenn er das Fahrrad des Hausierers klappern hörte, dachte er, dass es wohl doch kein Fehler gewesen war, Opals Puppe zu opfern, um das Schlupfloch zu schließen.

Die drei Kinder gingen zu dem kleinen Tor, durch das Joe sich angeblich Zutritt verschafft hatte, um es in Augenschein zu nehmen. Es war tatsächlich da, in einer Ecke an der Westseite der Mauer, etwas abseits der Ulmen gelegen. Es war eine hölzerne Tür mit Rundbogen, die zuvor von einem Laubhaufen verdeckt gewesen war und die sich genau an jener Stelle befand, wo sie die Überreste der orangefarbenen Pilze entsorgt hatten. Jetzt gab die klaffende Lücke der niedergetrampelten Blätter den Blick darauf frei: eine niedrige Tür, die ein Erwachsener nur gebückt durchschreiten konnte. Das Holz war feucht und von schwarzem Schimmel überzogen. Die Scharniere waren locker, die Angeln verbogen, das Schlüsselloch mit Erde verstopft, überall wucherte Unkraut. Nur die Radspuren in der mulchigen Erde wiesen darauf hin, dass Joe hier ein und aus ging.

Als Bernstein auf den Laubhaufen stieg und den Türknauf berührte, hielt ihn Opal zurück: »Lass das, du darfst sie nicht öffnen!«

»Wieso?«, wollte Achat sofort wissen.

»Diese Tür ist nur für Joe bestimmt«, ermahnte sie ihn sanftmütig und streichelte seine Mähne.

Wie Opal ihn geheißen hatte, ließ Bernstein von dem Knauf ab. Dann schichteten sie den zertrampelten Laubhaufen wieder auf, um die Tür so zu verbergen, dass ihre Mutter keinen Verdacht schöpfte, Joe aber weiterhin ein und aus konnte.

Abgesehen vom Besuch des Esels einmal im Jahr, mussten die Kinder bislang niemals auf jemanden warten. Daher waren sie ganz aufgeregt, sobald der Tag nahte, an dem Joe auftauchen würde. Fieberten sie seiner Ankunft mit Freude oder Angst entgegen? Sie selbst hätten diese Frage nicht beantworten können.

An diesem Tag räumten sie nach der Mittagsmahlzeit alles sorgfältiger auf als sonst. Sie gingen weder zum Spielen in den Garten noch zum Lernen ins Arbeitszimmer, sondern blieben erwartungsvoll bis vierzehn Uhr am Esstisch sitzen. Aufmerksam lauschend, wetteiferten die drei darum, wer von ihnen das Klappern des Fahrrads als Erster hören würde.

»Hallo!«

Jedes Mal kam Joe ihnen mit seinem strahlenden Lächeln entgegen.

»Ich hoffe, euch allen geht es gut? Heute weht ein kühler Wind.«

Da er immer wieder vergaß, leise zu sprechen, legte Opal manchmal den Zeigefinger auf die Lippen, um ihn daran zu erinnern.

»Oje, jetzt habe ich wieder nicht aufgepasst.«

Joe fasste sich an die Kehle, um seine Verblüffung über die eigene Nachlässigkeit zum Ausdruck zu bringen. Er wusste sehr wohl, dass nur denjenigen der Zutritt durch die von Passionsblumen umrankte und hinter Laubhaufen versteckte Pforte gewährt wurde, die sich leise verhielten.

»Was immer Sie auch wünschen, ich stehe zu Ihren Diensten.«

So lautete Joes Devise. Es brauchte keinen Grund, weshalb ein Kunde dies oder jenes benötigte. Genauso wie er Gemüse oder Konservendosen aus seinen Taschen hervorzauberte, konnte er laut oder leise sprechen. Und Joe schaffte es meistens sogar, seine Stimme zu dämpfen, seine Statur hingegen blieb furchterregend groß. Jedes Mal wenn Bernstein ihn im wuchernden Dickicht erblickte, bekam er es mit der Angst zu tun. Mehr noch als die Gefahr eines Luftzugs, der von der Anwesenheit des bösen Hundes kündete, mehr noch als das schlechte Gewissen, die Regeln seiner Mutter zu brechen, mehr als alles andere fürchtete er sich davor, dass Joes pechschwarzer Mantel mit dem Sammelsurium an Dingen sich wie ein riesiger Ballon aufblähte und das Fahrrad verschluckte, um sich dann durch die Baumkronen hindurch in die Lüfte zu erheben.

Ob es mit den verstauten Waren zu tun hatte, dass seine Gestalt jedes Mal ein wenig anders aussah? Der Mantel und die beiden Tragetaschen waren zwar stets dieselben, aber die Beulen an seinem Körper schrumpften und schwollen an, während sich die Anzahl der Beutel am Rad mehrte oder verringerte. Mal trug er an den hochgekrempelten Ärmeln zu Ketten gebundene Knoblauchknollen, mal war seine Wollmütze mit Lutschern gespickt. Bei näherem Hinschauen erkannte Bernstein, dass Joe nicht nur am Fahrrad und in seiner Kleidung Dinge transportierte, sondern auch direkt am Körper. Schießgummis am Handgelenk, Sicherheitsnadeln an einem Ring, der durch sein Ohrläppchen gestochen war, um den Hals ein Medaillon mit Gemüsesaaten.

All diese Dinge machten seine Gestalt verwirrend und unbezwingbar. Es reichte schon, sich die Unmengen an Gegenständen vorzustellen, um sich hilflos und verloren zu fühlen. Was, wenn Joes massiger Körper die kleine Schwester in seinem linken Augapfel zerquetschen würde? Bernstein konnte sich nicht vorstellen, dass der Hausierer und seine kleine Schwester in diesem Mikrokosmos nebeneinander existieren konnten. Deshalb blinzelte Bernstein immer heftig, wenn Joe sein Fahrrad abstellte und zur Küchentür kam. Nur so konnte er sicher sein, dass er ihn in seinem linken Auge beherbergen konnte, ohne dass Joe die goldfarbenen Sedimente sprengte.

Nichts ahnend von den Sorgen, die Bernstein sich machte, war Joe stets unbekümmert. Wenn er mit seiner unförmigen Gestalt in die Pedale des überladenen, schwankenden Fahrrads trat und den Hügel erklomm, um ihnen dann im Schutz der Mauern die Welt zu offenbaren, wirkte er kein bisschen erschöpft. Er war nicht einmal außer Atem. Er erinnerte Bernstein an die Fotos von den Packeseln, die unter der Last riesiger Strohballen zusammenzubrechen drohten. Vor allem, wenn Joe ihnen zu Diensten sein wollte.

Er eröffnete seine Auslage auf der sonnenbeschienenen Terrasse. Aus sämtlichen Beuteln, Taschen sowie den entlegensten Verstecken an seinem Körper holte er mannigfaltige Waren hervor, die er ihnen großmütig präsentierte. Je nach Art des Artikels durften die Kinder die Sachen anfassen beziehungsweise davon kosten.

»Aber wir haben doch gar kein Geld.«

Opal versuchte es ihm immer wieder schuldbewusst zu erklären, aber Joe ließ sich nicht davon abbringen.

»Zerbrich dir mal darüber nicht den Kopf! Selbst wenn ich jetzt nichts verkaufen kann, sind wir uns doch handelseinig. Es wird der Tag kommen, an dem ich im Gegenzug etwas erhalte.«

Opal war verwirrt und wollte entgegnen, aber nein, da sei gar nichts abgemacht, hielt aber dann den Mund und bot ihm stattdessen warmen Kakao und den Rest ihrer Kekse an.

Alle drei hockten auf der Terrasse um Joe herum und starrten gebannt auf seine Hände, um auf keinen Fall irgendeines der Objekte zu verpassen, das er hervorzauberte. Sogar ein kleines Glas mit Erdbeermarmelade wurde so zu einem kostbaren Gegenstand.

»Und was ist das?«

Achat war am wenigsten schüchtern und löcherte ihn mit Fragen. Über Lineale, Backpulver, Stößel. Über Gewichte, Zimtstangen, Stempel. Und Joe gab ihm unermüdlich Auskunft: von der Anwendung über den Preis bis hin zur Qualität der Ware. Seine Antworten waren schnörkellos und präzise wie die Einträge in der Enzyklopädie. Insofern war die Zeit mit Joe vergleichbar mit ihren Studien im Arbeitszimmer.

»Weißt du über alles hier Bescheid?«

Achat beschrieb mit den Armen einen großen Kreis, der Joe, sein Fahrrad und die ganze Umgebung umfasste.

»Selbstverständlich«, erwiderte Joe, während er sich einen Keks nahm und die Tasse Kakao an seinen Mund führte. »Darin besteht doch die Arbeit eines fliegenden Händlers.«

Die drei Kinder nickten zustimmend.

»Das da würde ich gerne mal ausprobieren.«

Achat zeigte auf ein weißes Papierflugzeug mit schmalem Rumpf, an dem die Tragflächen und die Heckflosse aufgesteckt waren.

»Nur zu.«

Joe erhob sich, griff das Flugzeug und machte sich bereit.

Bernstein bekam mit, wie Joe auf Opals zögerliches

»Aber …« ihr leise ins Ohr flüsterte: »Es macht nichts, es ist doch nur ein Warenmuster. Los geht's!«

Als der Papierflieger durch die Luft segelte, blickte Achat ihm mit zurückgelegtem Kopf und offenem Mund nach. Von Joes Hand aus zog er trotz Windstille sanft ein paar weiße Kurven durch das spätherbstliche Sonnenlicht, bevor er mit zitternden Flügeln gegen die Äste des Pimentbaums stieß und herunterfiel.

Achat sprang von der Terrasse, lief durch die Laubhaufen, hob den Flieger auf und kam damit zu Joe zurück.

Du kannst ihn so oft fliegen lassen, wie du willst, bedeutete ihm Joe mit einem Augenzwinkern.

Zuerst war Achat zu ungestüm, sodass der Flieger gleich wieder zu Boden plumpste, aber schon bald hatte er den Dreh raus und schaffte es, ihn elegant umhersegeln zu lassen. Immer wenn er den Flieger losließ, lief er ihm hinterher, um ihn noch im Fluge aufzufangen und dann wieder loszuschicken, was er unermüdlich wiederholte.

Wenn Achat über die Terrasse sprang, knarzten die Dielen und der Talisman hüpfte auf seiner Brust. Die Flugbahnen zeichneten vielfache geometrische Muster in der Luft, denen alle vier mit den Augen folgten. Wie immer, wenn er vergnügt war, summte Achat ein Lied vor sich hin. Bestimmt können nur Opal und ich seine Melodien hören, während Joe davon gar nichts mitbekommt, dachte sich Bernstein im Stillen. Etwas abseits stand reglos das Fahrrad und starrte unverwandt zu ihnen herüber.

Der Himmel war unendlich hell und klar, die Herbstsonne strahlte noch warm. Die Bäume hatten ihr eben noch bunt gefärbtes Laub verloren und die kahlen Äste reflektierten silbern das gleißende Licht. Durch sie hindurch bahnte sich der Papierflieger seinen Weg. Kleine Sprünge, der hüpfende Talisman, ein schwebendes Weiß, gleitende Flügel am Himmel, im dürren Laub raschelnde Schuhe, keuchender Atem. In Bernsteins linkem Augenwinkel folgte Szene auf Szene. Es war, als liefe Achat auf den Seitenrändern der Enzyklopädie entlang. Das Sirren der Flügel entsprach dem Geräusch beim Abblättern der Seiten.

»Oh!«, riefen Joe und Opal gleichzeitig.

Der Papierflieger war gegen den Mimosenbaum geflogen und hatte sich in den Ästen verfangen. Achat sprang hoch, um ihn zu befreien. Er rüttelte am Stamm, damit er zu Boden fiel, aber der Flieger rührte sich nicht.

Da ging Joe schweigend zu dem Baum hinüber, hob einen Zweig zu seinen Füßen auf und stellte sich auf die Zehenspitzen, woraufhin schon im nächsten Augenblick der Flieger herabtrudelte. Die Hand zum Himmel ausgestreckt, hatte er mit Leichtigkeit einen Punkt erreicht, zu dem niemand sonst hätte gelangen können.

Bernstein starrte auf die Stelle, wo sich der Papierflieger verfangen hatte. Die Seiten wurden nicht mehr umgeblättert, stattdessen blinkte immer wieder der Moment auf, als Joes Hand den Punkt erreichte. Unwillkürlich schloss Bernstein die Augen. Die goldenen Sedimentschichten waren in Dunkelheit getaucht.

»Danke«, hörte er Achats arglose Stimme.

»Lass ihn nicht zu hoch fliegen. Sonst landet er noch

draußen vor der Mauer. Das wäre schrecklich!«, sagte Opal.

»Das macht doch nichts«, schaltete sich Joe ein. Er klang verwundert, als würde er sich fragen, weshalb sie sich darüber Sorgen machte. »Man kann ihn doch draußen aufsammeln und wieder reinbringen.«

Opal drehte sich um und blickte Joe an. Sie schien beeindruckt von dem Gedanken, dass es einen Weg geben sollte, den Papierflieger zurückzuholen, wo immer er landen mochte, sogar hinter der Ziegelmauer. Joe lächelte.

»He, seht mal!«

Achat setzte den Papierflieger diesmal höher an, um ihn noch weiter fliegen zu lassen. Die weißen Flügel waren, ohne dass sie es bemerkt hatten, mit Erde beschmutzt.

Ohne das Geheimnis ihrer Kinder zu kennen, zog sich die Mutter gleich nach ihrer Rückkehr ins Arbeitszimmer zurück, wo sie in den Enzyklopädien herumblätterte. Nachdem sie den ganzen Tag über Bettlaken gestärkt, den Kiosk betreut, Badewannen geschrubbt und andere Tätigkeiten verrichtet hatte, war sie eigentlich todmüde, sie brauchte jedoch dieses Ritual, bevor sie zu Bett ging.

Wenn sie ins Regal schaute, sah sie auf den ersten Blick, wie weit Bernstein mit seiner Arbeit fortgeschritten war. Die Bände, in denen ihre Tochter hauste, unterschieden sich deutlich von den anderen. Aber diesen Unterschied bemerkte allein die Mutter. Eine fühlbare Wärme im Seitenschnitt, eine leichte Wölbung, die sogar durch den Buchrücken hindurch spürbar war, die Spuren auf den verstaubten Regalfächern, wo die ausgefransten Lesebändchen herausschauten … all das waren geheime Signale ihrer jüngsten Tochter. Die Verschwiegenheit der Zeichen zeugte von der Vergänglichkeit der Kleinen.

Mit geschlossenen Augen zog die Mutter einen Band heraus. Es genügte dann, den Titel zu lesen, um zu wissen, was ihre Tochter gerade tat: ob sie Schlitten fuhr, ob sie auf einem Vogel sitzend die Post austrug oder sich in einen Schmetterling verwandelte. Die Mutter hatte alles in ihrem Gedächtnis gespeichert. Und aus diesem Grund schloss sie jedes Mal die Augen, wenn sie nach einem Band griff, denn es erschien ihr ungerecht, Einfluss zu nehmen. Sie fand, dass es für ein Kind sicher nicht immer angenehm war, wenn die Eltern alles vorherbestimmten, sondern es brauchte, vor allem wenn es noch sehr jung war, die nötige Freiheit.

Ihre aufgequollenen Finger, die nach Waschpulver rochen, blätterten durch die Seiten. Wie lückenlos ihr Gedächtnis auch sein mochte, immer wenn sie sich über das Buch beugte, war es, als würde sie ihre Kleine zum ersten Mal sehen, und sie musste lächeln.

Tief in ihrem Herzen empfand sie Ruhe und Frieden, wenn sie sich an den Tisch in der Bibliothek setzte. Wenn sie im Kurbad Dienst tat, konnte sie keine Ruhe finden. Stets war sie auf der Hut. Jedes Mal wenn sie einen neuen Patienten erblickte, wenn sie einem fremden Lieferanten oder einem unbekannten Besucher begegnete, stellte sie sich unweigerlich vor, dass es sich um einen Spitzel handeln könnte, der ihre Kinder aufspüren sollte.

In ihrem Kopf gibt es eine riesige Freifläche. Nicht vergleichbar mit dem Innenhof, wo der Esel des Heizers seine Runden dreht, sondern viel weiter, so weit der Blick reicht. Dort stehen viele Kinder, dicht gedrängt, in langen Reihen. Keines von ihnen schwatzt oder rührt sich von seiner Stelle. Nur eine Reihe ist nicht ganz so lang wie die anderen. Auf den ersten Blick würde das niemandem auffallen, aber es gibt eine winzige Lücke, wie ein hauchfeiner Sprung in einem Glas. Suchscheinwerfer fliegen über die unzähligen Kinderköpfe hinweg. Die sich kreuzenden Lichtbänder streifen auch diese Lücke.

Die Mutter war stets darum bemüht, nicht aufzufallen. Sie führte ein unscheinbares Dasein und wollte bei niemandem einen bleibenden Eindruck hinterlassen. Selbst wenn sich ein lichtstarker Scheinwerfer direkt auf sie gerichtet hätte, wäre von ihr nur ein vager Schatten sichtbar gewesen. Natürlich durfte sie sich bei der Arbeit keine Fehler erlauben, aber ebenso wichtig war es, sich nicht durch überdurchschnittliche Geschicklichkeit oder originelle Einfälle hervorzutun. Beim Falten der Laken zum Beispiel wollte sie bei ihrem Vorgesetzten nicht durch übertriebene Sorgfalt auffallen, sie musste aber zugleich darauf achten, dass die Kanten nicht überstanden, sondern deckungsgleich aufeinanderlagen. Sie war eine perfekte Dienstleisterin. Durchschnittlich, verschwiegen, keine überflüssigen Nichtigkeiten – darin offenbarte sich ihr Talent, das schon vom Vater der Kinder geschätzt wurde.

Sie war wie gemacht für Enzyklopädien, die ihr deshalb auch als ein Ort der Zuflucht erschienen.

Wenn sie zu erschöpft war, um ihrer Vorbildfunktion nachzukommen, und ihre Aufmerksamkeit nachzulassen drohte, ging sie wie gewohnt ins Theater, um die Schlacken, die sich in ihrem Körper angesammelt hatten, loszuwerden. Merkwürdigerweise verschaffte es ihr Erleichterung, wenn ihr anonymes Selbst für einige Momente mit einer anderen Person verwechselt wurde. Dadurch erlangte sie den nötigen Elan zurück, um in irgendwelchen unauffälligen Winkeln des Sanatoriums unterzutauchen.

Das Arbeitszimmer ist umgeben von Grün und Dunkelheit. Die Nacht verschluckt jeden Laut, Opal, Bernstein und Achat schlafen tief und fest. Sie werden nicht vor dem Morgengrauen erwachen. Die Kleine befindet sich im Innern der Enzyklopädien. In einem viereckigen Gehäuse, in das kein Fremder eindringen kann, geschützt durch dicke Buchdeckel und eine Vielzahl von Seiten. Die Mutter stößt einen tiefen Seufzer der Erleichterung aus, ihre Tochter ist in Sicherheit.

Zum Abschluss nimmt sie für gewöhnlich das »Bildlexikon der Hauswirtschaft: Band II – Küchen« in die Hand. Sie greift mit geschlossenen Augen danach, ohne sich jemals zu irren. Sie braucht nichts weiter tun, als ihre Tochter darum zu bitten, ihr einen Gutenachtkuss zu geben. Ihre Jüngste wird dessen nie überdrüssig. Wo gibt es sonst noch so geduldige Kinder? Die in der Lage sind, eine bescheidene, aber kostbare Geste wie einen Kuss auf die Wange unermüdlich zu wiederholen? Sie wird sie niemals enttäuschen. Wo sonst, wo sonst gibt es so ein Kind?

Nur in der Dunkelheit der Nacht stellt sich die Mutter diese Fragen. Wenn sie das Lexikon schließt, betet sie inständig, die Suchscheinwerfer mögen diese Lücke nicht finden.

Achat hatte sich eine neue Art ausgedacht, um in den Enzyklopädien zu lesen. Dazu nahm er seinen wertvollen Kiesel aus dem Brustbeutel und legte ihn auf verschiedene Seiten, um ihn zu beobachten. Auf den Rücken des Beutelwolfs in der »Enzyklopädie der ausgestorbenen Tierarten«; in die Antennenspule des »Illustrierten Kompendiums zur Funktionsweise von Detektorempfängern«; zwischen zwei dorische Säulen des Parthenons im »Bildatlas für Geschichte«; auf die Rückenlinie eines Schnittmusters in dem Bildband »Elegante Mode – Alles über Blusen«; in den Ozean der Devon-Periode im »Bildlexikon der Evolution – Die Entstehung der Meere«; auf die Spirale eines Dunkelnebels im Bildatlas »Das Universum« …

Sobald er sich für eine Stelle entschieden hatte, ließ er den Kiesel für zwanzig bis dreißig Minuten dort liegen. Manchmal legte er die Wange auf den Tisch oder stand auf, um den Blickwinkel zu wechseln, oder er schob den Stein einige Millimeter zur Seite. Mit großer Ernsthaftigkeit, die nicht die geringste Abweichung duldete, konzentrierte er sich auf seine Fingerspitzen, um winzige Veränderungen vorzunehmen, die niemand sonst nachvollziehen konnte. Währenddessen waren seine Lippen fest geschlossen. Man hörte ihn nicht einmal summen.

Obwohl Opal und Bernstein sich über Achats Benehmen wunderten, sagten sie nichts und widmeten sich stattdessen anderen Dingen. Opal machte sich Notizen, während Bernstein seine kleine Schwester malte. Immer wenn er einen fehlerhaften Strich ausradierte, war er darauf bedacht, dass der Tisch nicht wackelte und Achats Kiesel verrutschten.

Im Tageslicht, das durch das Fenster ins Arbeitszimmer fällt, sieht der Stein ganz glatt aus. Durch die ewigen Bewegungen im Schlamm ist seine Oberfläche von hauchfeinen Schürflinien durchzogen, was ihm ein schlichtes, elegantes Muster verleiht, obwohl er eigentlich aus großen Tiefen stammt. Achat zieht einen neuen Band heraus. Er nimmt sich einfach das Buch, das ihm gerade in den Sinn kommt, ohne sich darum zu scheren, was seine Geschwister gerade machen.

Bevor er sich für eine bestimmte Stelle entscheidet, wo er seinen Kiesel platziert, liest er sich den entsprechenden Artikel aufmerksam durch. Wenn er auf ein unbekanntes Schriftzeichen stößt, erinnert er sich an Meister Signal. Es ist zwar schon lange her, dass er das Schiffchen der Strömung des Bachs überlassen hat, aber die Erinnerung daran, wie der Lehrer in der Vertiefung seines Ohrs hockte, ist noch nicht verblasst. Auch wenn er durch Nachschlagen in einem Wörterbuch die Bedeutung versteht, vergewissert er sich trotzdem bei Opal. Es ist ihm zwar unangenehm, sie bei ihren Studien zu stören, aber er mag ihren dozierenden Tonfall, der genauso klingt wie bei seinem früheren Lehrer.

Es genügt vollkommen, den Kiesel auf eine bestimmte Seite zu legen, um zu verändern, wie wir ihn wahrnehmen. Es gibt einen Schattenwurf, der Blickwinkel wird eingeschränkt, der Stein erhält einen anderen Ausdruck. Achats Augen glänzen. Wenn er den Kiesel dicht vor sich betrachtet, lässt er seinen Blick zugleich in weite Ferne schweifen. Folgt man den Bewegungen seiner Pupillen, weiß man, dass er nicht bloß vor sich hin träumt. Seine Beine baumeln frei, die Wangen glühen, die frisch gestriegelte Mähne sitzt makellos.

Bernstein macht sich unbegründet Sorgen. Er kann sich nicht erklären, weshalb er so unruhig ist, aber es führt dazu, dass er beim Zeichnen innehält und Achat beobachtet. Fast hätte er seinen Namen gerufen. Oder die Hand ausgestreckt und nach dem Stein gegriffen. Opal merkt nichts, ist ganz in ihre Notizen vertieft.

»Ach, ich bin müde«, ruft Achat plötzlich.

Unbemerkt hat er seinen Stein wieder an sich genommen.

»Wieso denn?«

Opal wirft ihm einen Blick zu.

»Das Universum ist so weit weg. Zehn Milliarden Lichtjahre entfernt. Außerdem gibt es dort keine Atmosphäre.«

Achat zieht die Schultern hoch und holt tief Luft, bevor er seinen kleinen Stein streichelt, als wolle er ihn trösten.

»Es hat nicht viel gefehlt und wir hätten uns in einer galaktischen Wolke verirrt.«

Bernstein fiel nichts Gescheites ein, was er ihm hätte antworten können, aber Opal klappte ihr Notizheft zu und lächelte ihn an.

»Da bin ich aber froh, dass ihr den Weg wieder zurückgefunden habt.«

Achat streicht sich mit der freien Hand über Hose und Pullover. Dann fasst er nach hinten, um sorgfältig seine Mähne zu richten. In den hereinbrechenden Sonnenstrahlen flimmern glitzernde Teilchen. Bernstein fragt sich, ob es Partikel von galaktischen Wolken sind.

Auf diese Weise verfolgt Achats Kiesel das Leben eines Beutelwolfs, er surft auf den Wellen eines Kristallempfängers und erkundet auf dem Meeresgrund einen Eruptionskrater. Er bewegt sich frei hin und her – sei es im Weltraum, in einem Schrein oder auf dem Nähtisch. Niemand kann den kleinen Kerl aufhalten. Und in Achats Mähne verfangen sich Tierhaare, Salzkristalle und Garnreste. Als Bernstein sieht, wie Achat die Überbleibsel von sich wischt, dankt er Gott, dass sein Bruder wieder heil zurück ist.

Irgendwann tauchte auch Boiler wieder auf. Die Kinder hatten sich schon gewundert, was ihm wohl zugestoßen sein mochte. Diesmal kam er viel später als sonst und zu einer Zeit, als die Gräser wegen der Kälte ihre Kraft bereits eingebüßt hatten. Dem Vernehmen nach war der

Esel am Ende des Sommers in einen rostigen Nagel getreten, woraufhin die Wunde im rechten Vorderhuf sich entzündet hatte und lange Zeit brauchte, um zu verheilen.

»Er wurde auch solange vom Hofdienst beurlaubt, aber nun ist er ja wieder ganz der Alte.«

Als die Mutter ihm übers Maul strich, nickte er einige Male entschuldigend mit dem Kopf.

Auch das vertrocknete Gras fraß er ohne Widerwillen. Er fügte sich stillschweigend, so als gäbe er sich selbst die Schuld, nicht zur rechten Zeit gekommen zu sein, wo alles noch frisch und grün war.

Selbst für die Kinder war es offensichtlich, dass sein rechter Vorderhuf noch nicht völlig wiederhergestellt war. Er lahmte bei jedem Schritt, verlor bei kleinsten Unebenheiten sein Gleichgewicht und hielt sich ängstlich von den Steinen an der Quelle fern. Sein einst dunkel glänzendes, tiefbraunes Fell war nun struppig und grau, die Mähne verfilzt, die Haut in seinen Ohren verschrumpelt. Achat besorgte sich die Bürste aus Mutters Frisierkommode, um ihn morgens und abends zu striegeln, aber all seine Sorgfalt half nichts, das Fell blieb matt und zottelig. Nachdem Boiler an seiner Lieblingsstelle unter dem Mimosenbaum alles abgegrast hatte, verlangsamte er sein Tempo. Er verbrachte nun die meiste Zeit damit, sich an den Stamm der Ulme zu lehnen und in der Sonne zu dösen. Wenn es ihm zu warm wurde, trottete er zum Mimosenbaum zurück, um sich dort in den Schatten zu legen. Seine Ohren waren vollkommen reglos, die Lider geschlossen.

»Bist du schon satt?«

»Drüben am Teich gibt es noch leckeres Gras.«

»Allerdings darfst du auch nicht übertreiben!«

»Genau! Nicht zu viel fressen!«

»Lass dir Zeit!«

»Du bist so lieb!«

Die drei Kinder konnten einfach nicht von ihm lassen, neugierig saßen sie um den schlafenden Esel herum. Opal streichelte sein Hinterteil, Bernstein beobachtete die geschlossenen Lider, während Achat, den Kopf auf den Bauch des Tiers gelegt, mit ihm döste. Den Esel schien das nicht zu stören, er blieb so liegen und wedelte nur gelegentlich mit dem Schwanz.

»Ich kann hören, wie sein Bauch grummelt«, sagte Achat.

Der faltige Bauch des Esels hing schlaff zwischen seinen ausgestreckten Gliedern.

»Es hört sich an, als käme das Geräusch von außerhalb der Mauer.«

Achat schloss die Augen und schmiegte sein Ohr an eine Stelle, wo sich die Haut ganz zart anfühlte. Obwohl alle drei Kinder die Wunde am Vorderhuf bemerkt hatten, verloren sie kein Wort darüber. Sie taten so, als würden sie sein rechtes Bein gar nicht sehen. Die Wunde war aufgebrochen und nässte wie ein verfaulter Brokkolikopf.

Schließlich kam der Tag, an dem Boiler wieder zurückmusste, obwohl er es diesmal nicht geschafft hatte, alles Gras zu fressen. Das geschah zum ersten Mal. Im Garten, der dank des Esels sonst immer sauber und gepflegt gewirkt hatte, waren viele wild versprengte Unkrautbüschel übrig geblieben, und dieser halb verwahrloste Anblick machte die Kinder noch trauriger.

»Bitte zerre nicht so sehr an ihm«, flehte Opal ihre Mutter an, als die dem Esel das Zaumzeug anlegte. Das Haus des Heizers lag eine gute Stunde Fußmarsch entfernt.

»Mach dir keine Sorgen um ihn. Er hat noch genug Kraft, um mit mir auf dem Rücken den Weg hinunterzutraben, nicht wahr?«

Der Esel reagierte mit einem schwachen Schnauben auf diese Worte.

Schweigend schauten die drei Kinder Boiler hinterher, wie er davontrottete. Sie wussten sehr wohl, dass sie ihm für seine treuen Dienste hätten danken sollen, aber der Anblick, wie er humpelnd seinen verletzten Huf zu schonen versuchte, ließ sie erstarren. Boiler drehte sich kein einziges Mal um. Allein sein baumelnder Schwanz schien ihnen zum Abschied zuzuwinken. Sie ahnten, dass der Esel bald seinen letzten Atemzug tun würde. Schließlich entfernte sich das Klappern der Hufe jenseits der Mauer.

Achat stieß einen langen Seufzer aus.

Bernstein beseitigte das Unkraut an den Stellen, wo Boiler nicht gegrast hatte. Er holte Sense und Schleifstein aus dem Schuppen und schärfte die Klinge. Nach drei Tagen hatte er den Rest gemäht. Das Gras ließ er in der Sonne trocknen. Die ganze Zeit über arbeitete er allein. Von seinen Geschwistern wollte er sich nicht helfen lassen, weil er befürchtete, sie könnten sich an der scharfen Klinge verletzen. Nach und nach beherrschte er die Technik, wie er die Sense halten und in welchem Winkel er sie niedersausen lassen musste, und er wusste, wo das Gras besonders dicht wucherte und wo sich Wespennester befanden.

Während er sich mit der Sense schwingend durch das Dickicht kämpfte, spürte Bernstein eine ungeahnte Kraft in sich aufwallen, die jeden Winkel seines Körpers ausfüllte. Sie unterschied sich deutlich von dem Gefühl, wenn er auf den Seiten einer Enzyklopädie seine kleine Schwester zum Leben erweckte. Statt wie bisher die Sedimente in seinem linken Auge anzukratzen, um Fossilien zutage zu fördern, kam es ihm nun vor, als würde er buchstäblich mit einem Bagger die Erde aufwühlen. Woher nur kommt diese ganze Energie, fragte er sich verwundert.

Einmal mit der Arbeit begonnen, hätte er endlos weitermachen können. Für ihn existierte nur noch das Unkraut in seiner Reichweite, die Fäden im linken Auge hatten sich derweil verflüchtigt. Es störte ihn nicht, dass stachlige Blätter und Dornen ihm die Finger zerkratzten oder er sich mit der Sense am Schienbein verletzte und Blut heraussickerte. Nur manchmal, wenn er eine einzelne kahle Stelle erblickte, wo zuvor der Esel gegrast hatte, hielt er einen Augenblick inne und dachte an Boiler, bevor er sich wieder an die Arbeit machte.

Wenn Opal ihn von der Terrasse aus zum Essen rief, tat er so, als würde er sie nicht hören. Er wollte seiner Schwester zeigen, wie weit seine Kräfte reichten. Als er alles gemäht hatte und das Gras genug getrocknet war, beschloss er, es in der Tonne, die ihnen im Hinterhof zur Müllbeseitigung diente, zu verbrennen. Das zunächst nur qualmende Feuer loderte bald in hohen Flammen auf.

»Darf ich noch mehr hineinwerfen?«

Ungeachtet Opals mahnender Worte, er solle sich nicht verbrennen, schleppte Achat ein riesiges Bündel Gras herbei und warf es in die Flammen, die sofort bedrohlich aufflackerten. Bernstein stocherte mit dem Schürhaken darin herum, woraufhin die Funken im Abendlicht tanzten.

»Boiler hat uns zwar leider verlassen …«, begann Opal. »Aber mit dir, Bernstein, fühlen wir uns in Sicherheit.«

»Ja, das stimmt«, nickte Achat.

Die züngelnden Flammen verwandelten sich in eine Rauchsäule, die immer weiter emporstieg und die Farbe des Abendhimmels annahm.

Bernsteins Blick folgte dem Rauch. Schwerelos trieben die Schwaden über die Mauer hinweg an einen fernen Ort, an den er selbst niemals gelangen würde. Er bemerkte, dass sein linkes Auge wieder funktionierte. Die Fäden verwirrten sich wie die getrockneten Grashalme, wenn sie versuchten, dem Feuer zu entkommen. Im bernsteinfarbenen Auge reflektiert, leuchteten die rötlichen Flammen noch intensiver. Hin und wieder war aus der Tonne das Knistern brennender Zweige zu hören.

»Was, wenn der böse Hund den Rauch sieht und uns holen kommt?«, fragte Achat.

»Der Himmel ist so unendlich groß, uns wird niemand finden, nicht mal der böse Hund«, erwiderte Opal.

Die drei warteten an der Feuerstelle, bis alles Unkraut verbrannt war. In der hereinbrechenden Dunkelheit veränderten die Flammen unaufhörlich ihre Gestalt. Einen Moment lang hatten die Kinder den Eindruck, sie würden die sterblichen Überreste des Esels verbrennen.

Ein Jahr später erfuhren die Kinder, dass sie mit ihrer Vorahnung richtiglagen. Ihre Mutter hatte wie jedes Jahr einen Esel mit nach Hause gebracht.

»Nun komm schon, du wirst bestimmt gute Arbeit leisten«, sagte sie, nachdem sie die Spitzhacke weggestellt und dem Esel das Halfter abgenommen hatte.

Die Geschwister warfen sich einen Blick zu, bevor sie das Tier in Augenschein nahmen. Es war sonnenklar, dass es sich nicht um Boiler handelte. Dieser Esel war viel kleiner, seine Beine wirkten schlanker und das Fell war grau und nicht braun. Vor allem war es eine Stute.

Dennoch ließen sich die drei nichts anmerken, nicht einmal Achat, sondern streichelten schweigend seinen Rücken. Nachdem der Esel den Geruch der Kinder aufgenommen hatte, trottete er gelangweilt in den Garten.

»Das ist also Boiler?«

Es war Opal, der die Frage rausgerutscht war, obwohl es klang, als würde sie mit sich selbst reden.

»Aber natürlich ist er das.«

Die Mutter hielt ihn an seinem Zaumzeug zurück.

»Es ist Boilers Aufgabe, in unserem Garten zu grasen. So haben wir es ausgemacht.«

Die drei nickten schweigend.

»Sein Huf ist völlig verheilt. Hier, seht mal, er ist ganz der Alte. Ihr braucht euch keine Sorgen zu machen. Er kann so viel Gras fressen, wie ihm beliebt!«

In jener Nacht holte Achat das Spielzeug hervor, das Bernstein ihm aus zwei zusammengeklebten Pappscheiben und dem Ulmenzweig gebastelt hatte, und drehte es im Bett hin und her. Im Licht der Nachttischlampe tauchte der sehnlichst vermisste Boiler auf. Er graste im Zwischenraum der beiden Pappscheiben. Um seine Füße flogen Schmetterlinge. Der am Stamm des Mimosenbaums festgebundene neue Esel schlief vermutlich schon, aber es war zu dunkel, um ihn durchs Kinderzimmerfenster erkennen zu können.

»Boiler ist tot, nicht wahr?«, fragte Achat.

»Ja«, erwiderte Bernstein.

»Lebwohl.«

Achats Flüstern wurde vom Surren der rotierenden Pappscheiben übertönt. In seinen Händen neigte Boiler andächtig den Kopf zum Dank an die Erde.

Bei schlechtem Wetter ließ Joe sich nicht blicken. Wenn die Kinder am Morgen eines ungeraden Mittwochs den Regen prasseln hörten, wagte keiner, die Sache anzusprechen. Irgendwo in ihrem Herzen glaubten sie, sie würden sich sonst jeglicher Hoffnung berauben, dass es am Nachmittag vielleicht aufklaren könnte oder dass je nach Stärke des Regenfalls Joe doch noch käme.

Die drei Kinder saßen am Esstisch, wo ihnen nichts anderes übrig blieb, als tatenlos zuzuschauen, wie der Zeiger der Uhr vorrückte … wie zehn Minuten … und dann zwanzig Minuten verstrichen. Wie aufmerksam sie auch dem strömenden Regen lauschten, es waren keine Schritte, kein Schleifen von Fahrradreifen zu hören.

»Los, lasst uns ins Wohnzimmer gehen und Olympiade spielen«, verkündete Opal schließlich, als sie einsah, dass Joe an diesem Tag nicht mehr kommen würde.

»Wieso kommt er eigentlich nicht, wenn es regnet?«, schmollte Achat missmutig.

»Joe ist sein eigenes Schaufenster, seine Waren dürfen nicht nass werden«, erklärte ihm Bernstein.

Aber womit sie sich an solch einem Mittwoch auch beschäftigten, ihre Gedanken waren woanders. Sobald im Garten ein Geräusch ertönte, hielten die Kinder gespannt inne, aber jedes Mal entpuppte es sich als Fehlalarm. Joe würde nicht kommen, und diese traurige Gewissheit überschattete den Tag.

Fiel Mutters freier Tag jedoch auf einen Mittwoch, verging die Zeit für die Kinder wie normalerweise auch. Ihre einzige Sorge war, dass Joe sich im Kalender irren und plötzlich an der Tür klopfen könnte. Deshalb behielten sie ihre Mutter aufmerksam im Auge, wenn sie an der Nähmaschine saß oder Brotteig knetete, den Dreck von der Spitzhacke entfernte oder in einer Enzyklopädie herumblätterte.

Zu jener Zeit hatte die Mutter es Achat überlassen, nach dem Abendessen das Harmonium zu spielen. Entsprechend der geräuschlosen instrumentellen Begleitung wurde auch der Gesang der Kinder zunehmend leiser, aber an jenen Tagen, an denen Joe nicht kommen würde, kultivierten sie diese Zurückhaltung noch mehr. Alle drei schauten sich an, während sie sich auf den Rhythmus der unhörbaren Töne einstimmten, und versetzten mit ihren Lippen die Luft in hauchzarte Schwingungen. Die sich überlagernden Wellen bargen ihr wichtigstes Geheimnis.

Der Kalender war mit einer Reißzwecke an der Küchenwand festgemacht. Bernstein wusste genau, dass Opal immer abzählte, wie viele Tage verblieben, bis wieder Mittwoch war, wenn sie abends ein Kreuz machte. Ihre Mutter, die beim Blick auf den Kalender keine Ahnung hatte, was dieses Stickmuster insgeheim bedeutete, sagte bloß zu sich selbst: »Ach herrje! Diesen Monat habe ich ja noch acht Mal Nachtschicht!«

»Weshalb werden denn all die schönen Dinge in Eselsledertaschen transportiert?«

»Der Esel ist ein Arbeitstier. Sein Leder ist robust und geschmeidig.«

»Ich weiß. Esel schuften, ohne sich zu beklagen.«

»Eselsleder bietet Schutz. Schöne Dinge sind ja oft zerbrechlich.«

»Ja, das kann sein. Obwohl ich mir nicht sicher bin.«

»Wieso nicht?«

»Na, weil ich keine schönen Dinge besitze.«

»Das stimmt doch gar nicht. Diese aparten Flügel … das wunderschöne, seidenglatte Haar, ich …«

Joe stockte und verschluckte den Rest des Satzes.

»Ich hoffe, ich bin nicht zu laut.«

Opal schlug die Augen nieder und schüttelte den Kopf.

»Hier, schau mal!«

Joe öffnete eine der Ledertaschen.

»Es ist so empfindlich, dass es sofort in tausend Stücke zerspringen würde, wenn es irgendein Grobian in die Finger bekäme.«

Er holte eine elegante, mit schwarzem Samt bespannte Schatulle hervor. Darin lag eine mit bunten Halbedelsteinen verzierte Haarspange.

»Oh«, rief Opal und trat heran, um sie ganz aus der Nähe zu betrachten.

Achat hatte nur Augen für seine Spielzeuge und würdigte die Haarspange keines Blickes, während Bernstein am Geländer der Terrasse lehnte. Schweigend beobachtete er Opal und Joe.

»Sie ist wie für dich gemacht.«

Joe streckte seine Hand aus und befestigte die Spange über ihrem linken Ohr. Er tat es mit einer so beiläufigen Geste, dass Opal, die gar nicht wusste, wie ihr geschah, mit hochgezogenen Schultern den Atem anhielt.

Die Spange funkelte in der Sonne. Die Kiesel aus dem Moor standen in keinem Vergleich zu den klaren, farbenprächtigen Edelsteinen. Im langen schwarzen Haar wirkte die Spange wie ein leuchtender Schmetterling, der sich dort ausruhte.

»Ja, sie steht dir wirklich ausgezeichnet.«

Während Joe über das Eselsleder strich, wandte er sich Zustimmung heischend zu Bernstein um. Aber Bernstein tat so, als würde er ihn nicht bemerken, und schaute weg. Opal tastete so behutsam nach der Spange, dass sie ihr Haar kaum berührte. Es war, als fürchtete sie, das Kleinod könnte durch ihre Ungeschicklichkeit zerbrechen. Fühlte es sich für sie an wie die Verlängerung von Joes Fingern? Bernstein, den dieser Gedanke vollends ratlos machte, senkte den Kopf und starrte auf seine eigenen Hände, die die Balustrade fest umklammert hielten.

Die halbe Terrasse lag im Schatten, während die andere Hälfte von den Sonnenstrahlen, die durch das herbstliche Laub drangen, leuchtete. Der runde Gartentisch war mit Krümeln von Donuts und welken Blättern übersät, Flecken von verschüttetem Kakao begannen einzutrocknen. Das stets mit Unmengen von Waren beladene Fahrrad, das lediglich von einem einzigen Ständer gerade so eben sein Gleichgewicht zu halten schien, wartete geduldig. Achat probierte die Fahrradklingel aus. Erschrocken über den schrillen Klang, presste er hastig seine Hände auf die Glocke. Ein Vogelpaar flatterte erschreckt auf und bahnte sich raschelnd einen Weg aus der Baumkrone heraus.

Bernstein stellte sich vor, wie Joe dem Esel das Fell über die Ohren zog, um daraus Ledertaschen für seine schönen Dinge zu fertigen. Dieselbe Hand, die gerade Opals Haar berührt hatte, hält nun ein Messer und sticht die Klinge in die Fettschicht, ergreift die Mähne und zieht das Fell ab. Er sieht die ganze Prozedur vor sich, Seite für

Seite. Das Fell ist an der Stelle, wo die Strohballen lagen und der Stab für den Mühlstein festgemacht war, abgenutzt und zerschunden. Von der Messerspitze tropft Blut. Die Sehnen werden durchtrennt, die Zunge hängt aus dem Maul. Ein warmer Geruch entsteigt dem Tierkörper, den man allein deshalb nicht für tot halten kann. Mit jedem Lidschlag erscheinen abwechselnd die Hand, die Opals Haar berührt, und die blutverschmierten Finger. Erst jetzt versteht er, dass das, was er in der Tonne verbrannt hatte, tatsächlich Boilers sterbliche Überreste waren, nachdem Joe ihm das Fell abgezogen hatte.

»Hast du denn keinen Wunsch?«

Bernstein schüttelte den Kopf.

»Sei nicht schüchtern!«

Um Boilers leidvollen Anblick nicht weiter mitansehen zu müssen, versuchte Bernstein nicht zu blinzeln, aber die Sonne blendete so sehr, dass er nicht anders konnte.

»Ich habe hier einen Modellbaukasten, eine Schmetterlingssammlung, Mangas, einen Werkzeugkasten, einen Fotoapparat …«

Joe zog einen Gegenstand nach dem anderen aus seinen Manteltaschen hervor. Bernstein hielt die Augen weiterhin gesenkt. Er wollte auf keinen Fall sehen, was Joe ihm andrehen wollte.

»Wenn dir etwas einfällt, sag es ruhig. Ich kann es dir beim nächsten Mal mitbringen. Ich habe alles, was das Herz begehrt, und stehe immer zu Diensten«, sagte Joe, während er die Haarspange in die schwarze Samtschatulle zurücklegte.

Kurz bevor Joe den Verschluss der Ledertasche zuschnappen ließ, sprühte er einen Hauch Parfüm auf Opals Flügel, als wollte er etwas als Ersatz für die Haarspange zurücklassen oder sich einfach nur in ihre Gedanken einschleichen. Die einst aus makelloser Spitze gefertigten Flügel waren inzwischen fleckig und verschlissen, der aus Metalldraht gefertigte Rahmen war verbogen. Ein kurzes Drücken des kleinen Ballons, der am Hals des Flakons befestigt war, genügte, um den jämmerlichen Auswuchs auf Opals Rücken mit einem wundersamen Duft zu benetzen. Opal, die auch diesmal nicht begriff, wie ihr geschah, drehte sachte den Kopf. Das Parfüm vermischte sich mit dem Geruch von Boilers Blut, und Bernstein wurde übel.

Während Opal und Achat, die sich nur schwer von Joe trennen konnten, versuchten, ihn noch ein wenig hinzuhalten, nutzte Bernstein die Gelegenheit, um unbemerkt einen Stein in einen der Beutel, die am Fahrradlenker hingen, gleiten zu lassen. Es war ein schwerer Stein, größer als ihre drei Talismane zusammen, den er unter den Terrassendielen hervorgeklaubt hatte. Er konnte sich selbst nicht erklären, warum er es getan hatte. All das ergab keinen Sinn. Es war eine unwillkürliche Reaktion gewesen, während in seinem Kopf eine große Leere herrschte.

Zwiebeln, Speiseöl, Haushaltsseife … Mit was auch immer der Beutel vollgestopft sein mochte, der Stein fügte sich überraschenderweise gut ein. Als hätte man ihm einen Platz frei gehalten. Geschwind verschnürte Bernstein die Packtasche und wischte sich die Erde von den Händen. Aber wie sehr er auch seine Hände rieb, er spürte immer noch den Abdruck des Steins. War der Stein traurig darüber, dass er in Dunkelheit zurückgelassen wurde, vielleicht ohne je wieder die Vorzüge des Lichts zu genießen? Plötzlich wurde Bernstein von der Vorstellung heimgesucht, er hätte Joe bestohlen. Ungestüm rieb er die Hände an seiner Hose, um die Angst zu vertreiben. Mit dem nach links geneigten Lenker drohte das Fahrrad jeden Moment umzukippen.

»Bis zum nächsten Mal! Bitte vergessen Sie nicht, an welchem Tag und zu welcher Uhrzeit.«

Um Opal zu beruhigen, berührte Joe erneut ihr Haar.

Er winkte ihnen zu, während er das Fahrrad vor sich herschob und dann zwischen den Bäumen verschwand. War es Einbildung? Irgendwie klang das Rattern der Räder schwerer als sonst.

»Lebwohl«, rief Opal ihm hinterher, so leise, dass ihre Stimme ihn nie erreichen würde.

»Lebewohl.«

Achat tat es ihr nach.

Bernstein betrachtete schweigend Opals Flügel. Selbst nachdem der schwarze Mantel längst vom Grün der Bäume verschluckt worden war, hallte das Klappern des Fahrrads noch lange in ihren Ohren.

8

Seitdem mir Herr Bernstein von Boiler erzählt hat, träume ich davon, einen Esel hier in der Residenz zu haben. Das wäre doch wunderbar! Den Bewohnern ist es zwar gestattet, ein Haustier zu halten, soweit es die Größe erlaubt, aber ein Esel ist natürlich weitaus imposanter als das übliche Kleingetier wie Schildkröten, Hamster oder Schoßhündchen, und wenn sie so ein Tier zu Gesicht bekämen, würde ihnen vor Freude bestimmt das Herz aufgehen.

Einmal habe ich bereits eine entsprechende Anregung in den Meinungskasten geworfen, aber mein Vorschlag wurde aus finanziellen Gründen und wegen der komplizierten Tierhaltung abgelehnt. Vielleicht hätte ich den wirtschaftlichen Nutzen betonen sollen, schließlich würde sich der Esel um das Unkraut im Garten kümmern.

Der Meinungskasten befindet sich gleich am Eingang der Telefonkabine, und man darf Anfragen jeglicher Art dort einwerfen. Offen gestanden bin ich sehr eifrig im Verfassen solcher Anträge.

Es ist für junge Leute wie Sie vielleicht unerheblich, aber ein Sprichwort besagt bekanntlich, dass ein Ameisentunnel sogar einen Deich zum Einsturz bringen kann …

Aus der Sicht einer mehr oder weniger kunstverständigen Person lässt es sich leider nicht vermeiden, dass ich Sie hiermit belästige. Ich erdreiste mich, diesbezüglich ein Wort an Sie zu richten …

Das wäre alles. Ich möchte mich bei Ihnen für den törichten Unsinn eines alten Menschen, dem Sie so langmütig Ihre Aufmerksamkeit schenken, entschuldigen …

Eine gelockerte Abdeckung des Abflusskanals, die schlechte Lautstärkenregulierung des Radios im Gemeinschaftsraum, ein gründlicheres Vorgehen bei der Kennzeichnung für die Wäscherei, die Überprüfung des Austauschintervalls für die Fußmatte im Eingangsbereich … Die Themen sind vielfältig. Hingegen ist es nicht meine Art, mich über die Gerichte im Speisesaal oder die Behandlung durch das Personal zu beschweren. Ich strebe immer nach möglichst konstruktiven Vorschlägen. Es ist wichtig, sein Augenmerk auch auf jene Probleme zu lenken, die den anderen zu unwichtig erscheinen, um Notiz davon zu nehmen. Ich bin vollauf zufrieden, wenn mein Vorschlag akzeptiert und eine Verbesserung erreicht wird, ohne dass es jemandem auffällt. Ich bilde mir wahrscheinlich zu viel darauf ein, dass ich diejenige bin, die unter allen Bewohnern die meisten Vorschläge einbringt.

Später am Abend, wenn alle anderen sich bereits auf ihr Zimmer zurückgezogen haben, verbringen Herr Bernstein und ich noch ein wenig Zeit unten im Salon. So kurz vor der Nachtruhe spiele ich kein Klavier mehr. Auf die Rückseite der Arzneitüte schreibe ich einen Text für meinen Antrag, den ich als Nächstes in den Meinungskasten werfen möchte. War ich zu übermütig oder zu anmaßend? Ich lese mir die Sätze immer wieder durch, streiche hier und da ein Adjektiv, tausche Subjekt und Objekt. Wenn ich die Schreibweise eines Schriftzeichens nicht kenne, frage ich Herrn Bernstein. Dann malt er es für mich mit dem Zeigefinger in die Luft, genau wie einst Achats Meister Signal.

Herr Bernstein löst mit Freude die Etiketten von leeren Wein- und Bierflaschen ab, die er sich aus der Küche geholt hat. Nachdem er sie mit einem feuchten Tuch aufgeweicht hat, versucht er sie ganz vorsichtig mit dem Fingernagel abzuziehen, damit sie nicht zerreißen.

»Hier, sehen Sie mal!«

Seine Stimme klingt überaus erfreut, wenn er mir ein unbeschadet abgelöstes Etikett zeigt.

»Oh, wie schön!«

Es ist zwar nur ein Etikett, das am Ende zerknüllt im Müll landen wird, aber ich freue mich mit ihm.

Die Rückseite der Arzneitüte ist vollgeschrieben mit dicht gedrängten Zeichen, sodass ich am Ende gar nicht mehr weiß, was das alles heißen soll. Zu unseren Füßen stehen etliche leere Flaschen, die etwas zweifelhaft aussehen, weil das Etikett fehlt.

Wenn wir beide uns diesen nutzlosen Beschäftigungen hingeben, rücken alle Probleme wie das Klavierspielen, die Sache mit meiner Tochter oder meine körperlichen Gebrechen in den Hintergrund. Ich spüre lediglich die sanfte Ruhe unserer trauten Zweisamkeit.

Wenn er auf den Seiten der Enzyklopädie seine verstorbenen Angehörigen wiederauferstehen lässt, wird jeder Augenblick endlos lang, sodass er in ein Meer des nutzlosen Zeitvertreibs abtauchen kann. Ich selbst berausche mich dann an der Illusion, auch bald eine Bewohnerin der Enzyklopädie zu sein.

Bernstein widmete sich mehr und mehr seinem Enzyklopädie-Projekt. Manchmal ließ er sich nicht einmal bei der von seiner Mutter angeordneten Musikstunde blicken.

»Bernstein …«

Achat ging dann los, um ihn zu holen. Halb versteckt hinter der geöffneten Tür zum Lesezimmer rief er zögerlich den Namen seines Bruders.

»Es geht mir gut«, erwiderte Bernstein.

Er wusste nicht einmal selbst, was er damit meinte.

»Ihr könnt doch beide ohne mich singen.«

»Dann ist Mama aber traurig.«

»Nein, sie ist nicht traurig, wenn die Kleine mit euch zusammen singt. Ich höre euch doch von hier aus.«

Daraufhin vertiefte sich Bernstein wieder in seine Arbeit.

»Okay«, nickte Achat gehorsam.

Er ließ die Tür offen stehen, bevor er sich durch den Korridor entfernte, damit sein Bruder dem Gesang zuhören konnte.

Nur noch ein kleines Stückchen, und er würde Opal begegnen. Die Kunst der Ornamentik; das Lexikon der Leuchttürme; Gebräuche aus aller Welt: Gebete und

Wünsche für eine glückliche Niederkunft; Enzyklopädie der Wildpflanzen; Lexikon der Transport- und Arbeitsfahrzeuge; Gesamtkatalog der Genossenschaftsausstellungen von Schmetterlingsorchideen … Und doch gab es auf dem Weg dorthin immer noch verborgene Fragmente der Welt, die Bernstein bisher unbekannt waren. Jedes Mal wenn er sie vor Augen hatte, fühlte er sich überwältigt von der endlosen Weite und Vielfalt, die sich außerhalb der Ziegelmauer zu erstrecken schien, während er zugleich erleichtert feststellte, dass ihm alles direkt vor seinen Augen zur Verfügung stand. Die Regale voller Bücher bildeten ein komplettes Universum, das von einem Schutzwall umgeben war. Noch dazu war Opal seine Reisegefährtin, es gab also nichts zu befürchten.

Bernstein zog einen neuen Band aus dem Regal, wischte den Staub vom Einband und prüfte die Seitenränder sowie die Qualität des Papiers, bevor er zum Bleistift griff. Unzählige Male hatte er diesen Vorgang schon wiederholt. Es war die einzige Methode, um seiner Mutter eine Begegnung mit ihrer jüngsten Tochter zu ermöglichen, die sich allein in seinem linken Auge regte.

Dessen goldgelbe Farbe leuchtete umso klarer im Licht des Lesezimmers. Sobald Bernstein die Spitze des Bleistifts auf den Seitenrand setzte, nahm seine kleine Schwester Gestalt an. Er brauchte weder darüber nachzudenken, welches Bild er genau zeichnen wollte, noch hatte er Gelegenheit, sich darüber zu wundern. In einem Winkel der Enzyklopädie tanzte das kleine Mädchen wie Opal oder spielte virtuos auf dem Harmonium wie Achat.

Sie lernte von Bernstein, das Gras im Garten zu mähen, unternahm mit Meister Signal lustige Bootsfahrten und brach mit Boiler zu allen möglichen Abenteuern auf. Wenn sie ihre drei Geschwister bei ihrer Olympiade belauschte, quengelte sie nie, um mitspielen zu dürfen, und wenn Joe aufkreuzte, zog sie sich brav in ihr Versteck zurück, damit er sie nicht finden konnte. Am Abend gab sie ihrer Mutter einen Gutenachtkuss.

Die Kleine erschien nie in gleicher Weise. Lebendige Wesen ändern sich mit jedem Augenblick, so reglos sie auch gerade sein mochten. Bernsteins linkes Auge ließ diese changierenden Momente niemals außer Acht. Er wollte seine Arbeit nicht dadurch ruinieren, indem er vor lauter Ungeduld irgendwelche Etappen übersprang. Erst wenn er ein Bild fertig hatte, konnte er überschauen, wie es weitergehen sollte. Danach brauchte er nur noch sorgfältig die Konturen nachzuzeichnen, ohne irgendetwas hinzuzufügen.

Bernstein arbeitete so konzentriert, dass er manchmal sogar vergaß zu atmen. Schon bald wurde sein linkes Auge eins mit seiner rechten Hand und bildete ein Kontinuum mit den Linien des Bleistifts. Als er das kratzende Geräusch vernahm, mit dem die Mine über das Papier rieb, kam es ihm so vor, als würde er immer tiefer in irgendwelche Gesteinsschichten vordringen. Der Bleistift auf dem Papier klang wie tiefes Atemholen an der frischen Luft, etwas, das seiner kleinen Schwester neues Leben einhauchte.

Beim Zeichnen hatte er den Eindruck, als würde er getreu seinem Namen die Farbe von Bernstein annehmen und von der Enzyklopädie aufgesogen werden. Als Beweis dafür spürte er dicht neben sich die Körperwärme seiner Schwester. Sie waren stets umgeben von einer leichten Brise. Die Stängel des Weißklees wogten im gleichen Rhythmus wie ihr Haar, so sachte, dass man es nicht merken würde, wenn man nicht genau hinschaute. Erst jetzt verstand Bernstein, dass seine Schwester nur in diesem hauchzarten Luftzug existieren konnte, der beim Blättern entstand, und er hielt sein Gesicht so hin, dass er selbst einen tiefen Atemzug nehmen konnte.

Durch die halb geöffnete Tür dringt aus dem Flur Licht ins Zimmer. Von den Erscheinungen in der Enzyklopädie gebannt, lauscht Bernstein zugleich dem stillen Chor der anderen. Seiner Mutter mit den anmutig geöffneten Lippen, die ein unentwegtes Lächeln umspielt. Opal, die mit dem Fuß den Takt vorgibt. Achat, der geschickt die beiden Pedale bedient, damit das Harmonium stets mit Luft versorgt wird, und der mit seinen kleinen Fingern die Akkorde spielt. Die Töne gelangen an sein Ohr im selben Augenblick wie der Luftzug, der entsteht, wenn er die Seiten umblättert. Seine kleine Schwester ist gewiss an ihrer Seite.

Alles ist gut. Niemand fehlt. Die Mauern sind hoch und stabil, die Schichten der Enzyklopädien reichen tief. Die ganze Welt findet Platz darin. Während Bernstein mit lautloser Stimme vor sich hin murmelt, um den Chor nicht zu stören, blättert er zur nächsten Seite.

»He, schaut mal! Was glaubt ihr, was das ist?«

Als Joe den Beutel mit beiden Händen vom Fahrradlenker hob, erkannte Bernstein sofort, dass es der gleiche war, in den er neulich den Stein geschmuggelt hatte. Er war immer noch genauso ausgebeult. Als Joe die Kinder zu sich rief, baute er sich zu voller Höhe auf und hielt den Sack mit großspuriger Miene vor der Brust, damit Bernstein nicht hineinspähen konnte.

Er wollte ihm bestimmt eine Lektion erteilen. Bernstein machte sich auf etwas gefasst. Seht euch diesen rohen, klobigen Stein an, der nur schwer wiegt, aber ansonsten völlig nutzlos ist. Das Gleichgewicht der Welt, die ich mit mir trage, wird durch diesen ungestalten Brocken nicht gestört. Man kann nur darüber lachen. Joe ist unbesiegbar. Ich kann mir schon denken, wessen Werk das war. Wenn du gestehen willst, dann jetzt. Noch ist es nicht zu spät … Bernstein fühlte sich in die Enge getrieben.

»He, Vorsicht!«

Joe war wider Erwarten friedlich. Er war sogar bester Laune. Bernstein trat vorsichtshalber einen Schritt zurück.

»So, hier … Na? Erkennt ihr es?«

Joe beugte sich zu den drei Kindern hinunter und zog den Beutel ein Stück weit auf.

»Oh!«

Achat und Opal entfuhr gleichzeitig ein unterdrückter Schrei. Es war nicht der Stein. Es sah viel weicher aus und wärmer. Statt mit feuchter Erde war es mit Flaum bedeckt.

»Ein Kätzchen«, hauchte Achat, noch leiser als sonst.

»Es saß an irgendeinem Hintereingang und hat traurig vor sich hin miaut. Vermutlich wurde es gerade erst entwöhnt. Oder es hat seine Eltern verloren und sich dann verlaufen. Es ist auch ziemlich abgemagert.«

Joe, der offenbar mit so etwas nicht umzugehen wusste, hob das Junge ungeschickt aus dem Beutel und presste es an seine Brust. Zusammengekugelt und ebenso groß wie der in den Beutel geschmuggelte Stein, kuschelte sich das Kätzchen in seine Armbeuge. Die kurzen Beine angewinkelt, schaute es mit erhobenem Kopf umher, während kaum merklich ein sanftes Zittern über seinen Rücken lief. Das Fell an seinem Hinterteil war abgerieben, die Schnurrhaare klebten an seinen Wangen und die klitzekleinen Ohren waren gezackt.

»Verkaufen Sie so etwas auch?«

»Aber nein. In meinem Gewerbe handelt man nicht mit lebenden Dingen.«

»Ein Glück!«

Achat wirkte erleichtert.

»Wie kommt es, dass du ganz allein bist? Deine Mama macht sich bestimmt Sorgen. Hast du denn keine Geschwister?«

Achats Worte drückten Mitgefühl für ein Geschöpf aus, das schwächer und kleiner war als er selbst. Er unterdrückte den starken Impuls, das ängstliche Kätzchen zu streicheln, trat jedoch vorsichtig näher und reckte das Gesicht auf die Höhe von Joes Brust. Opal, die neben ihrem Bruder stand, legte eine Hand auf seine Mähne. Wie hatte sich der Stein nur in eine Katze verwandeln können? Bernstein dachte an nichts anderes.

Viel ängstlicher als das Kätzchen waren jedoch die drei Kinder. Damals, mit dem Esel, waren sie sofort begeistert gewesen. Der Esel war stattlich, manchmal ein wenig frech, und hatte die redliche Aufgabe, Unkraut zu weiden. Bei der kleinen Katze lagen die Dinge jedoch anders. Sie hatte sich aus der Außenwelt versehentlich hierher verirrt. Man konnte dieses schwache Ding nicht einfach loswerden, indem man es über die Mauer warf oder im Sumpf vergrub.

»Was ist denn das?«, fragte Achat und zeigte auf die Unterseite der Pfötchen, die unter Joes Armen herausschauten.

»Das sind Ballen«, erwiderte Joe.

Die kleinen, blassrosa Kissen waren halb im Flaum vergraben. Als würde es die drei Kinder nachmachen, wenn diese noch dicht aneinandergekuschelt im Bett schliefen, schmiegte das Kätzchen seine Schulter an seine Pfote. Obwohl es damit immer den Boden berührte, war es kein bisschen schmutzig. Der Ballen war von einer Reinheit, die nicht befleckt werden konnte, und so wunderbar kugelig, dass man ihn nur zu gerne berührt hätte.

»Ist da etwas drin?«

Achats Fragen überschlugen sich.

»Tja …«

Joe neigte seinen Kopf zur Seite.

»Da ist bestimmt etwas Wichtiges drin«, sagte Opal.

»Ja, das kann sein. Vielleicht sind sie ja deshalb so schön rund.«

Die drei Kinder verstummten und betrachteten eine Weile die fleischigen Ballen. Das Kätzchen gähnte. Man konnte die Furchen und Sehnenstränge tief in seinem Maul sehen und die unerwartet spitzen Zähne. Achat, der sich nicht länger beherrschen konnte, näherte seine Hand behutsam der zarten Pfote, noch zaghafter als seine Finger die Tasten des Harmoniums berührten.

»Du brauchst keine Angst zu haben.«

Es geschah, bevor seine Fingerspitzen den Flaum berührten. Plötzlich sprang die Katze mit einem Satz von Joes Brust herunter, streifte Achats Hand und landete mit einem Maunzen auf dem Boden. Alles ging so schnell, dass niemand sie aufhalten konnte. Im Nu raste das kleine Wesen mit einem Elan, der sie alle in Erstaunen versetzte, unter den Glyzinien hindurch und über den Bach hinweg durch das Farnkrautdickicht und verschwand dann hinter den Ulmen. Joe, der völlig verdutzt war, hielt seinen Arm immer noch angewinkelt vor der Brust.

»Halt!«

Opal war die Erste, die losrannte. Sie sprang von der Terrasse und schlüpfte durch das Gestrüpp, um das Kätzchen zu verfolgen.

»Opal!«

Nun setzte sich auch Joe in Bewegung. Es war das erste Mal, dass er sie beim Namen nannte. Aus seinem Munde klang er irgendwie kalt und distanziert. Zurück blieb nur der leere Beutel auf dem Boden. Bernstein ergriff Achats Hand.

»Warum ist es weggelaufen?«, fragte Achat mit ängstlicher Stimme. Er hoffte, dass es nicht seine Schuld war.

»Es will zu seiner Mama zurück.«

In Bernsteins linkem Auge spiegelten sich die Silhouetten von Opal und Joe, die das Kätzchen verfolgten. Es sah aus, als würden sie auf den Seiten der Enzyklopädie laufen. Lag es daran, dass die Gestalten zwischen den Bäumen auftauchten und dann wieder verschwanden, oder war es sein eigenes Blinzeln, das diesen Effekt erzeugte? Bernstein konnte es nicht genau sagen.

»Jeder ist am glücklichsten, wenn er bei seiner Mutter ist.«

Im Dunkel der Bäume überschnitten sich die Umrisse von Opal und Joe, während sie sich in Richtung Mauer entfernten. Bernsteins Blick folgte dem flüchtenden Kätzchen. Auf dem Boden fanden sich keine Abdrücke seiner Pfötchen, aber in Bernsteins Auge erstreckte sich eine Schattenspur quer durch den Garten. Dieser Schatten war dicht und kalt und genauso unveränderlich wie die dunklen Intervalle beim Blättern der Seiten.

Ihr Garten, wo Opal einst tanzte, Achat sein Papierschiff treiben ließ und Bernstein die Puppe opferte, wo sie viele Begräbnisse veranstaltet hatten, hatte plötzlich einen Riss. Und dieser Riss wurde durch einen Windstoß verursacht, der aus Joes Armen kam.

Bernstein blinzelte weiter. Aber die Linie, die das Kätzchen zurückgelassen hatte, wollte einfach nicht verschwinden. Der einmal entstandene Riss blieb bestehen. Achats schwitzende Hand wurde kalt.

Das Kätzchen tauchte nicht mehr auf. Nachdem Joe weg war, suchten die drei Kinder in allen Ecken und Winkeln nach ihm, doch es blieb spurlos verschwunden. Mit seinen kurzen Beinchen konnte es unmöglich über die Mauer gesprungen sein, aber durch welches Schlupfloch konnte es sonst nach draußen gelangt sein? Der Gedanke daran erschreckte die Kinder und keines von ihnen wagte es, darüber zu sprechen. Das mit dem Kätzchen sei nur ein Spuk gewesen, versuchte Bernstein sich einzureden. Auch die Begleitumstände, Joes Stimme, als er Opals Namen rief, die Umrisse der beiden, als sie von ihm fortliefen, und der Riss, der anschließend durch den Garten lief – all dies erweckte in ihm den Eindruck, er habe sich die Szene nur eingebildet.

Um ein neues Geheimnis bereichert, nahm ihr Leben seinen gewohnten Gang. Ihre Mutter zog sich ihr Kleid an und trug Rouge auf. Opal räumte das Geschirr ab, Bernstein leerte die Mülleimer und trug den Abfall zur Verbrennungsstelle im Hof. Indessen spielte Achat auf dem Harmonium, um alle bei Laune zu halten. Später, wenn die Mutter zur Arbeit aufbrach, begleiteten die Kinder sie bis zur Terrasse, um sich von ihr zu verabschieden.

»Bis später! Pass auf dich auf! Mach dir keine Sorgen wegen uns. Wir halten uns an deine Anweisungen!«

Opals Krone war verschwunden, das Harmonium hatte seinen Klang endgültig verloren – in all den Jahren waren zwar viele Dinge verblichen oder abhandengekommen, aber das waren notwendige Veränderungen. Sonst schien rein gar nichts den Lauf der Zeit zu stören, die im Innern der Mauern verstrich.

Die Mutter winkte ihnen zu, schulterte die Spitzhacke, und an der Biegung der Zufahrt, die zum Tor führte, drehte sie sich noch einmal zu ihnen, um sich davon zu überzeugen, dass ihre Kinder in Sicherheit waren. Sie sind da, geschützt durch die hohen Mauern und die Buchdeckel der Enzyklopädien.

»Los, kommt, es ist Zeit für unseren Unterricht.«

Nach Opals Ermahnung gingen Bernstein und Achat ins Lesezimmer.

Die beiden älteren Geschwister bemerkten erst eine geraume Zeit nach dem Mittagessen, dass sie Achat schon eine Weile nicht mehr gesehen hatten. Opal strickte im Wohnzimmer, während Bernstein auf der Trittleiter stehend die Dachtraufe reinigte. Es war ein Nachmittag im Winter, der Himmel war klar und die Luft kalt. Opal bemühte sich eifrig, drei dicke Pullover fertigzustellen, Bernstein klaubte gewissenhaft das aufgeweichte Laub aus der verstopften Rinne.

»Achat?«

Opal hatte ihr Strickzeug beiseitegelegt und war auf die Terrasse getreten.

»Ist er nicht im Wohnzimmer?«, fragte Bernstein erstaunt.

»Vorhin habe ich ihn noch spielen hören.«

Die beiden schauten zu dem leeren Stuhl vor dem Harmonium. Sie spürten, dass die Stille um sie herum anders war als kurz zuvor. Es herrschte ein tiefes Schweigen im Raum.

»Ich hatte versprochen, mit ihm Ball zu spielen, wenn ich mit dem Saubermachen fertig bin.«

»Vielleicht ist er hinten im Hof?«

»Oder er spielt an der Quelle.«

»Ja, gestern hat er aus Holzstückchen ein Boot gebastelt.«

Bernstein reckte sich auf der Leiter in die Höhe und spähte zur Quelle hinüber. Hinter den im Wind sich neigenden Zweigen waren nur die blanken Felssteine zu erkennen, die die Quelle säumten.

Opal suchte im Haus, Bernstein im Garten.

»Achat!«

»Achat!«

Die beiden riefen den Namen ihres Bruders, aber so leise, dass ihre Stimmen ihn niemals erreichen würden, wo immer er auch war. Dabei wussten sie gar nicht, wie sie hätten lauter rufen sollen. Es war nur ein Flüstern, als wäre Achat in ihrer Nähe, als hätte er sich in Bernsteins Auge versteckt.

Achat war weder in der Bibliothek noch im Kinderzimmer, er war auch nicht am Moor oder unter der Glyzinienpergola. Das kann doch nicht sein, sagte sich Bernstein, als er in der Asche der Müllverbrennungsstelle herumstocherte, mit einer Taschenlampe unter die Terrassendielen leuchtete und mit einem Stock die Quelle absuchte. Er durchwühlte jeden einzelnen Laubhaufen.

Während er seine Hände in jede erdenkliche Lücke schob, rief er unaufhörlich den Namen seines Bruders, als wäre der reine Klang der einzelnen Silben seine einzige Rettungsleine.

Nachdem die Geschwister ihn überall vergeblich gesucht hatten, kehrten sie auf die Terrasse zurück, wo sie wie versteinert verharrten. Das Strickzeug war auf den Boden gerutscht.

»Achat ist verschwunden«, sagte Opal.

Opal war ratlos. Sie, die ihren Brüdern sonst jede Situation, der sie sich gegenübersahen, mit präzisen Worten erklären konnte. Worte, die immer von einer erschreckenden Genauigkeit waren.

»Achat ist verschwunden«, wiederholte sie.

Bernstein schloss die Augen, um ihrer Stimme zu folgen. Instinktiv fassten sich die beiden an den Händen und kehrten ins Arbeitszimmer zurück, wo sie unter den Tisch krochen und sich in den Armen hielten. Auf dem Tisch lag aufgeschlagen Achats Lieblingsbuch, in dem er offenbar am Vormittag gelesen hatte, »Der Bildatlas des Universums«. Sein Kiesel ruhte auf einer Seite, die eine außerirdische Welt zeigte, die zehn Milliarden Lichtjahre und 10^{23} Kilometer von der Erde entfernt lag. Im Wirbel eines Dunkelnebels, als die Sonne und die Milchstraße noch gar nicht existierten.

»Wo mag er nur hingegangen sein?«, hauchte Bernstein kraftlos.

Er wusste, dass seine Frage sinnlos war. Opal senkte den Kopf.

»Nach draußen, schätze ich.«

Bernstein war sprachlos, wie leicht seiner Schwester die Worte über die Lippen gingen.

»Aber, wie …«, fing er an zu stammeln.

»Es gibt viele Möglichkeiten, das weißt du.«

»Welche denn?«

»Er könnte mit dem Boot hinausgesegelt sein.«

»Gemeinsam mit seinem Lehrer.«

»Oder mit Boiler …«

»Du meinst, in der Dunkelheit seines Bauches versteckt?«

»Ja, so ungefähr.«

»Er könnte auch den Papierflieger benutzt haben …«

»Joe kann ihn vortrefflich fliegen lassen. Vom Wind getragen, landet er sicher auf der anderen Seite der Mauer.«

Die Sonnenstrahlen, die die Schattenrisse der Bäume auf die Fensterscheiben projizierten, wurden allmählich schwächer. Nachdem die beiden verstummt waren, hörten sie nur noch den Atem des anderen. Die Stille, die sie normalerweise als beruhigend empfanden, lastete schwer auf ihnen.

Hatten sie nicht gut auf ihn achtgegeben, fragte sich Bernstein. Aus vier Kindern waren einst drei geworden, sie hätten also gewarnt sein müssen. Und nun sah es so aus, als würden von drei Geschwistern nur noch zwei übrig bleiben. Ein Kind nach dem anderen würde verschwinden. Wenn sie doch nur den Anweisungen ihrer Mutter sorgsamer Folge geleistet hätten. Dann hätten sie die Pforte vor Joe fest verschlossen und zum Schutz gegen

Eindringlinge das tote Laub noch höher angehäuft. Und trotzdem hatte Opal …

Um die dunklen Gedanken zu verscheuchen, nahm Bernstein seine Schwester noch fester in die Arme. Jetzt, wo sie nur noch zu zweit waren, kamen sie sich irgendwie unbeholfen vor. Zu dritt hatten sie über den Austausch von Zeichen den leeren Raum zwischen sich füllen und auf natürliche Weise eins werden können, aber nun, wo nur sie beide übrig waren, fühlten sie sich wie gelähmt. Anders als früher versuchte Bernstein sich nun kleiner zu machen, je mehr Opals Gewicht auf seiner Brust lastete und sie ausfüllte.

»War Joes Pforte verschlossen?«, fragte Opal.

»Ja.«

Bernstein spürte ihre Körperwärme durch ihre Haare, die seine Wange berührten.

»Da waren bloß seine Fußabdrücke.«

»Hm.«

»Aber vielleicht ist Achat auf Zehenspitzen den Fußstapfen gefolgt.«

»Er ist immer so übermütig.«

»Deshalb kann er auch mit einem Boot aus Holzstöckchen fahren, auf einem Papierflieger segeln oder auf dem Esel reiten.«

»Er ist derjenige von uns, der am weitesten laufen kann.«

Opals Körper fühlte sich weich und warm an. Bernstein hatte seine Schwester noch nie so umarmt, weshalb er unbeholfen die Arme zusammenpresste. Opals Flügel wurden eingeklemmt und sahen danach noch zerbeulter und zerknitterter aus als zuvor. Einen Moment lang glaubte Bernstein das Parfüm zu riechen, mit dem Joe die Flügel seiner Schwester besprüht hatte.

»Wird Achat je zurückkommen?«

»Aber ja, ganz bestimmt.«

»Wirklich?«

»Wenn es ihm gelingt, nach draußen zu kommen, kann er doch auch auf dem gleichen Weg wieder zurückkehren.«

»Hoffentlich verläuft er sich nicht.«

»Keine Sorge! Er hat doch die ganze Zeit mithilfe der Enzyklopädien geübt.«

»Das stimmt.«

»Außerdem ist der Achat ein viel härterer, robusterer Stein als ein Opal oder ein Bernstein. Nicht mal ein Elefant könnte ihn zertreten.«

Bernstein erinnerte sich an den Tag ihrer Ankunft im Innern der Mauern, als sein kleiner Bruder das »Illustrierte Wissenschaftslexikon für Kinder« aufgeschlagen hatte und ihnen den Eintrag »Achat« zeigte. In seinem linken Auge ließ er die zierliche Kinderhand seines Bruders aufleben.

Die Stimmen von Opal und Bernstein verschmolzen und wurden von der Dunkelheit in den Zimmerecken verschluckt. Als die Sonne unterging, legte sich der Wind und auch das Zwitschern der Vögel verstummte. Vom Boden her kroch Kälte zu ihnen hoch. Um zu vermeiden, dass ihm der Parfümgeruch in die Nase stieg, hielt Bernstein die Luft an und vergrub sein Gesicht in Opals Haar. Seine Lippen berührten die Stelle, an der Joe die Haarspange angebracht hatte. Da verlor Opal das Gleichgewicht und geriet ins Wanken. Im Versuch, sie zu stützen, stieß Bernstein mit dem Arm gegen eines der Tischbeine. Es gab ein rumpelndes Geräusch. Es war, als kollerte Achat durch den Strudel eines Dunkelnebels hindurch.

Achat kehrte vor Sonnenuntergang zurück, noch bevor seine Mutter von der Arbeit nach Hause kam. So wie Opal es vorhergesagt hatte. Unversehrt, kein bisschen erschöpft, sondern gut gelaunt und mit vor Kälte geröteten Wangen.

»Es tut mir leid.«

Sogar seine Stimme, als er sich entschuldigte, klang munter, noch ganz erfüllt von der frischen Luft draußen.

»Joe hat die Pforte offen gelassen«, erklärte Achat, wobei er abwechselnd zu seinen Geschwistern aufschaute.

»Nur einen klitzekleinen Spalt. Ich wollte sie schließen. Damit wir sicher sind. Stellt euch vor, der böse Hund wäre in den Garten geschlüpft … Aber als ich meine Hand auf den Türgriff gelegt habe, stand ich auch schon draußen. Es war komisch, alles ging so schnell, dass ich gar nichts dagegen machen konnte. Als wäre ich in eine Falle getappt.«

Er hatte in einem Atemzug gesprochen.

»Aber ich hatte überhaupt keine Angst. Zum Glück bin ich dem bösen Hund nicht begegnet. Das Tollste war, dass ich Meister Signal getroffen habe.«

»Geht es deinem Lehrer gut?«

Es war die einzige Frage, die Opal ihm stellte. Sie wollte nicht wissen, wo genau er gewesen war, und sie machte ihm auch keine Vorwürfe, dass er ihnen eine solche Angst eingejagt hatte.

»Ja, sehr. Er trägt immer noch seine Aktenmappe bei sich und knackt wie eh und je Erdnüsse.«

»Ach, wie schön.«

»Ja.« Achat nickte eifrig. Er freute sich offenbar aus tiefstem Herzen, dass sein Lehrer wohlauf war. »Ich bin mit ihm um die Mauer gelaufen. Eigentlich wollte ich in den Wald hinein, aber er hat mich davon abgehalten. Er sagt, es sei schwierig, einfach so draufloszugehen. Deshalb habe ich mich erst mal an der Mauer entlanggetastet und sie ein paar Mal umrundet.«

»Dann hast du es Meister Signal zu verdanken, dass du dich nicht verirrt hast.«

»Aber was willst du denn damit?«

Bernstein stellte die Frage, die ihn am meisten beschäftigte. Achat schleifte die Spitzhacke hinter sich her.

»Die lehnte am Tor draußen. Mama hat sie wohl vergessen. Obwohl sie sie eigentlich mit zur Arbeit nehmen müsste.«

Es handelte sich zweifellos um die Spitzhacke, die ihre Mutter tagtäglich auf dem Weg zur Arbeit bei sich trug, um sich gegen den bösen Hund wehren zu können, falls er sie angriff.

»Ist es nicht schlimm, dass sie sie vergessen hat?«

»Nein, alles ist gut.«

Opal nahm Achats Gesicht in die Hände, um seine kalten Wangen zu wärmen.

»Unsere Mama ist doch schlau, sie weiß sich immer zu helfen.«

»Aber wenn die Hacke nicht mehr dasteht, wird Mama sich doch wundern«, meinte Bernstein. »Ich werde sie wieder rausbringen.«

»Nein!«

Opal hielt ihren Bruder, der Achat die Hacke schon aus der Hand genommen hatte und im Begriff war, zum Tor zu gehen, zurück.

»Ich würde es nicht ertragen, wenn auch noch du nach draußen gehst. Gerade jetzt, wo Achat wieder da ist.«

»Ich komme doch gleich wieder. Ich will die Hacke bloß neben dem Tor an die Mauer lehnen. Es dauert höchstens ein paar Minuten.«

»Nein, ich halte das für keine gute Idee. Dir wird bestimmt etwas Schlimmes passieren.«

»Und was ist mit Mama? Wenn sie die Hacke hier drinnen entdeckt, weiß sie doch, dass jemand von uns draußen gewesen sein muss.«

»Ja, das stimmt auch wieder.«

Opal war entgegen ihrer sonstigen Art völlig durcheinander. Achats Verschwinden, auch wenn es nur kurz war, hatte ihr zugesetzt. Achat, der dem Wortwechsel seiner Geschwister folgte, schien langsam die Ernsthaftigkeit der Situation, die er zu verantworten hatte, zu begreifen. Er schwieg, aber man sah ihm das schlechte Gewissen an. Die drei standen mit hängenden Köpfen um die Spitzhacke herum. Was sollte nun damit geschehen? Dies stellte ein weit größeres Problem dar als die Tatsache, dass Achat das Anwesen verlassen hatte. Es blieb nicht mehr viel Zeit, bis ihre Mutter an der nahe gelegenen Haltestelle aus dem Bus stieg.

»Wir vergraben sie einfach«, schlug Opal vor. »Und damit bringen wir alles, was heute passiert ist, unter die Erde.«

Die drei Kinder versammelten sich an der Senke. Bernstein grub mit der Spitzhacke ein Loch. Die Stelle war längst nicht mehr so morastig wie damals nach den starken Regenfällen, als sie ihre Steine gefunden hatten, sondern nur mehr ein ausgetrockneter Tümpel, aber in ihren Augen war es immer noch das unbekannte Terrain am Ende der Welt, ein Moor namens Irland. Ein Ort, an dem man jahrtausendelang die Leichen geopferter Menschen verbergen konnte.

Unverdrossen arbeitete sich Bernstein durch die Erde. Weder die Schwere des Geräts noch die Härte des Bodens störten ihn. Im Garten war es stockdunkel, nur der schwache Schein aus dem Wohnzimmer spendete ein wenig Licht. Jedes Mal wenn seine Arme heruntersausten und er die Hacke in den schweren Untergrund trieb, schlug ihm der kalte Geruch von Erde entgegen. Opal und Achat, die auf dem Boden kauerten und sich an den Händen hielten, sahen zu, wie das Loch immer tiefer wurde, und lauschten dem keuchenden Atem ihres Bruders. Bernstein hatte Sorge, dass er mit der Hacke Opals versenkte Krone spalten könnte. Er hatte nicht vergessen, wie seine Schwester, als sie am Anfang des Sommers zu dritt den »Leichnam« bestattet hatten, ihm die Krone aufsetzte. Er erinnerte sich daran, wie Opals durchnässter Körper gestrahlt hatte, während sie ihre Krone abnahm, als wollte sie auch einen Teil von sich selbst begraben. Und so fürchtete er, er würde seine Schwester leibhaftig verletzen, wenn er den Schlaf der Krone störte.

Schon bald lief ihm der Schweiß den Rücken herunter, und seine Hände waren zerschunden, aber er gönnte sich keine Pause. Ganz gleich, wie tief er graben würde, es erwartete ihn nur noch tiefere Finsternis. Ihm kam es vor, als würde man eine Enzyklopädie mit geschwärzten Seiten durchblättern. Es gab weder Leerzeilen noch freie Ränder, und auch keinen Lufthauch, der einem über die Fingerspitzen strich.

»Das reicht!«

Auf Opals Zuruf hin hielt Bernstein inne.

»Wir sind bereits am Grund der Finsternis.«

Und so beerdigten die drei die Spitzhacke ihrer Mutter. Zusammen trampelten sie die Erde fest und verteilten darauf totes Laub und Kieselsteine, damit die Stelle nicht auffiel. Opal und Achat pusteten abwechselnd auf Bernsteins wunde Hände. Somit teilten die drei abermals ein gemeinsames Geheimnis.

»Hört gut zu! Heute Abend müssen wir sämtliche Türen noch fester verschließen als sonst. Alle Lichter müssen vollständig gelöscht, die Fensterläden geschlossen und die

Vorhänge zugezogen werden. Es darf kein Spalt übrig bleiben. Und morgen dürft ihr keinen Schritt in den Garten tun. Heute ist mir etwas ganz Schreckliches zugestoßen. Es ist so schrecklich, dass ich kaum wage, euch davon zu erzählen. Nach der Arbeit, als ich durch das Tor des Kurbades trat, spürte ich etwas im Rücken und drehte mich um. Stellt euch vor, in diesem Moment rast von einer riesigen Staubwolke umhüllt der böse Hund, der eure kleine Schwester totgebissen hat, auf mich zu.«

»Wie das?«

Achat riss erschrocken die Augen auf. Opal legte ihm die Hand auf die Mähne, um ihn zu beruhigen.

»Es sah aus, als hätte er gerade jemanden angegriffen. Blut tropfte ihm aus der Schnauze und hinterließ rote Spuren im Sand. Zwischen den scharfen Fangzähnen hing seine rote Zunge heraus, die noch heller leuchtete als das Blut. Ich hatte solche Angst, dass mir der Atem stockte und ich rücklings auf den Po gefallen bin. Die Bestie kam immer näher. Die Kieselsteine knirschten unter ihren scharfen Klauen und das Hecheln wurde immer lauter. Er ist inzwischen enorm gewachsen seit damals, als er mein Kind abgeleckt hat. Seine Ausmaße waren monströs. Kräftige Beine und Schultern, mit Muskeln bepackt, und dann die geifernde Zunge, klebrig und feucht wie ein inneres Organ. Gerade als er mich anspringen wollte, verdunkelte sich plötzlich der Himmel und mir wurde schwarz vor Augen. Ich stieß einen Schrei aus und dachte, jetzt ist es aus.«

Achats Pupillen verdunkelten sich, während er seine

Mutter anstarrte. Opal und Bernstein senkten den Blick stumm zu Boden. Alle drei hatten ihren Worten aufmerksam gelauscht, ohne sie zu unterbrechen. Sie waren sich stillschweigend einig, dass Fragen, Zweifel oder gar Einwände fehl am Platz waren. Die einmal aufgeschlagenen Seiten mussten bis zum Ende durchgeblättert werden.

»In dem Moment tauchte unsere Kleine hinter meinen geschlossenen Lidern auf. Mit ihrer baumelnden Weißkleekette hüpfte sie munter umher, ganz leichtfüßig, mit einem im Wind flatterndem Hemd. Sie gab sich völlig unbekümmert, obwohl doch der böse Hund, der ihr so viel Leid zugefügt hat, direkt vor uns stand. Ich habe mir sofort die Spitzhacke geschnappt. Schließlich trage ich sie allein zu diesem Zweck mit mir herum. Und dann habe ich meinen ganzen Mut zusammengenommen, um sie in Richtung des schwarzen Schattens zu schwingen, der mich bedrohte. Er hatte keine Zeit zu reagieren. Alles ging ganz schnell. Ich muss ihn an einem Punkt getroffen haben, der nicht durch irgendwelche Sehnen und Knochen geschützt war. Als ich wieder zur Besinnung kam, war alles vorbei. Der Hund drehte sich um und lief taumelnd fort. Suchte er einen Ort zum Sterben? Oder war er einfach nur von dem geschockt, was ihm soeben widerfahren war? Auf jeden Fall muss er gemerkt haben, dass seine Seele kurz davorstand, seinen Leib zu verlassen. Die Spitzhacke steckte noch zwischen seinen Augen. Was für ein Anblick! Ich glaube nicht, dass dies alles nur Zufall war. Vielmehr wurde sein Schicksal durch meine Hand besiegelt. Die Spitze der Hacke steckte genau inmitten seiner Stirn, während das Blatt zur Schädelkrone hin einen Bogen beschrieb. Schädel und Waffe befanden sich in perfekter Harmonie. Kein anderes Tier besitzt ein derartiges Horn, das ihm als Sinnbild seiner Bösartigkeit in die Stirn gerammt wurde. Er begab sich in seinen Kerker und trug dabei das Mal, mit dem der Himmel ihn für seine Sünden bestrafte, als Stigma mit sich.«

Als ihre Mutter verstummte und sie sich davon überzeugen konnten, dass auch die letzte Seite umgeblättert worden war, atmeten die drei erleichtert aus, nachdem sie so lange die Luft angehalten hatten. Die Mutter legte nun endlich Mantel, Schal und Handschuhe ab und hängte die Sachen an den Kleiderhaken. Als sie die Handschuhe abstreifte, zeigte sie den Kindern die Kratzer auf ihrem Handrücken.

»Hier, schaut, das sind die Spuren von seinen Klauen.«

Es war nur eine leichte Rötung zu sehen, gegen die Bernsteins Wunden viel schlimmer aussahen. Aber die drei blickten auf die Hände und zeigten Mitgefühl, während Bernstein seine in den Taschen vergraben hielt, damit seine Mutter sie nicht bemerkte.

»Im Erste-Hilfe-Kasten gibt es eine Desinfektionslösung. Bernstein und ich kümmern uns darum, alles gut zu verschließen. Mach dir keine Sorgen, Mama!«

Opal hatte ihre alte Gelassenheit wiedererlangt.

»Heute Abend gehen wir frühzeitig schlafen.«

Ihre Flügel waren immer noch zerknittert von Bernsteins Umarmung, aber sie hatte sich zum Glück wieder beruhigt. Sie allein besaß die Fähigkeit zu entscheiden, was richtig und notwendig war.

Ein langer Tag ging so zu Ende. Achat hatte mehrere Runden um die Mauer gedreht, und die Mutter war vom bösen Hund angefallen worden. Opal hatte die ganze Zeit über große Angst gehabt, Bernstein hatte ein Loch gegraben.

Bevor sie zu Bett gingen, holte Achat noch seinen Kiesel aus dem Lesezimmer und verstaute ihn in seinem Brustbeutel, Bernstein pustete auf seine wund geschürften Handflächen. Kurz bevor er die Lider schloss, erblickte er in seinem linken Auge den bösen Hund. Aha, deshalb habe ich also das Loch gegraben! Augenblicklich wurde ihm alles klar. Der Hund trug nun für alle Ewigkeit die Spitzhacke auf seiner Stirn. So wie Opals Krone den »Leichnam« schmückte, war auch die Hacke im Schädel der Bestie zum Symbol des Todes geworden.

Er hörte Achat im Schlaf atmen. Sowohl in Mutters Zimmer als auch in Opals Alkoven herrschte Stille. Bernstein löschte das Licht und schloss die Augen.

In diesem Jahr herrschte in der Region der heißen Quellen, die eigentlich für ihr mildes Klima bekannt war, ein bitterkalter Winter. Ständig blies ein starker Wind, die Wasserpfützen im Hof waren gefroren, und manchmal tanzten winzige Schneeflocken durch die Luft. Der alte Gasofen schaffte es nicht, das ganze Haus zu wärmen, sodass jeder gleich mehrere der von Opal gestrickten Pullover übereinander trug. Die Kinder bekamen rot geschwollene Frostbeulen an den Händen. Achat konnte die Tasten des Harmoniums nicht mehr so anschlagen, wie es ihm beliebte, während Bernstein das Blättern in den Enzyklopädien schwerfiel.

Alle drei Kinder erkrankten nacheinander an der Grippe, die ihre Mutter von ihrer Arbeit mit nach Hause gebracht hatte. Die Weihnachtstage gingen vorüber, und keiner von ihnen wurde von Fieber und Hustenanfällen verschont, und ehe sie sichs versahen, war das neue Jahr angebrochen.

Nachdem das Fieber sich gesenkt hatte und die Gliederschmerzen abgeklungen waren, konnte Bernstein endlich das Bett verlassen und widmete sich gleich am Abend seinem üblichen Ritual. Er nahm fünf Kletten – eine für jeden Tag, an dem er das Bett hüten musste – und ging damit zum Tor, wo er sie im hohen Bogen nach draußen schleuderte, damit sie möglichst an verschiedenen Stellen landeten. Er brauchte sich dazu nicht mehr zu recken, sie flogen mühelos über die Mauer, durchschnitten den wolkenverhangenen Himmel und fielen irgendwo jenseits des Tors auf die Erde.

Er bemerkte es in dem Augenblick, als er die letzte Klette fortgeworfen hatte. In dem kleinen Briefkasten, der stillschweigend der Außenwelt zugewandt war, lag etwas Weißes. Außer einem feuchten Informationsblatt, das »Wartungsarbeiten an der Telefonleitung« ankündigte, und dem Kadaver einer Libelle befand sich noch ein weißer Umschlag darin. Als er die völlig vertrocknete Libelle hochhob, die sicherlich von Achat dort abgelegt worden war, zerfiel sie sofort zu Staub. Bernstein zerknüllte das Informationsblatt und stopfte es in die Jackentasche, bevor er den Brief an sich nahm. Es war ein weißer, makelloser Umschlag, fest zugeklebt, jedoch ohne Marke. Es waren weder Absender noch Empfänger angegeben. Er hielt ihn ins Zwielicht der untergehenden Sonne und des gerade aufsteigenden Mondes, aber es war nicht hell genug, um den Inhalt erkennen zu können.

Er musste von Joe sein. Ohne einen Beweis für seine Vermutung zu haben, beschlich ihn das untrügliche Gefühl, dass der Brief von Joe kam und für Opal bestimmt war. Damit war auch klar, dass er ihn nicht länger in der Hand halten durfte. Hastig legte er den Umschlag in den Kasten, bevor er ins Esszimmer zurückeilte.

Ihre Mutter hatte Nachtdienst. Nach dem Abendessen sangen alle drei zu den Klängen des Harmoniums. Wusste Opal, dass ein Brief für sie eingetroffen war? Ihr war nicht das Geringste anzumerken. Wie üblich ließ sie zum tonlosen Schnaufen des Instruments ihre kaum hörbare Sopranstimme erklingen.

Vielleicht war es ja das erste Mal, dass Joe ihr schrieb. Oder haben sie heimlich schon mehrere Briefwechsel gehabt? Während des Singens tauchte der weiße Umschlag vor seinem inneren Auge auf. Was, wenn seine Mutter ihrem Treiben auf die Schliche kam? Nein, wahrscheinlich haben sie sich so arrangiert, dass sie sich nur schrieben, wenn Mutter Nachtschicht hatte. Die Kreuze, die Opal in ihren Dienstplan einzeichnete, waren also von großer Bedeutung …

Bernstein war abgelenkt und sang an einigen Stellen den falschen Liedtext. Aber das störte den Chor nicht im Geringsten. Denn ihr Gesang war ja so beschaffen, dass er an niemandes Ohr drang.

Als Bernstein für sich und Achat das Badewasser einließ, bemerkte er, wie Opal heimlich durch den Garten schlich. Ihre Flügel huschten durch die Dunkelheit, kamen aber sofort wieder zurück. Seine Schwester hatte die Hände über Kreuz auf ihre Brust gelegt. Vielleicht hielt sie den Brief unter ihrem Pullover verborgen, zusammen mit ihrem Talisman.

In der Nacht saß er allein im Arbeitszimmer. An der anderen Ecke des Tisches lagen Schreibzeug und Notizen von Opal. Zum Abend hin war der Wind wieder stärker geworden, und Bernstein hörte das unentwegte Rauschen der Bäume.

Vor seinen Augen stand das Regal mit den Enzyklopädien. Es würde nicht mehr lange dauern, bis sie aufeinandertrafen. Opal hatte ja mit den Bänden rechts oben angefangen, während er selbst links unten begonnen hatte, seine kleine Schwester zu malen. Obwohl es nicht offensichtlich schien, waren ihre Fortschritte dennoch erkennbar. Denn die zuvor nie beachteten Bände, die dort dicht gedrängt in den Fächern standen, absorbierten in dem Moment, wo jemand in ihnen blätterte, die Wärme seiner Fingerspitzen und erwachten dadurch aus ihrem tiefen Schlaf. Die Luft zirkuliert zwischen den Seiten, sodass jeder Eintrag zu atmen beginnt. Licht fällt in jeden Winkel der Erde.

Ohne die einzelnen Titel überprüfen zu müssen, genügte es Bernstein, seinen Blick über die Reihen der Buchrücken gleiten zu lassen, um ihrer beider Spuren zu sehen. Er und seine Schwester, sie würden die Ausgrabungen gemeinsam vornehmen. Ohne Fehler und Nachlässigkeiten würden sie über den Büchern brüten und sich Seite für Seite vorarbeiten. Mit bloßen Händen den Boden zu ihren Füßen umgraben. Um Fossilien zu bergen, die irgendjemand dort zurückgelassen hat oder die sich durch Zufall dorthin verirrt haben. Und all die Dinge zum Leben zu erwecken, die einst dort vergraben worden sind, so wie sie es mit Krone und Spitzhacke getan hatten.

Bernstein ließ seiner Fantasie freien Lauf, wenn er sich den Moment vorstellte, in dem sie sich auf halbem Wege trafen. Dieser krönende Augenblick, wenn der Tunnel, der ihre Welt beherrschte, fertiggestellt war, musste natürlich gefeiert werden. Mit einem gigantischen Feuerwerk, tosendem Beifall, lauten Fanfaren. Hand in Hand würden sie einen *kusudama* öffnen. Konfetti, Kameras, Blitzlichtgewitter, Jubelschreie … Aber Opal wollte vielleicht gar kein lautes Fest. Ein schlichter Segen würde auch besser zu ihr passen. Nun, es würde bald so weit sein … Ohne sich von tollkühnen Fantasien hinreißen zu lassen, wollte er wie immer Seite für Seite umblättern, um seine kleine Schwester zu zeichnen. Bald schon würde vor seinen Augen ein Licht auftauchen. Die Kleine hält erstaunt inne. Wenn er zaghaft seine Arme nach ihr ausstreckt, wird er im Licht Opals Hand finden. Sie ist schön und unversehrt, die Frostbeulen sind verheilt. Die Geschwister reichen einander die Hand. Nun sind sie wieder vereint und vergewissern sich gemeinsam, ob der Lichtstrahl die Finsternis durchdrungen hat. Niemand kann sie entzweien. Opals Hand fühlt sich zart und weich an. Das war ihr Segen.

Bernstein zog aus dem Regal jenen Band heraus, in den er den Vogel gemalt hatte, der die Post zu den Briefkästen trägt und von dem Opal erzählt hatte.

»Wenn man sich einen Brief wünscht, braucht man nur das Buch aufzuschlagen«, hatte Opal ihnen erklärt. »Denn das Geräusch der blätternden Seiten hört sich an wie das Flattern eines Vogels.«

»Man muss also nicht enttäuscht sein, falls der Kasten einmal leer ist«, hatte Bernstein erwidert, worauf ihm Opal ein strahlendes Lächeln geschenkt hatte.

Bernstein blätterte durch die Seiten. Auf dem Rücken des Vogels kreist seine kleine Schwester über den Himmel und hält Ausschau nach einem gewissen Briefkasten. Unter den Schwingen des Vogels sind Worte verborgen, die nur für Opal bestimmt sind. Um diese Worte, die sich nicht von allein fortbewegen können, zu überbringen, lässt sie ihren Blick suchend über die Erde schweifen.

»Der Brief, der an dich adressiert ist, befindet sich doch hier im Buch.«

Bernsteins Stimme versickerte in der Dunkelheit und kam nirgendwo an.

»Das Flattern eines Vogels ist doch etwas ganz anderes als das Klappern eines rostigen Fahrrads.«

Zurück blieb nur das Geräusch der umgeblätterten Seiten.

»Warum nur? Die Kleine gibt sich solche Mühe, dir den Brief eigenhändig zu überbringen … Wäre es nicht traurig für sie?«

Ohne zu wissen, dass in der Zwischenzeit ein Brief in den Kasten geworfen wurde, tanzt die Kleine auf dem Rücken des Vogels über Bernsteins Fingerspitzen. Unbeirrt steuert sie auf Opals Briefkasten zu.

»Kannst du nicht schlafen?«

Opal stand in der halb geöffneten Tür.

»Warum gehst du nicht ins Bett. Dein Fieber ist doch gerade erst gesunken.«

Hat sie den Brief schon gelesen? Oder wärmt sie ihn erst an ihrem Herzen und wartet ab, bis alle schlafen, bevor sie ihn öffnet?

»Mache ich.«

Bernstein drehte sich wieder zum Tisch und blätterte abermals in dem Band. Endlose Male ließ er seine kleine Schwester zu Opals Briefkasten fliegen und den Umschlag einwerfen.

»Was ist das da, an deinem linken Auge?«

Sein Tonfall klang so, als würde er im Voraus um Vergebung bitten, falls die Frage unhöflich sein sollte.

»Das ist angeboren«, lautete Bernsteins Antwort.

»Eine seltsame Farbe.«

»Finden Sie?«

»Ganz anders als meine eigenen Augen.«

Opal und Achat hockten auf der Terrasse in der Sonne und waren mit einem Geduldsspiel aus ineinander verschlungenen Haken beschäftigt.

»Kannst du damit sehen?«

»Natürlich.«

Bernstein trat einen Schritt näher. Sie standen neben dem Fahrrad. Joe musterte eindringlich Bernsteins linkes Auge.

»Ich kann sogar sehr gut damit sehen.«

Im Gegenlicht wirkte der Mann im tiefschwarzen Mantel noch gigantischer, aber Bernstein hatte keine Angst. Ganz im Gegenteil, er riss sein Auge noch weiter auf als sonst. Aus einiger Entfernung hörte er das Klirren der Metallhaken.

»Ich frage mich, wie sich die Welt in deinem linken Auge widerspiegelt.«

Joe, der Bernsteins Blick nicht länger standhalten konnte, schaute als Erster weg und legte die Hand auf den Sattel. Das mit Unmengen von Beuteln beladene Fahrrad wirkte erschöpft.

Bernstein schaute hoch zur Sonne. Mit jedem Blinzeln verwebten sich die Fäden mit einer Präzision, mit der es nicht einmal die Haken des Geduldsspiels hätten aufnehmen können, und nahmen die Gestalt seiner kleinen Schwester an. Sogar die Kette aus Weißklee war zu erkennen. Still steht sie im wärmenden Sonnenlicht.

Außer mir sind nur Achat, Opal und meine Mutter in der Lage, sie zu sehen, wispert Bernstein mit einer Stimme, die niemals an Joes Ohr dringen wird. Wir sind die Einzigen, die das in den Enzyklopädien verborgene Universum wahrnehmen können.

»Übernächste Woche hat sie einen freien Tag.«

Wenn Joe nicht achtgibt, ist seine Stimme sofort zu laut.

Bernstein legt den Zeigefinger auf die Lippen. »Ich verstehe!«, murmelt er, den Finger immer noch am Mund.

»Das ist eigentlich nicht wichtig. Sie können auch kommen, wenn Mama da ist.«

Bernstein malt sich aus, wie seine Mutter Joe den Garaus machte. Selbst wenn sie ihre Spitzhacke nicht mehr hatte.

»Mama wird Ihnen bestimmt allerhand Sachen abkaufen. Nähmaschinengarn, Backpulver oder Handcreme.«

»Nein.«

Bernstein bemerkte, dass Joe diesmal bemüht leise sprach.

»Ich möchte das Versprechen, das ich gegeben habe, nicht brechen.«

Joe blickte zu Opal hinüber. Sie und Achat waren immer noch damit beschäftigt, die Metallringe zu entwirren.

»He, seht mal, ich habe es geschafft!«

Mit einem triumphierenden Lachen hielt Achat ihnen einen Haken entgegen. Seine Hände schimmern silbern.

»Kann das Kätzchen nachts alleine schlafen?«, fragte Achat ihn im Bett.

Bernstein hatte keine Ahnung, ob Katzen überhaupt schliefen.

»Keine Ahnung.«

Er streichelte gerade Achats Mähne, als im Schein der Nachttischlampe etwas Flauschiges auftauchte, das bald darauf in die Schichten seines linken Auges aufgenommen wurde. Es war kein Fragment eines zehn Milliarden Lichtjahre entfernten Dunkelnebels. Bernstein wusste sofort, dass es sich um Katzenhaare handelte. Deshalb kniff er fest die Lider zusammen, um sie möglichst sorgfältig in seinem Auge einzuschließen.

Das erste Anzeichen war am Morgen Opals überraschter Ausruf gewesen, als sie die Milch aus dem Kühlschrank nahm. Sie sagte nichts, sondern füllte schweigend die Tassen. Es fehlte ein Teil der Milch.

Dann verschwanden auf mysteriöse Art Gegenstände, die sich wie blinde Flecken in seinem linken Auge abzeichneten. Stofffetzen, eine Dose Hühnerfleisch, ein gesprungener Teller, eine Holzkiste, ein abgewetztes Kissen, ein Stück Fischwurst … Als er es bemerkte, hielt Bernstein inne und ließ seinen Blick dorthin wandern, wo etwas fehlte, um dann mittels Blinzeln das, was sich eigentlich hätte dort befinden sollen, aufscheinen zu lassen. Aber an der jeweiligen Stelle waberten nur verschwommene Schatten.

Immer wenn sich eine neue Lücke auftat, waren dort fliegende Katzenhaare zu sehen. Wie sehr Bernstein sie auch ignorieren wollte, sie schwebten wie feine Lichtpartikel in seinem linken Auge herum und ließen die sich abzeichnenden Konturen der verschwundenen Dinge gleich wieder auseinanderdriften.

Mehrmals am Tag lief Bernstein zum Hintereingang. Er schaute nach, ob die Pforte offen stand, ob die Laubhaufen durcheinandergebracht waren und ob er irgendwelche Fußabdrücke entdecken konnte. Aber Achat beging nicht noch einmal den gleichen Fehler wie damals, als er mit der Spitzhacke heimkehrte und einen Riesenschlamassel auslöste. Er handelte von da an vorsichtig und klug. Ohne sich von Bernstein oder Opal und erst recht nicht von seiner Mutter erwischen zu lassen, passte er einen geeigneten Zeitpunkt ab, wo er nach draußen schlüpfen konnte. Aus der Welt außerhalb der Mauern brachte er lediglich hauchfeine Katzenhaare mit, die sich von Lichtstrahlen kaum unterschieden. Wie oft Bernstein die Pforte auch überprüfte, sie war stets vorschriftsmäßig verschlossen.

Als er wieder einmal voller Unruhe die Laubhaufen durchschritten hatte, um alles zu überprüfen, stellte er sich vor die Pforte und blickte hoch zur Mauer. Der Wind hatte gedreht und in den Baumkronen raschelten die Blätter. Zusammen mit diesem Rauschen spürte er immer wieder eine feine Schwingung, die man eigentlich nicht als Geräusch bezeichnen konnte. Es war weitaus feiner als das Davongleiten des Papierschiffchens mit Meister Signal an Bord oder wenn Achat auf dem Harmonium spielte. Es hörte sich an, als käme sie von sehr weit her, wie von einem Milliarden von Lichtjahren entfernten Dunkelnebel.

»Es ist das Kätzchen. Das Kätzchen wimmert.«

Bernstein ließ seine Hand über die Mauersteine gleiten. Sie waren unendlich kalt und das Klagen war unendlich weit weg.

»Lass es bleiben, Achat! Du darfst nicht nach draußen gehen!«

Am liebsten hätte Bernstein ihn an der Mähne gepackt, um ihn zur Vernunft zu bringen. Aber dann besann er sich. Wenn er ihn an das Verbot erinnerte, würde er wahrscheinlich das prekäre Gleichgewicht, das zwischen den Geschwistern herrschte, zerstören. Und das könnte er nie wieder rückgängig machen.

Eigentlich ist alles halb so schlimm, sagte er sich. Selbst vom äußersten Rand des Universums ist Achat wohlbehalten zurückgekehrt, ohne sich verirrt zu haben. Er konnte auch weiterhin seinen Kieselstein, der auf den Seiten der Enzyklopädie lag, in den von Opal genähten Beutel zurücklegen.

Bernstein drückte seinen eigenen Talisman fest an seine Brust. Achat war längst eingeschlafen. Er ahnte nicht, welche unheilvollen Vorahnungen seinen älteren Bruder peinigten.

An Regentagen oder wenn es allzu stürmisch war und die Kinder nicht in den Garten konnten, verbrachten sie die Nachmittage mit einem Assoziationsspiel. Nachdem sie die Olympiade überhatten, erfanden sie einen neuen Zeitvertreib, der schon bald zu ihrer Lieblingsbeschäftigung wurde. Die Vorbereitung bestand darin, zwei Enzyklopädien mit möglichst unterschiedlichen Themen auszusuchen. Eines der Kinder schloss die Augen, um in dem jeweiligen Band eine beliebige Seite aufzuschlagen und zwei Stichworte zu wählen, mit denen man sich eine bestimmte Geschichte ausdenken musste. Beispielsweise mussten die Wörter »Kleopatra« und »Wolkenbrücke« miteinander kombiniert werden, einem Klettergerüst auf Spielplätzen:

»Eine Dame mit einem Pagenkopf wie Kleopatra, aber nicht so schön wie diese, läuft barfuß über eine Wolkenbrücke im Park.«

Oder für »Steißgeburt« und »Internationale Vereinigung«:

»Eines Tages habe ich an einem Strommast ein Plakat entdeckt, auf dem die Internationale Vereinigung für Steißgeburten für neue Mitglieder wirbt. Ich habe gleich im Sekretariat angerufen, weil ich selbst eine Steißgeburt bin.«

Die anderen beiden Spieler waren nun angehalten, die näheren Umstände der dargestellten Situation zu erläutern. Darin bestand die Spielidee.

»*Umstände* – was soll das genau sein?«

Achat hatte zunächst Schwierigkeiten, die Spielregeln zu begreifen, die etwas anspruchsvoller waren als die der Olympiade.

»Es geschieht nichts ohne Grund, ganz gleich worum es sich handelt. Es gibt immer eine bestimmte Verkettung von Ereignissen, die zu dieser Situation führt«, erklärte Opal.

»Wenn wir etwas nicht verstehen, müssen wir nachforschen, was die tiefer liegenden Gründe sind«, fügte Bernstein hinzu.

»Joe hat vielleicht auch einen Grund, wenn er sich Lutscher an die Wollmütze steckt und eine Knoblauchkette um den Hals trägt«, sagte Achat.

»Genau! Damit er möglichst viele Waren auf einmal transportieren kann.«

Wenn das Assoziationsspiel im Arbeitszimmer begann, machte es sich jeder von ihnen an seinem Lieblingsplatz mit einem Kissen bequem. Opal strickte dabei. Außer den Enzyklopädien benötigten sie kein weiteres Zubehör, sie mussten nur ihren Verstand und ihre Fantasie einsetzen. Mit »Stein, Schere und Papier« wurde ausgeknobelt, wer als Nächstes an der Reihe war. Eine Änderung der einmal festgelegten Schlüsselbegriffe war nicht möglich, und man durfte keinerlei Einwände gegen eine unlogische oder an den Haaren herbeigezogene Darstellung erheben. Der Erklärung der Umstände musste bis zum Ende stillschweigend zugehört werden. Diese Regeln hatten sich ganz natürlich ergeben. Ein paar Proberunden genügten, bis Achat den Dreh raushatte. Mittlerweile war er ganz in seinem Element. Er bewies einen großen Einfallsreichtum, wenn er zum Vergnügen seiner Geschwister aus dem Stegreif irgendwelche Ausgangsszenen entwarf.

»Ein Rugbyspieler rennt mit einem Känguru auf dem Rücken.«

»Ein einsamer Poet trinkt mitten auf einer Hängebrücke einen Whiskey.«

»Ein Mönch bittet mich inständig, seinen Adamsapfel gegen meinen eintauschen zu dürfen.«

Achats Szenarien waren die besten, wenn es an die Aufklärung der Umstände ging. Kaum standen die beiden Schlüsselwörter fest, hatte er sofort ein Bild vor Augen. Es war, als würde er eine auswendig gelernte Melodie vortragen. Von seinem Ideenreichtum profitierten auch Opal und Bernstein. Die beiden wollten jedes Mal noch kompliziertere und unerwartete Situationen erfinden, während Achat in die entgegengesetzte Richtung steuerte. Sobald er den vertrackten Darstellungen seiner Geschwister bis zum Ende gelauscht hatte, hob er wie ein ungeduldiger Schüler die Hand und verkündete kurz und knapp seine Antwort.

»Er benutzt das Känguru, um Rugby zu trainieren.«

»Er kann nur gute Gedichte schreiben, wenn er betrunken ist.«

»Der junge Mönch ist neidisch auf meine Stimme, weil er selbst bei den asketischen Übungen schweigen muss.«

Wenn sie die Erklärungen ihres Bruders vernahmen, fühlten sich Opal und Bernstein stets inspiriert. Die Welt der Enzyklopädien, in die sie eintauchten, war eine friedliche, vergnügliche Welt, die sie sehr liebten.

»Ja, das stimmt. Genauso wie du sagst, Achat.«

»Kängurus sind viel schwerer, als sie aussehen.«

»Bei solchen asketischen Übungen wären wir doch vorbildliche Novizen.«

Opal zieht den Wollfaden aus dem Knäuel, und Bernstein schlägt im Lexikon das Gewicht von Kängurus nach.

Beide loben Achat für seine Ideen. Was nicht heißen soll, dass Opals und Bernsteins Ausführungen langweilig waren. Wenn Achats Stärke in seiner schnellen Reaktionsfähigkeit lag, dann musste man seinen älteren Geschwistern ihre Sorgfalt und Beharrlichkeit zugutehalten. So wie eine Strickarbeit Masche für Masche Gestalt annimmt oder ihre kleine Schwester auf jeder Seite neu zum Leben erweckt wurde, wägten sie die Situationen, die durch zwei Stichwörter entstanden, gründlich ab. Achat, der am aufmerksamsten von allen zuhörte, hielt mit seinen Gefühlen nicht hinter dem Berg. Er tauchte vollständig in die Geschichten ein und machte sich ernsthaft Gedanken um diese fremden Menschen in Gestalt eines fiktiven Rugbyspielers, Poeten oder Mönchs. Für ihn waren alle auftretenden Protagonisten mit seiner kleinen Schwester ebenbürtig, die auf den Seiten der Enzyklopädien lebte.

Bernsteins Schilderungen standen letztendlich in Zusammenhang mit seinem linken Auge. Egal, um welche Situation es sich handeln mochte, er beschrieb sie als Abfolge von Momentaufnahmen, wie sie in den Bernsteinschichten reflektiert wurden. Ein Wort aus seinem Mund entsprach einer Seite in der Enzyklopädie. Wenn Opal und Achat ihm hingerissen lauschten, hatten sie immer das Gefühl, dass eine Seite umgeblättert wurde.

»Die in Steißlage zur Welt gekommenen Kinder sind mit besonderen Gaben ausgestattet. Fast könnte man sagen, dass diese Gaben ein Ausgleich für die schwierige Geburt sind. Aber die meisten dieser Kinder merken davon nichts. Im Allgemeinen interessiert sich niemand dafür, ob man mit dem Steiß, per Kaiserschnitt oder ganz natürlich das Licht der Welt erblickt. Außerdem vergessen die Betroffenen leider selbst, auf welche Art sie geboren wurden. Wie der Name schon sagt, ist die ›Internationale Vereinigung für Steißgeburten‹ eine Organisation, die weltweit operiert, aber aufgrund der Sache, für die sie sich engagiert, sucht sie nicht das Licht der Öffentlichkeit. Das halb abgerissene Plakat am Strommast, dessen Schrift vom Regen schon ganz ausgewaschen ist, gehört zu ihrer Strategie, um es für Nichtbetroffene wie Abfall aussehen zu lassen. Es ist jedoch eine versteckte Botschaft, die sich an diejenigen wendet, die als Steißgeburt zur Welt kamen. Es ist eine Botschaft, die willensstarke und gutherzige Personen erreichen soll, um deren angeborene Begabungen zu wecken. Als ich das gelesen habe, habe ich mir die Telefonnummer gemerkt und sofort dort angerufen. Ein Vorstellungsgespräch oder ein Einführungstest waren nicht nötig. Allein die Tatsache, dass man die Telefonnummer auf einem Plakat liest, das wie Abfall aussieht, reicht aus, um als ehrenwertes Mitglied der ›Internationalen Vereinigung für Steißgeburten‹ anerkannt zu werden. Gewöhnliche Menschen sind völlig fixiert auf das Oben und Unten, die Vorder- und Rückseite, den Anfang und das Ende von Sachverhalten. Um was es sich dabei auch handeln mag, sie überprüfen augenblicklich, wie man die Dinge richtig positionieren kann, und stimmt einmal die Richtung nicht, sind sie sofort beunruhigt und fühlen sich unwohl. Wenn man ein Gemälde von van Gogh kopfüber an die Wand hängt, erntet man spöttisches Gelächter, ein umgekippter Stuhl wird sofort wieder aufgestellt. Wenn eine Socke verkehrt herum angezogen wurde, krempelt man sie um. Es ist wie ein Reflex, man kann gar nicht anders. Wie Sie bereits vermuten werden, ist das bei Steißgeburten anders. Sie besitzen die Fähigkeit, den Dingen auf den Grund zu gehen. Ein Stuhl kann umkippen, eine Socke kann auf links getragen werden, dadurch lassen sie sich nicht aus der Ruhe bringen. In ihrer Gelassenheit können sie allerhand Geheimnisse erfassen, die in der verkehrten Welt verborgen liegen. Von Gott versteckte Geheimnisse. In Shakespeares Dramen, in Mozarts Sinfonien und auch in van Goghs Gemälden sind diese verkehrten Welten präsent. Das betrifft ebenso Blumen, Sterne und Vögel. Man lese beispielsweise den ›Sommernachtstraum‹ von seinem Ende her. Oder höre eine Aufnahme von Vogelgezwitscher rückwärts. Es gibt überraschende Dinge in der Welt, die man nur auf diese Weise entdecken kann. Ähnlich der Existenz von Szenen, die erst sichtbar werden, wenn sie durch einen Lidschlag unterbrochen werden. Personen, die als Steißgeburten der Organisation angehören, treffen sich regelmäßig in den regionalen Zweigstellen, um sich über ihre Entdeckungen auszutauschen. Einmal im Jahr gibt es eine große Hauptversammlung in der Zentrale, aber da die Veranstaltung äußerst diskret abläuft, braucht man nicht zu befürchten, dass Nichteingeweihte etwas davon mitbekommen. Das Entscheidende ist, dass die in der verkehrten Welt aufgedeckten Geheimnisse auf keinen Fall an die große Glocke gehängt werden. Es sind kleine Geheimnisse, die weder

Geld einbringen noch satt machen oder einem die Sprache verschlagen. Darauf ist die ›Internationale Vereinigung für Steißgeburten‹ besonders stolz.«

»Bernstein, bist du vielleicht auch eine Steißgeburt?«

Genau wie bei der Olympiade war es auch in diesem Spiel Achat, der die erste Frage stellte.

»Tja, ich weiß nicht recht …«

Bernstein wiegte unschlüssig den Kopf.

»Da müssen wir eigentlich Mama fragen.«

Indessen hatte Opal ihre Strickarbeit unterbrochen und breitete den halb fertigen Pullover vor sich aus, um zu sehen, wie weit sie gekommen war.

»Opal, erinnerst du dich daran?«

Achat ließ nicht locker.

»Nein, ich war damals noch zu klein. Als Bernstein geboren wurde, war ich erst drei. Ich weiß nur noch, dass er auf der Entbindungsstation in einem durchsichtigen Bettchen schlief.«

»Bist du ganz allein dorthin gegangen?«

»Nein, mit Papa natürlich. Er hat mir voller Stolz verkündet: Das ist unser Baby.«

In der Enzyklopädie, die geöffnet auf dem Tisch lag, waren zwei Abbildungen gegenübergestellt, auf denen der Bauch einer hochschwangeren Frau zu sehen war: Einmal kommt das Baby mit dem Kopf zuerst auf die Welt, einmal mit dem Po, was für das Kind sehr unbequem aussah, denn es hatte halb verrenkte Glieder und blickte in die verkehrte Richtung.

Im Gasofen in der Ecke des Lesezimmers klapperte es

leise. Die kahlen Bäume draußen im Garten boten einen trostlosen Anblick, und das Moor war nur mehr eine ausgetrocknete Senke, wo sich totes Laub sammelte. Die Winterwinde trieben Wolken heran, sodass der Himmel immer mehr zuzog.

»Was sind denn Geheimnisse, die nicht an einer großen Glocke hängen?«, fragte Achat in die Runde.

»Nun ja …«

Opal kratzte sich mit der Stricknadel die Schläfe.

»Alles, was wir nicht besonders herausstellen, weil es nicht so wichtig ist. Es ist uns egal, ob jemand darauf aufmerksam wird oder nicht. Oder, was meinst du?«

Bernstein nickte.

»Zum Beispiel, dass Erdnüsse Herrn Signals Lieblingsspeise sind.«

»Ja, oder der im Torfmoor begrabene Leichnam.«

»Ach, ich verstehe«, rief Achat mit strahlenden Augen. »Oder dass wir gerade hier sind.«

Die drei blickten einander unwillkürlich an und tauschten unmerklich ein Zeichen aus, das man nicht einmal als Zwinkern bezeichnen konnte.

Genau, das ist ein äußerst bescheidenes Geheimnis, pflichtete ihm Bernstein bei, ohne den Satz auszusprechen. Opal nahm ihr Strickzeug wieder auf, und Achat trat zum Regal, um eine weitere Enzyklopädie zu holen. Die Sonne ging unter, und am Himmel bildete sich eine dichte Wolkendecke. Bernstein drehte den Schalter am Ofen, um die Heizstufe zu erhöhen.

»Die Einzigen, die uns finden könnten, sind die Mitglieder der ›Internationalen Vereinigung für Steißgeburten‹, sagte Opal, während sie an dem Pullover weiterstrickte.

Auch wenn Achat mit überraschenden Einfällen aufwartete und Bernstein detaillierte Ausführungen zum Besten gab, war es zweifellos ihre Schwester, die das Assoziationsspiel am besten beherrschte. Die beiden Brüder liebten ihre Schilderungen. Es waren keine bloßen Situationsbeschreibungen, sondern schon richtige Geschichten. Seitdem sie das gemeinsame Schlafzimmer verlassen hatte, war dies die einzige Gelegenheit, wo die Geschwister ihren Erzählungen lauschen konnten. So wie damals, als sie zu dritt das Bett teilten.

»Man kann Kleopatra keinen Vorwurf machen, dass sie genauso hässlich ist wie ihre berühmte Namensvetterin. Ihr ganzes Leben war sie vom Pech verfolgt: Früh von ihren leiblichen Eltern getrennt, vom Stiefvater verprügelt, als Erwachsene dann einem Heiratsschwindler aufgesessen und infolge einer Fehldiagnose ihrer Fruchtbarkeit beraubt, hatte sie kaum Zeit und Gelegenheit, sich mit Eitelkeiten zu befassen. Sie trägt nur deshalb einen Pagenschnitt, weil sie das abgeschnittene Haar an einen Perückenmacher verkauft, wenn sie Ende des Monats nicht genug Geld hat, um die Miete zu bezahlen. Ihr einziger Trost ist ihr Kater. Es ist ein Bastard namens Cäsar, mit schwarzen Sprenkeln auf der Nase, die aussehen wie Tintenkleckse, sodass man ihn schwerlich als gut aussehend bezeichnen kann, selbst wenn man es gut mit ihm meint. Cäsar ist der Einzige, der Kleopatra abends begrüßt, wenn sie von der Arbeit nach Hause kommt. Der Kater ist ihr Ein und Alles: Bruder, Vertrauter, Geliebter, Sohn und enger Freund. Frauen ihrer Sorte halten sich oft eine Katze. Man könnte fast meinen, Katzen wurden eigens für sie erschaffen. Sie sind ein Herz und eine Seele, sie brauchen keine Worte, um sich zu verständigen und ihre Gefühle zum Ausdruck zu bringen, und ihre größte Freude besteht darin, etwas füreinander zu tun. Kleopatra wirft Cäsar dauernd ein Knäuel Wolle zum Spielen vor die Pfoten, um ihn zufriedenzustellen, während der Kater sich als Wärmekissen auf ihren Bauch legt, wenn sie mit einer Verdauungsstörung im Bett liegt und vor Unwohlsein wimmert. An ihrem Geburtstag kauft sie weder Kuchen noch Champagner oder Blumen. Dafür reicht ihr Geld nicht, zumal Cäsar nichts dergleichen mag. Stattdessen besorgt sie eine Scheibe Hühnerbrust von bester Qualität, mit der sie ihn füttert. Für sie ist es das schönste Geburtstagsgeschenk, wenn sie ihren Kater glücklich macht. Am meisten liebt sie die Ballen an seinen Pfötchen. Wenn sie niedergeschlagen ist und weder ein noch aus weiß, nimmt sie sie in die Hand. Blassrosa und leicht zerfurcht, passen sie exakt in ihre Handflächen. Sie sind nicht bloß weich, sondern auch kugelig, sodass man denken könnte, es wäre etwas hineingestopft worden. Kleopatra braucht sie nur sachte mit den Fingerspitzen anzutippen, um ihre Elastizität spüren zu können. Bis ihre Tränen getrocknet sind und der Schlaf sie wieder übermannt, hält sie mit geschlossenen Augen

Cäsars Pfoten. Der Kater versteht sehr wohl, dass Kleopatra sich nicht anders zu helfen weiß. Für sie sind die Ballen nicht bloß ein Körperteil der Katze, sondern die einzige Verbindung mit der Welt. In ihnen steckt gewiss die Seele des Tiers. Cäsar starb zu Beginn des Frühlings an Altersschwäche, im Morgengrauen, als Dunst und Nebel gemeinsam emporstiegen. In den Armen von Kleopatra, die seine Pfötchen hielt, schlief er sanft ein. Und wenn sie heute im Park barfuß über die Wolkenbrücke spaziert, dann bilden sich kleine Ballen unter ihren Plattfüßen. Die Metallsprossen verursachen Schwellungen. In ihren schlaflosen Nächten kann sie dann in Erinnerung an den Kater ihre eigenen Schwielen in Händen halten. Sie möchte mit jenem fernen Ort verbunden sein, wo Cäsar sich nun aufhält. Sie glaubt fest daran. Also, wenn ihr sie im Garten seht, dann lasst euch nichts anmerken. Mustert sie auf keinen Fall mit argwöhnischem Blick und mischt euch nicht in ihre Angelegenheiten ein. Und ruft nicht: ›Kommen Sie da runter, es ist zu gefährlich!‹ Sie geht nämlich nur nachts in den Park, um auf der Wolkenleiter ihre Übungen zu machen. Sie will ja kein unnötiges Aufsehen erregen, versteht ihr? Ich möchte, dass ihr euch still verhaltet und sie nicht stört, selbst wenn ihr Rock hochflattert und ihre Waden entblößt werden oder wenn sie das Gleichgewicht verliert und zwischen den Metallsprossen stecken bleibt.«

Nachdem Opal ihre Geschichte beendet hatte, klappte sie die beiden vor ihr liegenden Bände mit den Einträgen über »Kleopatra« und »Wolkenbrücke« zu.

Bernstein musste an das Kätzchen denken, das aus Joes Beutel herausgesprungen und geflohen war. In seinem linken Augenwinkel erschienen abwechselnd Bilder, wie Achat seine Hand nach dem Pfötchen ausstreckte und Opal dem flüchtenden Tier hinterherrannte.

»Wir werden Kleopatra nicht stören«, versprach Achat.

»Du bist ein braver Junge«, lobte ihn Opal.

Jeder von ihnen dachte oft an Dinge, die außerhalb der Mauer existierten. Sie waren besorgt, dass das Junge im Beutel des Kängurus auf dem Rücken des Rugbyspielers nicht zerquetscht wurde. Sie dachten daran, wie der junge Mönch sein Schweigegelübde ablegte. Sie entwarfen ein Abzeichen für die »Internationale Vereinigung für Steißgeburten« sowie den Raumplan für deren Zentrale. Sie beschlossen, sich nachts im Park auf der Wolkenbrücke von Sprosse zu Sprosse zu hangeln, was schwieriger war als gedacht. Bernstein schaffte es zwar in einem Zug, indem er zwei Sprossen auf einmal nahm, aber er schürfte sich dabei an den Händen die Haut auf, genau wie beim Graben mit der Spitzhacke. Opal ist bereits nach der Hälfte am Ende ihrer Kräfte, während Achat es nur schafft, sein eigenes Gewicht zu halten, aber dabei keinen Millimeter vorwärtskommt. Um es jedoch mit seinem Bruder aufzunehmen, unternimmt er immer wieder einen neuen Anlauf.

Über den drei Köpfen wankt Kleopatra mit unsicheren Schritten. Die Zehen um die Stangen gekrallt, die Fußballen dagegengedrückt, bewegt sie sich mit ausgestreckten Armen und zitternden Fingerspitzen von Sprosse zu

Sprosse. Ist sie gerade beim Perückenmacher gewesen? Sogar die akkurat getrimmten Haarspitzen ihres strengen Pagenschnitts zittern. Die Geschwister halten mit gesenktem Blick den Atem an, um sie nicht in ihrer Konzentration zu stören. Zwischen den Metallsprossen und Kleopatras Rocksaum sieht man die Sterne am Himmel funkeln. Vielleicht ist einer davon Cäsar. An ihren schmutzigen Fußsohlen haben sich bereits Schwielen gebildet. Opal weiß, dass diese Füße zu jemandem gehören, der schon ein langes Leben hinter sich hat. Das fahle Mondlicht bescheint vage das zerfurchte Gesicht. Kleopatra tritt auf die Finger der drei Kinder, die die Sprossen umklammert halten, aber es tut ihnen nicht weh. »Das zeigt doch, dass sich bei ihr Polster bilden«, flüstert Bernstein erfreut. Zuvor konnten die drei sich wenig darunter vorstellen, aber jetzt bekamen sie ein Gefühl dafür, wie sich Cäsars Pfoten angefühlt haben mochten. Sie baumeln so lange an der Wolkenbrücke, bis Kleopatra über ihren Köpfen sämtliche Sprossen überquert hat.

Auf diese Weise warteten Opal, Bernstein und Achat geduldig auf die Ankunft des Frühlings, der diesmal später dran war als in den Jahren zuvor.

9

Am meisten liebe ich Herrn Bernstein, wenn er auf die Seitenränder in einem Lexikon zeichnet. Wer dies schon einmal gesehen hat, wird verstehen, dass ich in diesem Fall ganz ohne Scham das Wort »Liebe« verwende.

Selbst nachdem er sein sicheres Heim innerhalb der Mauern verlassen hatte, arbeitete Herr Bernstein unermüdlich weiter an seinem Werk. Bevor man ihn von dort wegbrachte, bevor sich sein Traum erfüllte, Hand in Hand mit Opal den Tunnel, der die Welt regiert, zu durchschreiten, war er eine ganze Weile von der Bibliothek mit den Enzyklopädien getrennt, aber auch in dieser Zeit gab er das Zeichnen nie auf. Er sparte fleißig sein Taschengeld und klapperte alle Antiquariate ab, wo er im Ramsch Exemplare aus dem Verlag seines Vaters finden konnte. Zum Glück waren diese Ladenhüter, die auf den Wühltischen draußen vor den Läden lagen, sehr preiswert.

Niemand, nicht einmal er selbst, hatte eine Erklärung dafür, warum er ausgerechnet nach illustrierten Enzyklopädien suchte, noch dazu die von seinem Vater herausgegebenen. Kurz nachdem er aus der Wohlfahrtseinrichtung hierher in die Seniorenresidenz gezogen war, erschienen einige auf Kunst spezialisierte Verleger, die seine Werke gern in Buchform veröffentlicht hätten.

»Ich verstehe nicht so recht, was Sie meinen«, antwortete ihnen Herr Bernstein immer.

Diese Floskel war keineswegs ablehnend gemeint, sondern sollte sein aufrichtiges Bedauern ausdrücken, dass er tatsächlich keine Ahnung hatte, was man von ihm wollte.

»Wir können nur in diesen Bänden leben.«

Herr Bernstein lebt eigentlich immer noch in der von der Mauer umschlossenen Bibliothek. An dem Ort, wo sich damals Opal, Achat und seine Mutter, all die geliebten Menschen, die längst von ihm gegangen sind, versammelt hatten. Was für ein schmerzlicher Gedanke. Auch wenn ich ihm die Hand reiche, für mich gibt es dort keinen Platz.

Als die Enzyklopädien später, nachdem er in der Wohlfahrtseinrichtung Obhut gefunden hatte, nach langem Hin und Her an ihn als rechtmäßigen Besitzer zurückgingen, konnte sein Wunsch, gemeinsam mit Opal das erträumte Projekt zu vollenden, nicht mehr erfüllt werden. Das Einzige, was ihm blieb, war, die Tunnelbohrung alleine fortzusetzen. Dem widmete er sein restliches Leben.

Sein Werk, das er zur Aufmunterung seiner Mutter begonnen hatte, hatte nur noch einen Selbstzweck, der ihm weder Anerkennung noch Befriedigung oder einen Ausgleich verschaffte. Allein die Luft, die durch die väterlichen Enzyklopädien ventilierte, vermochte seine Lungen zu füllen.

Es war dann reiner Zufall, dass die Bände, die jahrelang im Lager der Sozialeinrichtung deponiert waren, von einem Kunstkritiker entdeckt wurden. Irgendjemand hat mir erzählt, dass kurz vor der geplanten Renovierung des Lagers ein Mitarbeiter, der nicht wusste, wohin mit den Büchern, Herrn Bernstein dazu überreden wollte, sie zu entsorgen. Es gibt kaum Menschen, die genügend Feinsinn haben, um die Bewohner der Enzyklopädie zu entdecken. Deshalb hat es auch eine halbe Ewigkeit gedauert, bis sein Werk gewürdigt wurde.

Ein Mensch, dessen Zeichnungen ebenso zart sind wie seine Stimme. Dies war mein erster Eindruck, als ich Herrn Bernstein in der Seniorenresidenz kennenlernte. Selbst die großen Atlanten bieten nicht viel Platz. Dennoch vermittelten seine Figuren nicht den Eindruck, als fühlten sie sich eingeengt. Sie betrachten es als Ort, der ihnen angemessen ist und an dem sie sich wohlfühlen. Falls sie überhaupt einmal das Wort ergreifen, dann tun sie es gewiss nur sehr leise. Ihre Stimmen würden sogar vom Windhauch, der beim Abblättern entsteht, übertönt werden. Sie verständigen sich ausschließlich mittels diskreter Zeichen, die sogar ich als Begleitpianistin nicht zu hören vermag.

Wenn man einen Band in seiner Totalität erfasst, begreift man sofort, dass es sich nicht bloß um einfache Miniaturen handelt. Auf dem Seitenrand, der sofort an Dichte zunimmt, wird die Zeit geboren und die mit Bleistift gezeichneten Konturen beginnen zu atmen. So werden die Enzyklopädieseiten zu Sedimenten, wobei in jeder

Schicht schlafende Erinnerungen wachgerufen werden. Herrn Bernsteins Atelier besteht lediglich aus dem Tisch, der in seinem Zimmer steht und auf dem ein Schlüsselbund, ein paar angeknabberte Pralinen und ein wenig Kleingeld herumliegen. Allenfalls zwei Personen könnten dort auf engstem Raum sitzen. Der rechteckige Tisch wirkt jedoch sehr einladend mit seinen hübschen abgerundeten Ecken, und er steht an einem sonnigen Platz, da das Fenster nach Süden geht. In der Residenz gibt es zwar auch ein Gemeinschaftsatelier, aber Herr Bernstein greift nur auf seinem Zimmer zum Stift. Seit Beginn des Aufenthalts hier hat sich sein Stil nicht mehr verändert. Und aufgrund seiner Kindheitserfahrungen reagiert er ängstlich, wenn ein Fremder ihm zu nah kommt.

»Ich erschrecke mich dann so wie damals, als Joe zum ersten Mal am Hintereingang stand.«

Das hatte Herr Bernstein mir einmal gestanden. Deshalb war ich auch so glücklich, als er mich eines Tages aufforderte, neben ihm Platz zu nehmen und ihm beim Zeichnen Gesellschaft zu leisten. Dieses Privileg wurde unter allen Bewohnern der Residenz nur mir zuteil. Ich spiele Klavier, ohne jemanden zu stören, und ich kann so leise sprechen wie Opal, Achat oder seine Mutter, was angemessen ist für sein Trommelfell. Ich würde mich niemals dazu hinreißen lassen, wie alle hier in normaler Lautstärke zu reden. Durch die Umsicht, die ich während meiner Tätigkeit als Begleitmusikerin kultiviert habe, wäre ich prädestiniert dafür gewesen, die Regeln innerhalb der Mauern gewissenhaft zu befolgen.

Aber ich bin mir immer noch nicht sicher, ob »Arbeit« oder »Werk« die richtige Bezeichnung für das ist, was er tut. Vielleicht liege ich ja falsch. Es geht weder um Erschaffen noch um Ausdruck. Ebenso wenig handelt es sich um Bilder, Illustrationen oder irgendein Gekritzel. Er zeichnet einfach jene Erinnerungen auf, die sich in seinem linken Auge widerspiegeln, und legt wie ein Archäologe deren Schichten frei. Wenn er einmal angefangen hat, zeichnet er zwei, drei Stunden, immer in derselben Haltung, wobei er keineswegs den Eindruck erweckt, wie ein Getriebener zu arbeiten. Ganz im Gegenteil: er wirkt dabei ganz friedlich und entspannt.

Mit der Gewissheit, sich auf sein linkes Auge verlassen zu können, wird Herr Bernstein eins mit den Enzyklopädien.

Ohne dass er mich darum bittet, spitze ich seine Bleistifte an, während ich neben ihm auf dem Stuhl sitze. Da sich die Minen rasch abnutzen, benötigt er eine Menge davon. Er würde sich vermutlich unbehaglich fühlen, wenn ich andauernd bei ihm bleiben würde. Deshalb verlasse ich von Zeit zu Zeit den Raum, um eigene Angelegenheiten zu erledigen oder ein wenig Klavier zu spielen, falls es gerade frei sein sollte. Etwas später kehre ich dann wieder zu ihm zurück.

Damit er beim Zeichnen bequem an die Ecke des Buches gelangt, legt er den Band leicht schräg an den äußersten Rand des Tisches. Ob dies mit der nachlassenden Sehkraft seines rechten Auges zu tun hat? Mit gekrümmtem Rücken sitzt er da und umfängt das Buch mit seinen Armen. Herrn Bernsteins Augen sind von Natur aus nicht zum Weitsehen geschaffen. Seitdem er denken kann, war sein Gesichtsfeld wegen der hohen Mauern und der immer größer werdenden Bäume so eingeschränkt, dass er seine Augen nie für einen Blick in die Ferne benutzte. Stattdessen nahm er mit dem linken Auge seine innere Welt wahr, die von unermesslicher Weite war.

Der Bleistift bewegt sich langsam, immer im gleichen Rhythmus, ohne je zu zögern. Herr Bernstein kommt bei seiner Arbeit nie ins Grübeln, er ist nie gereizt oder lustlos. Er kennt keine Stimmungstiefs und ist ebenso frei von euphorischen Gefühlsausbrüchen, wenn er etwas fertiggestellt hat. Wenn er eine Zeichnung am Seitenrand beendet, blättert er weiter, um sich der nächsten zu widmen, und sobald diese vollendet ist, blättert er erneut um. So setzt er unbekümmert seine Arbeit fort. Jedem Blatt folgt der nächste Augenblick, die einzelnen Schichten erstrecken sich in unendliche Tiefen. Die Hand hält nur inne, falls er den Radiergummi einsetzen muss oder sich die Lider reibt, um den Nebel zu vertreiben, der seine Pupillen trübt.

Zunächst trat nur seine kleine Schwester in Erscheinung, aber inzwischen geht es lebhafter zu, da Opal, Achat und die Mutter ihr Gesellschaft leisten. Diejenigen, die außerhalb der Mauern nie zusammen sein konnten, bilden eine Gemeinschaft. Hier werden sie wieder eins, wie damals in ihrem Kinderbett oder am Arbeitstisch in der Bibliothek.

Ich bin immer sehr gespannt auf die Bilder, die Herr Bernstein zeichnet, allerdings gebe ich mich so, als sei ich gänzlich unbeteiligt, und konzentriere mich ganz auf das Vorbereiten der Bleistifte. Wenn die Mine perfekt angespitzt ist, puste ich den Grafitstaub weg, bevor ich das Taschentuch, mit dem ich die Späne auffange, falte und in den Papierkorb werfe. Die frisch gespitzten Bleistifte lege ich in Reih und Glied auf die Tischplatte. Ich ordne sie der Länge nach, millimetergenau wie an einem Lineal ausgerichtet. Erst dann bin ich zufrieden.

Stets vergewissere ich mich mit einem diskreten Blick auf seinen Mund, ob Herr Bernstein noch atmet. Sein Atem geht nur sehr schwach, aber ich kann ihn hören. Beruhigt nehme ich mir den nächsten Bleistift vor. Mir ist bewusst, dass ich niemals zu der Wohngemeinschaft in der Enzyklopädie gehören werde.

»Friss so viel du willst.«

Er hört Achats Stimme jenseits der Mauer.

»Langsam, langsam … sonst verschluckst du dich noch.«

Bernstein geht in die Hocke und presst mit angehaltenem Atem sein Ohr an die Ziegelsteine.

»Es nimmt dir niemand etwas weg.«

Bernstein ist fasziniert von den Worten, die Achat spricht, um jemand anderem, der jünger und schwächer ist als er selbst, gut zuzureden. Es ist verblüffend, wie erwachsen sich sein Bruder verhält, der sonst von allen noch als Kind behandelt wird. Fast könnte man meinen, Achat würde mit seiner kleinen Schwester in der Enzyklopädie sprechen, so sanftmütig klingt seine Stimme.

»Es gibt noch mehr davon.«

Das Scharren in einer Holzkiste, das Schlecken einer Zunge in einer Konservenbüchse, das Getrappel von Pfötchen – all diese Geräusche dringen als ein verwobener Klangteppich durch die Ziegelsteine an sein Ohr. Es besteht kein Zweifel: Achat befindet sich auf der anderen Seite, ganz dicht neben ihm, und dennoch entrückt. Die ganze Szene wirkt so flüchtig wie das, was aus den tiefen Schichten seines linken Auges emporsteigt. Die Dämmerung senkt sich auf Bernstein und aus dem Boden kriecht eine feuchte Kälte herauf. Die aufgeschichteten Laubhaufen neben ihm erscheinen wie Ungetüme. Um seinen Atem zu unterdrücken, fühlt er nach den Kletten in seiner Tasche.

»Sei brav, Cäsar.«

Im letzten Dämmerlicht erscheint in Bernsteins linkem Auge Achat, wie er das Kätzchen im Arm hält. Der Junge umschlingt das Tier, damit es nicht entkommt, und neigt, Seite für Seite, den Kopf, um mit ihm zu schmusen.

Offenbar fühlt sich das Kätzchen weitaus geborgener als damals in Joes Armen. Gesättigt und zufrieden schmiegt es sich an Achats Brust. Manchmal spielen seine Krallen mit dem Beutel, in dem sich der Talisman befindet. Achat greift sanft nach der winzigen Pfote und berührt den Ballen. Ganz sachte, als würde er die Wange seiner kleinen Schwester tätscheln, drückt er den Zeigefinger in den Ballen, aus Angst, er könnte das darin Verborgene beschädigen.

»Kleopatra macht sich bestimmt gerade große Sorgen um dich.«

Im Fell des Kätzchens vergraben, klingt Achats Stimme noch geheimnisvoller.

»Erinnerst du dich immer noch nicht an deinen Heimweg? Der Treffpunkt ist die Wolkenbrücke im Park. Dort ist dein Frauchen. Sie wartet auf dich, Cäsar.«

Während Achat das Kätzchen streichelt, als würde er auf einer Klaviatur spielen, singt er ein Lied. Der lautlosen Bewegung seiner Lippen nach zu urteilen, will er ihm Mut machen. Plötzlich beschleunigt sich das Abblättern der Seiten. Aus dem stärker werdenden Lufthauch entsteht ein veritabler Wirbelsturm, der Achats Umrisse verwischt. Das Kätzchen hat sich bereits in nichts aufgelöst, während sich Achats Gestalt rasant entfernt, aufgesogen von den Seiten der Enzyklopädie.

»Achat!«

Unwillkürlich ruft Bernstein seinen Namen. Doch seine dahingehauchten Worte können die Mauer nicht durchdringen. Sie werden genauso in Vergessenheit geraten wie einst Opals Puppe, die er dem bösen Hund geopfert hatte.

Niemand vermochte zu erklären, weshalb der Winter in diesem Jahr nicht besonders streng war. Opal schüttelte verwundert den Kopf, kein Lexikon konnte ihr darauf eine Antwort geben. Ein trockener, unablässig blasender Monsun trug den Schwefelgeruch aus dem Kurort zu ihnen herauf, ließ die Bäume ächzen und drückte auf die Stimmung der Kinder. Lediglich an einem Tag fiel Schnee, was die Kinder zunächst in helle Aufregung versetzte, aber mit der kümmerlichen Ausbeute, die sie im Garten zusammenkratzten, konnten sie nur mühsam einen Schneemann bauen, der dann auch gleich wieder dahinschmolz.

Als sie schon glaubten, dieses Wetter würde ewig anhalten, drehte sich plötzlich die Windrichtung, worauf ein erster Vogel, alsbald gefolgt von einem zweiten, den Frühling ankündigte. Etwa einen halben Monat später als gewohnt.

Die Ankunft des Frühlings zeigte sich auch in dem neuen Warensortiment, das Joe anschleppte. Die Körbe mit winterlichem Wurzelgemüse waren nun auch mit frischen grünen Bohnen gefüllt, die auf zerstoßenem Eis gebetteten Fischsorten wechselten, Blumenzwiebeln und Samen wurden reichhaltiger. Bauchbinden aus Flanell und Handschuhe machten geblümten Halstüchern und Sonnenschirmen mit Spitzenbordüre Platz. Joe erschien wie immer im schwarzen Mantel, allerdings hatte er ihn gegen einen aus dünnerem, leichterem Stoff eingetauscht. Nur die Anzahl der Taschen war unverändert.

Sie konnten nun wieder auf der Terrasse ihre Teestunde abhalten, ohne zu frieren. Opal verwandte viel Zeit und Mühe darauf, für Joe Kuchen zu backen. Wenn sie Eier quirlte, Mehl siebte und dann den Teig knetete, tat sie dies stillschweigend. Sie blieb beharrlich neben dem Backofen sitzen, ohne sich auch nur einen Schritt zu entfernen, bis der Kuchen fertig war. Dabei spähte sie durch das Sichtfenster, um zu beobachten, wie der Teig aufging und langsam eine goldgelbe Farbe annahm. Immer wenn sich der süße Duft in der Küche ausbreitete, wurde es Bernstein schwer ums Herz. Gern hätte er mit seiner Schwester darüber gesprochen, aber ihm fiel kein einziges gescheites Wort ein. Er fühlte sich ziemlich verloren.

»So, fertig!«

Opal nahm den Kuchen aus dem Backofen, schnitt das beste Stück mit goldgebräunter Kruste ab und versteckte es ganz hinten im Schrank, damit ihre Mutter es nicht entdeckte. Nachdem er Opal geholfen hatte, in der Küche wieder Ordnung zu schaffen, fiel Bernsteins Blick auf den Dienstplan neben dem Backofen, der bereits abkühlte. Eine ungewohnte Markierung sprang ihm ins Auge. Es war ein winziger, fast punktförmiger Stern in einem Kästchen, das etwa drei Wochen nach dem letzten Eintrag lag. Bernstein trat näher heran, um das Datum zu überprüfen. Es war kein Mittwoch, an dem Joe normalerweise erwartet wurde, und es war auch kein Feier- oder Gedenktag. Es schien ein ganz gewöhnlicher, ereignisloser Tag zu sein, kaum zu unterscheiden von denen, wie bereits verstrichen waren und die noch kommen würden. Im Dienstplan war dieser Tag als »Tagesschicht« vermerkt.

Bernstein strich mit dem Zeigefinger über den Eintrag. In seinem linken Auge verdrängte das Sternchen seine kleine Schwester und gewann stetig an Raum. Ihm missfiel, dass dieser einzelne Punkt das schöne Muster zerstörte, das Opal bisher sorgfältig Kreuz für Kreuz auf dem Plan eingezeichnet hatte. Die Stickarbeit war verzerrt, das Garn verheddert. Bernstein hätte es gern ausgebessert, aber das Sternchen war fest verwoben und ließ sich nicht aus der Welt schaffen. War es nicht ein deutliches Warnzeichen? Bernstein war alarmiert. Er täuschte Gelassenheit vor, beteiligte sich tagsüber am Situationsspiel, begrüßte Joe auf der Terrasse und nahm abends am Hauskonzert teil. Aber wie sehr er es auch zu verdrängen suchte, in seinen Ohren miaute beharrlich das Kätzchen und in seinem linken Auge hatte sich das Sternchen eingebrannt. Doch bevor er es nicht mehr aushalten konnte, suchte er Zuflucht bei seinen Illustrationen. Dort war er jederzeit willkommen.

Als sie sich sicher waren, dass nun Frühling war, bekamen die Kinder von ihrer Mutter die Haare geschnitten. Das war Tradition. Sie wanderte mit klappernder Schere um das jeweilige Kind herum, das mit einer schwarzen Mülltüte als Umhang mitten auf der Terrasse saß. Sie verwandte mehr Zeit darauf, sich auszumalen, wie die ideale Frisur aussehen sollte, als das Schneiden dann tatsächlich dauerte. So wie ein Bildhauer für den ersten Meißelschlag auf den richtigen Moment wartet.

»Aber nicht so wie bei Kleopatra.«

Achat war ständig in Sorge.

»So so – du kennst also Kleopatra?«

Beim Haareschneiden war ihre Mutter immer bester Laune, mehr noch als bei den Mahlzeiten oder beim Hauskonzert.

»Ich möchte nicht, dass du meine Haare hinterher an einen Perückenmacher verkaufst.«

»Aber wo denkst du hin! Natürlich nicht! Ich werde kein einziges deiner niedlichen Haare an einen Fremden verkaufen.«

Sie öffnete schwungvoll die Schere, um sich den überlangen Ponyfransen zu widmen, die bereits die Augenbrauen verdeckten.

Ihre Mutter bevorzugte eigentlich üppiges, langes Haar, weil es besser zu Flügel, Schwanz und Mähne passte. Deshalb war die Menge, die sie im Vergleich zum lauten Klappern der Schere dann tatsächlich abschnitt, nicht weiter bemerkenswert. Seitdem sie innerhalb der Mauern lebten, trugen die Kinder ihr Haar schulterlang. Opal hatte glattes, glänzendes Haar, das der beiden Jungen war lockig und schimmerte braun. Und da ihnen der Gedanke an den Perückenmacher mittlerweile keine Sorgen mehr bereitete, saßen sie während der Prozedur ganz still da und hielten die Augen geschlossen, damit ihnen die abgeschnittenen Spitzen nicht hineingerieten. Wahrscheinlich war dies die einzige Gelegenheit, bei der ihre Mutter ihnen wirklich nahe kam. Ihre selbst durch den schwarzen Plastikumhang spürbare Körperwärme bildete einen deutlichen Kontrast zu ihren Fingerspitzen, die ab und zu eine Wange oder den Hals streiften, sodass die Kinder sie irrtümlich für Scherenblätter hielten.

In ihren Ohren wurden Mutters Atem und das Klappern der Schere eins. Ihre Trommelfelle vibrierten stärker, als dies beim schrillen Klingelton oder bei Joes lauter Stimme der Fall war.

»Beug deinen Kopf ein wenig nach vorn!«

Mit einer einzigen Fingerspitze konnte die Mutter ihre Köpfe hin und her bewegen, so wie es gerade nötig war. Schon eine leichte Berührung reichte aus, dass die Köpfe sich wie Kreisel um sich selbst drehten.

Während sie stets darauf achteten, die von ihrer Mutter gewünschte Neigung des Kopfes nicht zu verändern, beobachteten sie, wie die eigenen Haarspitzen auf den Plastikumhang fielen und an ihm hinunterrutschten. Mit einem Zerstäuber sprühte ihre Mutter die Haare nass, kämmte sie durch und trimmte dann die Spitzen, zwischen zwei Finger geklemmt, auf eine Linie. Das Aufblitzen der Klingen führte den Kindern vor Augen, wie scharf sie waren. Obwohl ihnen kein Schmerz zugefügt wurde, erstarrten sie jedes Mal, wenn es an ihren Ohren laut klapperte. Während einer von ihnen an der Reihe war, hockten die anderen beiden daneben und schauten aufmerksam zu.

»Toll! Das sieht schön aus.«

Nachdem sie ihr Werk abschließend von allen Seiten begutachtet hatte, nickte ihre Mutter zufrieden. Dabei ließ sie die Schere mehrmals in der Luft klappern, als wollte sie ihnen auch akustisch demonstrieren, wie glücklich sie mit dem Ergebnis war. Beim finalen Durchkämmen fielen auch die restlichen abgeschnittenen Spitzen herab, die nun am Gesicht des Kindes klebten und es kitzelten. Sorgfältig entfernte die Mutter eine nach der anderen.

Als ihnen der Plastikumhang abgenommen wurde, waren sie wie immer erleichtert. Sie sprangen sofort auf und liefen ausgelassen auf der Terrasse herum. Die Sonne stand am wolkenlos blauen Himmel, und der Garten, wo überall junge Triebe sprossen, leuchtete in hellem Grün. Das frisch geschnittene, immer noch leicht feuchte Haar der Kinder schimmerte wie die Kieselsteine, kurz nachdem sie aus dem Sumpf geborgen worden waren. Nach den Vorstellungen ihrer Mutter sollten ihre Haare im Einklang mit ihren Kostümen stehen, neben den Flügeln schwingen und eine Linie mit Schwanz und Mähne bilden.

Die auf dem Boden verstreuten Haare ergaben eine größere Menge als gedacht. Bei jedem Windstoß bildeten sich Büschel, die über die Terrasse rollten. Als eines dieser Büschel in die Luft gewirbelt wurde, streckte Achat die Hand aus, um die Haare aufzufangen, aber sie flogen einfach vom Wind getragen davon, wie die Fallschirme einer Pusteblume.

»Ohhhh«, riefen die drei wie aus einem Mund.

Der Wind, der sich deutlich vom Wintermonsun unterschied, roch nach frischem Grün.

»Los!«

Achat hob eines der Büschel auf und warf es in die Luft, worauf Opal und Bernstein seinem Beispiel folgten. Die Beutel mit ihrem jeweiligen Talisman hüpften auf ihrer Brust. Die Haarbüschel, die sie eben noch im Gesicht gekitzelt hatten, fühlten sich nun so flauschig an, dass sie sich instinktiv damit über die Wange streichelten. Bernstein hielt eins der Büschel in die Sonne. Jedes einzelne Haar zeichnete sich goldfarben in seinem linken Auge ab. Opals glatte Haare, verwoben mit Achats und seinen braunen Locken.

In diesem Augenblick fegte ein neuer Windstoß durch die Baumkronen.

»Jetzt!«

Auf Bernsteins Signal hin warfen alle drei gleichzeitig die Haarbüschel hoch in die Luft. Vom Wind getragen, bildeten sich lichte Knäuel, die viele verschiedene Formen annahmen. Einige davon teilten sich und segelten wieder auf die Terrasse herunter, andere tauchten verstreut im Grün unter. Mit jedem Lidschlag wurden die sich ständig ändernden Formen in Bernsteins Auge in fortlaufende Einzelbilder geschnitten. Es war kaum zu glauben, dass sie kurz zuvor noch Bestandteil ihres eigenen Körpers gewesen waren. Jetzt sahen sie viel eigentümlicher, geheimnisvoller aus. Die Kinder wurden nicht müde, immer wieder neue Büschel in die Luft zu werfen, die am Himmel die verschiedensten Formen annahmen. So wurde voller Freude der Frühling willkommen geheißen.

Auf dem Tisch im Arbeitszimmer liegt ein aufgeschlagenes Lexikon, das augenscheinlich jemand vergessen hatte, ins Regal zurückzustellen. Die kleine Schwester hockt gut gelaunt auf einer Steintreppe und schaut mit leicht geneigtem Kopf herüber. Vielleicht lauscht sie dem lustigen Treiben auf der Terrasse. Ihre Knie schauen unter dem kurzen karierten Trägerrock hervor. Neben den Steinstufen blühen Gänseblümchen.

Im Vergleich zu ihren drei Geschwistern ist sie nie gewachsen, sie wirkt immer noch wie ein Kleinkind, das am liebsten im Kinderwagen spazieren gefahren wird. Aber das stört sie keineswegs, denn als Jüngste ist man ja immer auch die Kleinste.

In diesem Augenblick dringt ein Windstoß durchs Fenster, und kaum hat sich der Vorhang aufgebläht, blättern auch die Seiten um. Dies geschieht weniger rücksichtsvoll, als wenn sie durch Bernsteins Finger gleiten, aber die Seiten hören nicht auf, mit jedem Luftzug zu rascheln. Die kleine Schwester streckt die Hand nach den Gänseblümchen aus und greift nach einem Stängel. Das Gänseblümchen besitzt eine kreisrunde Blüte mit unzähligen, sich überlappenden Blättern. Sie ist weich wie eine Puderquaste und duftet fein. Mit geschlossenen Augen nähert sich die Kleine ganz sachte den Blütenblättern, bis ihre Nasenspitze sie fast berührt. Die Sonnenstrahlen lassen gleichermaßen ihr Gesicht und die Blume erstrahlen. Damit die zarten Blätter nicht kaputtgehen, taucht die Kleine ihre Nase ganz vorsichtig ins Blütenkörbchen und holt tief Luft, um den Duft in sich aufzunehmen. Sachte schüttelt sie den Stängel, der sie an den Wangen kitzelt. Sie lächelt, ihre Augen sind geschlossen, Blütenstaub haftet an ihrer Nasenspitze. Das Gänseblümchen leuchtet.

Wangen, Knie, karierter Trägerrock, Halskette – alles harmoniert mit dem Gänseblümchen. Die Schwester ist so jung, dass sie noch keine Blumennamen weiß. Aber ihr ist bewusst, dass sie nicht im Stich gelassen wird. Sie hört, wie ihre Geschwister sich auf der Terrasse vergnügen. Dann greift sie nach einem weiteren Gänseblümchen, um ihre Wange zu kitzeln. Es sind so viele Gänseblümchen, die neben der Treppe wachsen. Sie kann nach Herzenslust den Duft des Frühlings einatmen.

Der Wind weht immer stärker, wieder werden einige Seiten umgeblättert. Ohne traurig zu sein, dass niemand da ist, kann sich die kleine Schwester noch eine Weile ihrem Spiel hingeben. Dann aber legt sich der Wind, die Seiten fallen zurück und die Kleine kehrt heim ins Innere der Enzyklopädie. Inzwischen ist es auch auf der Terrasse ruhig geworden.

Am Abend fegten Opal und Bernstein die restlichen Haare mit der Kehrschaufel zusammen und gingen dann gemeinsam zu den Laubhaufen, um sie dort zu entsorgen. Das Laub bildete bereits eine Bergkette, die die gesamte Mauer säumte. Sie waren also doppelt geschützt.

Bernstein entfernte die obere Blätterschicht, die noch nicht vermodert war, und warf die Haare auf den feuchten Haufen. Haare, Pilze, Eselsmist – hier wurde alles entsorgt, was nicht im Hof verbrannt werden konnte. Ein seltsamer Geruch schlug ihnen entgegen, während alle möglichen Krabbeltiere flink und mit ausgestreckten Fühlern aus dem Haufen krochen. In der Nähe der Erde, die schon zu Humus wurde, wuchsen Pflanzen, die sie noch nie gesehen hatten. Des Tageslichts beraubt, warteten die Haare nun darauf, irgendwann in ferner Zukunft zu verrotten. In der Abenddämmerung ließ sich nicht mehr unterscheiden, welche Opal und welche den beiden Brüdern gehörten.

»He, Bernstein, schau mal!«

Opal zeigte nach oben. In dem Stück, das die Ulmenkronen freigaben, konnte man den Abendhimmel sehen, der zwischen Rubinrot und Violett changierte und von transparenten Schlieren durchzogen war, die sich langsam eintrübten. Der Himmel sah so feierlich aus, dass man das Ereignis kaum noch als Sonnenuntergang bezeichnen konnte. Der Wind hatte sich gelegt, die Vögel verharrten reglos, allein die Farben des Himmels veränderten sich.

»Oh …«, seufzte Bernstein.

Bruder und Schwester standen einen Moment lang wie gebannt neben den Laubhaufen und schauten schweigend zum Himmel auf. Als das Licht langsam verblasste, wurden die Farben satter und die Nacht näherte sich von den Rändern des Himmels.

»Das ist die Farbe von Bernstein«, sagte Opal.

Sie hatte recht. Er hatte gar nicht daran gedacht, dass der Himmel inzwischen die gleiche Farbe wie sein linkes Auge angenommen hatte.

»Der Ort, wo sich unsere kleine Schwester aufhält, ist bestimmt von dieser Art.«

Bernstein blinzelte. Himmel und Auge wurden eins und die Farbe gewann an Ruhe. Wie ein stiller See, dessen

Grund unsichtbar war, nicht wegen der Trübung des Wassers, sondern wegen seiner Tiefe. In dieser Stille tauchte wie üblich die kleine Schwester auf.

»Sag, erinnerst du dich noch an unseren allerletzten Familienausflug, bevor wir hierher kamen?«, fragte Opal.

Nicht ein Hauch kräuselte die Wasseroberfläche, auf der sich keine Wolken spiegelten, sondern nur eine Schar Vögel, die zu ihren Nestern zurückkehrten.

»War das der Tag im Park, an dem ihr der Hund über das Gesicht geleckt hat?«

»Nein, das geschah bei einem Spaziergang. Ich meine den Tag, an dem wir einen Stadtbummel machten und unsere Sonntagskleidung trugen.«

»Das weiß ich nicht mehr …«

Bernstein löste den Blick vom Himmel und blickte Opal von der Seite an.

»Wir sind alle gemeinsam in ein Kaufhaus gegangen. Es gab dort eine Gedenkausstellung zum zehnten oder zwanzigsten Todestag eines Filmstars. Ich habe leider den Namen der Schauspielerin vergessen, aber das ist nicht so wichtig.«

»Ja, Mama hat immer Kaufhäuser gemocht.«

»Dort wurden Kostüme, Schuhe und Schmuckstücke ausgestellt, die diese Schauspielerin in ihren Filmen getragen haben soll. Auch Drehbücher und Fotos aus ihrem Privatbesitz. Für uns Kinder war das natürlich nicht besonders interessant, aber Mama war ganz wild darauf. Sie hatte uns versprochen, danach im Untergeschoss Süßigkeiten zu kaufen, wenn wir brav gewesen waren.«

»Hm …«

Das verbliebene Dämmerlicht wurde nun ebenfalls vom dunklen Himmelsrand verschluckt, und Opals Silhouette war fast schon von der Nacht umhüllt. Obwohl ihre Haare längst getrocknet sein mussten, ging von ihnen ein feuchter Geruch aus.

»Das Kaufhaus war jedoch geschlossen.«

Opal schaute immer noch zum Abendhimmel empor. Eine weitere Vogelschar zog vorbei.

»Es war ein ganz normaler Ruhetag. Mama hatte sich vertan. Wir hatten uns extra schick gemacht, Mama hatte sich sogar hübsch geschminkt, und nun standen wir da. Unsere kleine Schwester saß in einem richtigen Kinderwagen und trug ein makellos weißes Kleid mit Spitzenkragen.«

Bernstein versuchte sich mit aller Macht an jenen Ausflug zu erinnern, aber es gelang ihm nicht.

»Und weißt du, was Mama dann gemacht hat?«

Opal drehte sich zu ihm um. Bernstein konnte nur den Kopf schütteln.

»Sie ging mit uns zum Wachschutz auf der Rückseite des Gebäudes und fragte den Zuständigen dort, ob er uns nicht reinlassen konnte. Sie sagte: ›Ich kann Ihnen sogar einen triftigen Grund dafür nennen. Der Filmstar ist nämlich eine Großtante meiner Kinder. Sehen Sie nur. Die größte Ähnlichkeit hat sie hier …‹ Daraufhin hat sie unsere kleine Schwester aus dem Kinderwagen gehoben und sie dem Wachmann vor die Nase gehalten. Mit einem strahlenden Lächeln, ohne dabei ein schlechtes Gewissen zu haben.«

Opal ahmte ihre Mutter nach, indem sie Bernstein ihre zu einem Ring geformten Arme entgegenhielt. Der Hohlraum, den sie bildete, war genau richtig, um die Kleine zu umfangen.

»Und dann?«

»Wir durften tatsächlich rein. Der Wachmann hat eine Ausnahme gemacht und uns aufgeschlossen.«

Erst jetzt sah er verschwommene Szenen vom tiefen Grund des bernsteinfarbenen Sees aufsteigen. Schwere Türen, düstere Gänge und Treppen, Notausgangsschilder, den Lichtkegel einer Taschenlampe, von der Decke hallende Stimmen, die leeren Augen der Schaufensterpuppen … All diese Bilder tauchten auf und verschwanden wieder. Nur an die Ausstellung konnte er sich nicht erinnern.

»Es muss ein sehr netter Wachmann gewesen sein. Wir haben ihm wahrscheinlich leidgetan.«

»Und, haben wir uns die Ausstellung angeschaut?«

»Ja, aber es war ziemlich langweilig.«

Opals Stimme klang kalt.

»In dem riesigen Kaufhaus gab es nur uns, niemanden sonst. Als ob wir aus der Welt vertrieben und dorthin verbannt worden wären. Im Licht der Taschenlampe wirkte alles unheimlich, sogar die prächtigen Kleider und funkelnden Diamanten. Achat war den Tränen nahe. Wir fühlten uns wie bestraft, als hätten wir jemanden angelogen. Unserer kleinen Schwester schien das am wenigsten auszumachen. Mit großen Augen schaute sie neugierig in der Gegend herum.«

Sobald die Sonne vollständig untergegangen war,

verschwand auch die Bernsteintönung am Himmel. Die Umrisse der Laubhaufen und des Kreises, den Opals Arme bildeten, verschwammen. Bernstein blinzelte mehrmals, denn er wollte seine kleine Schwester dafür loben, wie ausgezeichnet sie ihre Rolle als enge Verwandte des berühmten Filmstars gespielt hatte, aber dafür reichte das Licht nicht mehr aus.

»Der Süßwarenstand war natürlich verschlossen. Die versprochene Belohnung fiel somit aus. Noch eine von Mamas Lügen.«

Bernstein schaute plötzlich hoch. Sein Blick blieb an den Ästen einer Ulme hängen. Es war die Stelle, wohin er Opals Puppe geworfen hatte. All das war sehr lange her, aber obwohl nichts mehr davon zu erkennen war, bestand für ihn kein Zweifel, dass es genau dieser Ast gewesen war. Die Puppe, die seinen ursprünglichen Namen, den er selbst längst vergessen hatte, hinter ihren Lippen unter Verschluss halten sollte, war vermodert. Die Dunkelheit war an dieser Stelle etwas dichter.

»Unsere arme Schwester! Ganz allein, ohne zu wissen, warum ausgerechnet sie von uns getrennt wurde, lächelt sie uns aus ihrer Enzyklopädie zu.«

Opal holte tief Luft.

»Es war nicht der böse Hund. Mama hat sie auserwählt. Von ihren vier Kindern hat sie das jüngste geopfert.«

Für einen Augenblick herrschte Stille. Bernstein wusste hierauf nichts zu sagen. Der Nachklang von Opals Stimme hallte noch in seinen Ohren.

Die beiden Geschwister verteilten getrocknete Blätter auf den Haarbüscheln und brachten dann die Haufen wieder in Ordnung. Ihre Mutter war vermutlich gerade dabei, das Abendessen vorzubereiten, denn zwischen den verschlungenen Ästen drang Licht aus der Küche zu ihnen herüber. Bernstein griff nach Opals Hand, als wollte er ihre Stimme, die ihre Mutter beschuldigt hatte, auslöschen, bevor er auf das Licht zurannte.

Der mit dem Sternchen markierte Tag rückte immer näher. Eins stand fest: Die Kreuze und das Sternchen von Opal würden sich eher treffen, als dass die beiden Geschwister sich in ihrem Tunnel begegneten. Die Bedeutung des dubiosen Zeichens war ihm zwar weiterhin unklar, aber Bernstein ließ jeden Tag seinen Blick über den Dienstplan gleiten, um die Tage zu zählen, bis das Kreuz sich in den Stern verwandelte.

Er fand auch einen weiteren Umschlag im Briefkasten. Wie beim ersten Mal war dieser ohne den Namen eines Empfängers oder Absenders eingeworfen worden. Es lag nichts anderes im Kasten, weder ein zerrissener Flyer noch tote Insekten, nur das weiße Viereck. Bernstein nahm den Brief in die Hand, hielt ihn gegen das Licht der untergehenden Sonne, inspizierte ihn mit seinem linken Auge, roch am Papier, wog ihn in der Hand … und begrub ihn schließlich im Sumpf.

Trotz der vielen Regengüsse im Frühjahr war der Sumpfboden durch die anhaltenden Monsunwinde im

Winter hart und rissig. Bernstein schaufelte mit bloßen Händen. Es kümmerte ihn nicht, dass sich Sand unter seinen Fingernägeln festsetzte und ihm die wund gescheuerten Fingerkuppen wehtaten. Je tiefer er kam, umso kälter schlug ihm die im Morast eingeschlossene Kälte entgegen und ließ seine Hände erzittern.

War es ein Knochensplitter vom Skelett der Puppe, die hier einst begraben worden war? Oder ein Zacken aus Opals Krone? Oder ein verrostetes Stück von der Spitzhacke? Bernstein schaufelte unermüdlich weiter. Er wollte ein so tiefes Loch graben, dass Opal hineingepasst hätte, aber tatsächlich schaffte er nur eine bescheidene Mulde, in die er gerade mal den Umschlag legen konnte. Bald darauf war das Papier mit Erde bedeckt und alles Weiß ausgelöscht. Bernstein trat die Erde mit seinen Turnschuhen fest. Er trampelte unaufhörlich auf der Stelle herum und betete, der Umschlag möge in diesem Morast Ruhe finden – für fünfhunderttausend Jahre oder für zehn Milliarden Jahre. Zumindest so lange, wie eine Sonne aus dem Dunkelnebel geboren wird oder aus Kieselsäure ein Opal entsteht.

»Also …«

»Ja?«

»Darf ich bitten?«

»Möchten Sie mein Tanzpartner sein?«

»Stets zu Diensten.«

Opal schaute zu Joe auf. Als ihre Blicke sich trafen,

schlug sie die Augen nieder und legte ihre Hand in seine. Dies war die Begegnung von Kreuzstich und Stern.

Joe war zum ersten Mal an einem Mittwoch erschienen, der in einer geraden Woche lag. Außerdem war er ohne sein voll beladenes Fahrrad und die prallen Ledertaschen gekommen, sogar seine Manteltaschen waren leer. Die beiden traten von der Terrasse in den Garten hinunter und stellten sich unter dem Mimosenbaum in Positur. Was mochte ihr Signal gewesen sein? Ihr Tanz hatte begonnen, ohne dass Bernstein es gemerkt hatte.

Er hatte zwar Opal mehrfach beim Üben zugeschaut, aber erst jetzt, wo Joe dazukam, erkannte er, dass es sich eigentlich um einen Paartanz handelte. In Opals Tanzbewegungen hatte es immer Platz für einen Partner gegeben, genauso wie sich die kleine Schwester bei der abendlichen Musikstunde als unsichtbare Stimme in den Chor einfügte. Wieso war ihm das bislang nicht aufgefallen? Bernstein war erschrocken über seine eigene Unaufmerksamkeit. Irgendwann war Joe so schlau gewesen, diese Lücke zu füllen.

Im Wohnzimmer, vor dem offen stehenden Fenster, spielte Achat auf dem Harmonium und sang dazu, aber die tonlosen Klänge erreichten weder die Ballerina noch ihre Zuschauer. Die Ellbogen auf die Brüstung gestützt, war Bernstein der einzige Zeuge, der dieser Szene beiwohnte.

Wie immer tanzte Opal mit einer graziösen Leichtigkeit. An den Füßen trug sie ihre Hauspantoffeln, an die sie rosa Bänder genäht hatte. Die Spitzenschuhe, die sie damals von außerhalb der Mauern mitgebracht hatte, waren längst verschlissen und zu klein geworden. Sie lagen ebenfalls unter totem Laub begraben. Mit ihrem Haarknoten, dem zu kurzen Röckchen, der weißen Strumpfhose und den über Knöchel und Spann gekreuzten Bändern sah sie aus wie eine echte Ballerina. Allein die Krone fehlte, was Bernstein sehr schade fand. Damit wäre es perfekt gewesen. Aber er tröstete sich damit, dass sie irgendwann in seinem linken Auge auftauchen würde. Er musste nur oft genug blinzeln.

Opal bahnte sich einen Weg durch die Farne, drehte sich zwischen den herunterhängenden Reben und sprang leichtfüßig über den Sumpf, wo der Umschlag begraben lag. Ihre tanzenden Fußspitzen brachten die im Brief verborgenen Worte ans Licht. Bernstein begriff, dass seine kleine Revolte nutzlos war.

Genauso wie er in der Enzyklopädie die Augenblicke dehnen konnte, vermochte sie mit ihrem Tanz die Ziegelsteinmauer in weite Ferne zu rücken. Es war nicht Joe, der führte, sondern Opal. Sie brauchte ihm nur zuzuzwinkern oder seine Schulter anzutippen, schon nahm er instinktiv die richtige Pose ein. Selbst wenn Joe aus dem Tritt kam, nutzte Opal die Gelegenheit, um den Rhythmus zu wechseln. Sie drehte zwischen Joes ausgebreiteten Armen eine Pirouette, sie sprang auf einen Sonnenfleck, nur um dann mit verschlungenen Armen zwischen den Bäumen hindurchzuschlüpfen. Joe stützte sie, als sie unter dem Glyzinienspalier ihr Gleichgewicht verlor, woraufhin sich in der nächsten Szene beide, durch die

Quelle getrennt, sehnsüchtig die Hände entgegenstreckten.

Achat spielte die ganze Zeit auf dem Harmonium und sang dazu. Tatsächlich versetzte seine Musik allein die Luft in Schwingung, aber dies geschah nicht ohne Bindung zu Opals Tanz, die beiden waren miteinander verschmolzen. In Achats Augen spiegelte sich das Rosa der Ballettschuhe, die zwischen den Grasbüscheln auftauchten und wieder verschwanden, während Opals Ohren die Signale empfingen, die von seinen Lippen und dem Instrument stammten. Das Tempo der Schritte richtete sich nach der Melodie des Harmoniums, Achats Stimme definierte die Sprungfolgen und belebte das Geschehen. Dieses Zusammenspiel schloss Bernstein mit ein. Jeder von ihnen war ein Blinksignal. Nur wir drei und unsere kleine Schwester können uns so verständigen, murmelte Bernstein.

Ohne die Signale zu bemerken, war Joe nur darum bemüht, Opal auf den Fersen zu bleiben. Vom Schwarz umhüllt, war sein Körper unsichtbar, es sah aus, als tanzte nur der Mantel. Die leeren, aber ausgebeulten Taschen waren in sich zusammengefallen und verströmten eine gewisse Unausgewogenheit. Manchmal verfingen sich die Ärmel oder der Saum in den Zweigen und brachten das Laub zum Rascheln, was die Aufführung kurz störte. Aber Opal ließ sich hiervon nicht aus der Ruhe bringen. Sie stellte sich auf die Zehenspitzen und wartete, bis Joe seine Positur wieder eingenommen hatte. Das Ganze war eine wohldurchdachte, elegante Choreografie. Offenbar war sie im Voraus kreiert worden.

Die Nebelschwaden, die noch vom Morgen übrig waren, verzogen sich allmählich, und die Sonnenstrahlen, die durch die Bäume drangen, wurden kraftvoller. Nach und nach flatterten die Vögel herbei, ließen sich in den Baumwipfeln nieder und pickten an den jungen Trieben, bevor sie wieder davonflogen und nur das Echo ihres Gezwitschers nachhallte. Als auch dieses verklungen war, breitete sich im Garten Ruhe aus. Der Bach plätscherte friedlich dahin.

Die Knöchelbänder flatterten umher. Das allein reichte aus, um Bernstein davon zu überzeugen, wie bezaubernd Opals Tanzkünste waren. Ihre weißen Beine waren schlank, ihre Finger grazil, ihr Rücken biegsam. Ihr gewelltes Haar und der Volant ihres Röckchens verliehen Opal einen zusätzlichen Reiz. Sogar die schmutzigen, verknitterten Flügel, deren Drahtgestell inzwischen nur mehr ein unansehnlicher Fortsatz war, wirkten an ihr wie eine hübsche Zierde. Nur sie allein konnte solche Flügel tragen. In dem milchig-weißen Licht schimmerten sie wie ein Opal. Ein zerbrechlicher Opal, der langsam und stetig zu einem richtigen Edelstein wurde. Auf Opals Brust hüpfte treu der Kieselstein.

Der schwarze Mantel folgte Opal, wie sie die Rabatten umrundete, im Zickzack über die Trittsteine sprang und schließlich auf einem Bein am Rand der Quelle balancierte. Hin und wieder kreuzten sich die Blicke der Tänzer, sie lächelten einander an und bewegten sich immer tiefer in den Garten hinein.

Bernstein stand immer noch auf der Terrasse und lehnte an der Brüstung. Bald hatten sich Joe und seine Schwester so weit entfernt, dass er zwischen den Ulmen nur noch einen schwarzen Fleck und wehende rosa Bänder erkennen konnte. Als er sich umdrehte, um Hilfe zu holen, war Achat verschwunden. Der Deckel des Harmoniums stand offen, aber niemand saß mehr vor dem Instrument.

»Halt! Du darfst nicht so weit gehen!«

Bernstein streckte unwillkürlich die Hand nach ihnen aus, aber ihre Schritte hatten sich bereits weit in Richtung der hinteren Pforte entfernt. Nur noch selten konnte er zwischen den Bäumen das Schwarz des Mantels sehen und das Rosa der Bänder.

»Dort hinten ist die Pforte. Sie ist unverschlossen. Durch sie gelangt man nach draußen ...«

Hilflos presste sich Bernstein mit seinem ganzen Gewicht gegen die Brüstung. Die Dielen auf der Terrasse knarrten ächzend. Und dann schlüpften die beiden vagen Gestalten in seinem linken Augenwinkel durch eine Lücke, die sich zwischen den bernsteinfarbenen Schichten auftat, und wurden leise unsichtbar.

»Der Tanz endet unter dem Mimosenbaum. Die gelben Blüten benetzen Opals Haar und segnen sie.«

Bernstein blinzelt verzweifelt, um weiterzublättern. Aber es folgen nur noch weiße Seitenränder. Die vertrockneten Mimosenblüten sind längst herabgefallen.

10

Achat hält im Spielen inne und löst den Fuß vom Pedal.

»Ich höre etwas …«, summt er leise. Über Bernsteins Schulter hinweg sieht er Opal mit Joe tanzen. Sein Blick folgt den Gestalten, er legt die Handfläche auf sein linkes Ohr und hält den Atem an.

»Meister Signal?«

Er glaubt, das leise Rascheln der Aktenmappe seines Lehrers zu hören. Aber dann merkt er, dass das Geräusch weit entfernt ist und eine gewisse Zeit braucht, um ihn zu erreichen. Er lauscht Richtung Garten. Schwach, hilflos, kurz vor dem Verstummen, aber dennoch hält es sich – so klingt das Geräusch für ihn. Noch zurückhaltender als das Harmonium.

»Es ist Cäsar, der weint.«

Achat steht auf und lauscht angestrengt. Er weiß, dass die Laute inmitten all der anderen Geräusche – Opals und Joes Tanzschritte, das Knarren der Terrassendielen, das Zwitschern der Vögel – für ihn allein bestimmt sind, und dass sie sich von dem zufriedenen Maunzen unterscheiden, wenn das Kätzchen in seinen Armen liegt. Getrieben von den jämmerlichen Klagelauten, die er nicht ignorieren kann, verlässt er seinen Platz am Harmonium und tritt durch die Hintertür in den Garten.

Die Baumgruppe in der Ecke des Gartens lag im Sonnenlicht, nur die Stämme der Ulmen warfen tiefe Schatten. Um Opals und Joes *Pas de deux* nicht zu stören und Bernsteins Aufmerksamkeit zu entgehen, schlich Achat an der Mauer entlang, der Stimme entgegen. Seine Schritte im weichen Gras des Unterholzes waren nicht zu hören, auch weil sie vom Flattern der Vögel, die im Bach planschten, übertönt wurden. Zwischen den grünen Gräsern am Bachufer blühten rote Blumen, deren Blattspitzen das Wasser berührten und auf die Oberfläche Muster zeichneten.

Irgendwann drehte sich der Wind und Cäsars Fiepen war zusammen mit dem Murmeln des Bachs zu hören. Es schien direkt aus dem Wasser zu kommen, aus der entgegengesetzten Richtung des Bachlaufs. Achat zog seine Schuhe aus und watete in die Richtung, aus der das Geräusch kam. Er hoffte inständig, dass Opal und Joe nicht in seine Nähe kommen würden.

Das Wasser war kalt, der Grund glitschig, und jedes Mal wenn er einen Schritt tat, verwirbelten die Spiegelungen der Bäume. Die Stelle, wo der Wasserlauf an der Mauer verschwand, hatte sich seit dem Tag, als sie Meister Signal verabschiedet hatten, verändert. Die Farne wucherten dicht gedrängt, das knotige Wurzelwerk der Ulmen trat hervor, und herbeigewehte Samen hatten alle möglichen Pflanzen aus dem Boden sprießen lassen. Das Maunzen war nun untrüglich hörbar, aber es war nichts zu sehen. Achat bückte sich und zog die Pflanzenarme auseinander, um den Weg zu inspizieren, den der Bach in dem ganzen Gestrüpp nahm.

Da entdeckte er ein weiteres Loch, das sich direkt neben dem Bachlauf befand. Es war eine winzige, unebene Öffnung innerhalb der Ziegelsteine, die irgendwann zusammengefallen waren. Dort steckte Cäsar fest.

»He, was machst du denn hier?«

Achat kauerte sich im Wasser nieder, ohne sich darum zu scheren, dass er nass wurde.

»Hast du nicht den Park mit der Wolkenbrücke gefunden?«

Cäsar hörte nicht auf zu maunzen. Lediglich Kopf und Vorderbeine schauten aus dem Loch heraus, mehr als die Hälfte von ihm steckte in der Mauer. Wie ein Puzzleteil fügte sich Cäsars Rücken genau in die Umrisse der Öffnung, sodass er weder vor noch zurück konnte. Offenbar konnte er sich schon eine ganze Weile nicht bewegen, denn an seinem Hals, wo ihn eine Bruchkante der Ziegel berührte, war das Fell aufgescheuert und rohes Fleisch sichtbar. Bei jedem Schrei waren die rosa Zunge und seine winzigen Zähne zu sehen, und die Pfötchen zitterten. Das Fell am Kopf war pitschnass, Wasser tropfte ihm über die schwarz gefleckte Nase.

»Du hast mich gerufen, oder? Was hast du dir denn dabei gedacht, durch solch ein kleines Loch zu schlüpfen?«

Achat umschloss Cäsars Pfoten und tastete nach den Ballen.

»Alles wird gut. Wie Kleopatra sagen würde, hier gibt es allerhand, was einen trösten kann. Hab nur Geduld!«

Achat streichelte die Ballen mit einer Sanftheit, die fast nicht mehr als Berührung wahrnehmbar war. Das Zittern der Pfötchen ließ langsam nach.

»So, jetzt halt mal einen Augenblick still. Gleich haben wir's.«

Achat wartete, bis Cäsar sich beruhigt hatte. Er zog zunächst an den Vorderbeinen, dann versuchte er ihn in der Gegenrichtung durch das Loch nach draußen zu drücken, aber es war vergeblich, der Körper der Katze dehnte sich und zog sich wieder zusammen. Je stärker er ihn zog und drückte, umso übler schnitt die Kante der Ziegelsteine in seinen Hals und sein Maunzen wurde zu verzweifelten Schmerzenslauten.

Achat rannte zur Hinterpforte, denn wenn er Cäsar helfen wollte, dann musste er ihn von draußen herausziehen. Nahe der Quelle geriet er ins Stolpern, merkte jedoch nicht, dass er versehentlich die Zitadelle zum Einsturz brachte. Er durfte keine Zeit verlieren. Nachdem er das Laub beiseitegeschoben hatte, drehte er den Türknauf.

Draußen war das Licht viel greller als innerhalb der Mauern. Achat war geblendet, er kniff unwillkürlich die Augen zusammen. Dann lief er unbeirrt zu dem Loch, durch das der Bach nach draußen floss. Ohne sich umzuschauen, sprang er ins Gebüsch, um Cäsar zu Hilfe zu eilen.

»Junge!«

Als er die Stimme hörte, begriff er zunächst nicht, dass er damit gemeint sein könnte. Er war zutiefst erschrocken über die gewaltige Lautstärke der Stimme, sodass er die Bedeutung des Wortes gar nicht erfasste. Von Joe einmal abgesehen, war dies das erste Mal, dass er eine Stimme aus der Außenwelt hörte.

»Was treibst du hier?«

Ohne auf Achats Verwirrung Rücksicht zu nehmen, schob die Frau ihren Kopf ganz nah an sein Gesicht heran. Sie war dick und älter als seine Mutter. Obwohl sie ihn wohlwollend anschaute und einen höflichen Tonfall wählte, zerstörte ihre laute Stimme den freundlichen Eindruck, den sie sonst hinterlassen hätte.

»Wie heißt du denn, mein Kleiner?«

Achat, der nicht verstand, weshalb sie sich nach seinem Namen erkundigte, drückte sich an die Mauer und zog die Schultern zusammen. Als würde es helfen, sich ganz klein zu machen, damit sie leiser sprach.

»Hab keine Angst! Sag mir nur, wie du heißt.«

Achat griff nach seinem Brustbeutel mit dem Kiesel. Das hier ist mein Name. Das bin ich. In seiner Handfläche spürte er immer noch die Wärme Cäsars, den er gerade aus dem Loch befreit hatte.

»Kannst du nicht sprechen?«

Die Frau streckte die Hand aus und wollte sie ihm auf die Schulter legen. Achat wich erschrocken zurück. *Sind Sie von der ›Internationalen Vereinigung für Steißgeburten‹?* Bestimmt ist sie das. So wie Opal es gesagt hat …

Aber keines seiner Worte erreichte das Ohr der Frau.

Bernstein wartete. Gegen die Brüstung gelehnt, spähte er zu den Ulmen hinüber und lauschte, ob sich irgendetwas regte. Allein schon die Bewegung eines Schattens oder von Zweigen schreckte ihn auf. Dann beugte er sich weit über das Geländer, und immer wenn die Dielen der Terrasse knarzten, drehte er sich um und schaute zum Wohnzimmer. Aber sein Gefühl trog ihn jedes Mal: Die Reflexe der Schatten stammten vom Wind und den Vögeln, der Stuhl vor dem Harmonium blieb leer.

Um seine Aufregung zu besänftigen, atmete er tief durch und massierte sich mit den Zeigefingern die Schläfen. Bleib ruhig, sagte er sich. Du bist es einfach nicht gewohnt zu warten. Joe erscheint immer zum verabredeten Zeitpunkt. Mama kommt täglich ihrem Dienstplan getreu nach Hause. Im Arbeitszimmer streckt Opal glücklich die Arme nach mir aus, weil sie sich über meine Ankunft freut. Nie muss ich auf jemanden warten. Worüber mache ich mir überhaupt Sorgen? Opal ist hier, Achat ist hier, ich bin hier. Und Mama hat bald Dienstschluss. Es ist also alles in bester Ordnung.

Mit der untergehenden Sonne breitete sich Dunkelheit aus, sodass es nicht mehr genug Licht für sein linkes Auge gab. Sowohl im Haus als auch im Garten herrscht Stille. Aber diese Stille, die ihm eigentlich vertraut sein sollte, droht nun, ihn zu erdrücken. Er blinzelt mit seinem linken Auge, um die Dunkelheit zu vertreiben und Bilder heraufzubeschwören.

Als er glaubt, Opals rosa Satinbänder spielen zwischen den Baumstämmen Verstecken, flattern sie auch schon empor, um sofort wieder von den Wipfeln der Ulmen herabzuschweben. Joe ist nicht da. Obwohl sie schon eine halbe Ewigkeit getanzt haben muss, scheint Opal kein bisschen erschöpft. Von dem schwarzen Schatten befreit, tanzt sie allein und mit noch mehr Elan. Ihre Sprünge sind leichtfüßig, ihre Pirouetten akzentuiert, und der Kiesel auf ihrer Brust hüpft fröhlich mit. Als Bernstein ihr zuwinkt, scheint sie ihm zuzurufen, er solle herschauen, bevor sie behände das »Torfmoor« überspringt. Ihre gestreckten weißen Beine beschreiben in der Luft einen perfekten Spagat. Zum Hüpfen des Kiesels spielt das Harmonium eine passende Melodie. Achat muss unbemerkt zurückgekehrt sein. Bernstein wendet sich um und sieht die Finger seines Bruders über die Tasten gleiten. Der zwinkert Bernstein verlegen zu. In seiner Mähne haben sich helle Katzenhaare verfangen. Die Tanzdarbietung nähert sich dem Finale. Wie üblich unter dem Mimosenbaum. Die herabhängenden Äste schließen die Ballerina in ihre Arme, um sie zu lobpreisen, worauf Opal ihren Rocksaum hebt und sich mit einem Knicks verneigt. Das Harmonium lässt einen letzten Ton erklingen. Opals Brust hebt und senkt sich, ihre Wangen sind gerötet. Ein paar lose Haarsträhnen kleben an ihrem verschwitzten Nacken. Bernstein applaudiert begeistert. Wie auf ein Signal hin erhebt sich der Wind und lässt gelbe Blüten auf Opals Haar rieseln.

Bernstein schließt die Augen. Die Bilder verschwinden sofort, die Nacht taucht sein Auge in Finsternis.

Bernstein stieg die Terrasse hinab und irrte durch den Garten. Während er den Abdrücken der Ballettschuhe folgte, bemerkte er nahe der Quelle die zusammengefallene Zitadelle. Achat hatte unermüdlich daran gebaut, bis sie irgendwann so groß war, dass er sich darin verstecken konnte. Aber nun war das Bauwerk beschädigt, zahlreiche Steine lagen auf dem Boden verstreut. Bernstein kniete sich hin, um die losen Brocken wieder zusammenzufügen, aber es war einfach zu dunkel und seine Hände zitterten so stark, dass er nichts zustande brachte. Kaum hatte er einen Teil wieder aufgebaut, fielen ihm die Steine gleich wieder vor die Füße. Die Ruine hatte keine Ähnlichkeit mehr mit einer Festung, ihre Trümmer bildeten einen unförmigen Haufen, der eher einem Grabmal ähnelte.

»Es ist zwecklos. Mama wird gleich hier sein.«

Der Zeitpunkt, um die Kletten über die Mauer zu werfen, war längst verstrichen. Bernstein griff in seine Jackentasche, um zu prüfen, ob die Tagesration an Raupen noch da war, und stolperte zum Hauptportal. Er lehnte sich gegen das Tor und wartete, bis sein Atem ruhiger ging. Über den Bäumen stieg die fahle Sichel des zunehmenden Mondes auf.

Als er ausholte, um die Kletten über die Ziegelmauer zu werfen, fiel ihm etwas am Briefkasten auf. Trotz des schwachen Mondlichts bestand kein Zweifel. Es war Opals Talisman. Der Beutel lag in einer Ecke des Kastens, offenbar achtlos und in großer Eile dort eingeworfen, denn die Schnur hatte sich verheddert und war am Schlitz hängen geblieben. *Wir werden sie immer bei uns tragen …* Das hatten sie sich einst geschworen und die Finger ineinander verhakt. Und jetzt lag ihr Kiesel in diesem Kasten begraben. So wie sie einst dem Leichnam im Moor ihre Krone aufgesetzt hatte.

Bernstein schlug die Enzyklopädie auf. Wenigstens hier war alles beim Alten. Dieser Ort war ihm zutiefst vertraut, fein bis ins kleinste Detail und zugleich würdevoll in seiner endlosen Weite. Das war sein Platz, nur hier fühlte er sich geborgen. Und nun zeichnete er zum ersten Mal nicht nur seine kleine Schwester, sondern auch Opal und Achat. Er ließ Szenen wiederauferstehen, die ihm noch deutlich vor Augen standen. Opal, wie sie durch den Garten tanzte, Achat am Harmonium. Die beiden hatten die Welt innerhalb der Mauern nicht verlassen. Sie waren noch bei ihm. Bernstein erinnerte sich an Achats Flüstern an jenem Abend, als er den anderen beiden zum ersten Mal ihre Schwester präsentiert hatte: »Ach, hier hat sie sich versteckt.« Seine Stimme hatte so erleichtert geklungen. Nun war die Kleine nicht mehr allein. Ihre Geschwister warteten am Seitenrand in der Enzyklopädie. Und er hielt sie in Händen.

War seine Mutter schon heimgekehrt? Er hörte Geräusche im Flur. Flatternde Satinbänder, Finger auf der Klaviatur, seidig glattes Haar, feuchte Lippen, verbogene Flügel, ein linkes Ohr. Bernstein zeichnete eifrig all jene Details, die ihm in den Sinn kamen, und konnte es kaum erwarten, zur nächsten Seite umzublättern. Die Weißkleekette der Kleinen, die ihre Geschwister freudig begrüßte, tanzte noch schwungvoller als Opal, bewegte sich schneller als Achats Lippen. Von draußen erklang die Stimme seiner Mutter, die ihre Kinder der Reihenfolge nach beim Namen rief. Bernstein antwortete nicht. Seine Mutter durfte ihre Stimme nicht so laut erheben. Das widersprach ihren eigenen Regeln. Der Flur, wo die Kinder sie normalerweise empfingen, und das Speisezimmer, in dem sonst der Tisch fürs Abendbrot gedeckt war, lagen in Dunkelheit gehüllt, nur im Arbeitszimmer brannte Licht. Du kannst laut rufen, Mutter, aber es wird dir niemand antworten. In der Enzyklopädie herrscht Schweigen.

Hat sie sich irgendwo gestoßen? Oder etwas umgeworfen? Die Geräusche klangen beängstigend. Schritte, die die Treppe nach oben stürmten und über seinem Kopf herumstampften. Bedrohlich hallten sie in seinen Ohren. Kinderzimmer, Abstellraum, Kleiderschrank, Spielzeugkiste – Klappen und Türen wurden aufgeworfen und zugeschmissen. Indessen zeichnete Bernstein unermüdlich weiter. Denn sobald er innehielte, würden Opal und Achat zwischen die Seiten rutschen und als undeutliche Schatten herumirren. Er durfte sich keine Pause erlauben. Opals Beine sprangen immerzu über das Torfmoor, während Achats Finger der Klaviatur unermüdlich lautlose Töne entlockten. Aber je ungeduldiger er bei der Sache war, desto mehr verkrampften sich seine Hände: die Linien verrutschten, der Radiergummi fiel zu Boden, die Seiten rissen ein, ihm misslang einfach alles, während sein Herz wie wild pochte. Als er vor lauter Verzweiflung kaum noch Luft bekam, fasste er die beiden Beutel auf seiner Brust und drückte sie fest zusammen, um seinen Herzschlag zu beruhigen.

»Die Vorhänge … die Fensterläden müssen geschlossen sein. Alle Fenster im Haus …«

Ich kann dir nicht helfen, Mama! Ich darf keine Zeit verlieren. Ich muss Opal und Achat in der Enzyklopädie verstecken. Ich habe lange genug auf sie gewartet, und es dann nicht mehr ausgehalten. Ich war es leid, noch weiter dort auf der Terrasse zu verharren. Nur verstehe ich nicht, wieso es so langsam vorangeht, obwohl ich jeden einzelnen Moment deutlich vor Augen habe. Wie seltsam! Wo sonst doch ein einziger Lidschlag genügt …

Im diesem Moment ertönte die Klingel. Das Licht, das auf seine Hände fiel, fing an zu flackern. Als die Klingel zum zweiten Mal schrillte, zitterte auch die Dunkelheit draußen vor dem Fenster. Sofort packte Bernstein das »Illustrierte Wissenschaftslexikon für Kinder« und kroch unter den Tisch. Mit angezogenen Knien und gebeugtem Rücken, den Bildband an die Brust gepresst, versuchte er sich so klein wie möglich zu machen. So wie die Geschwister es immer getan hatten, um eins zu werden und zugleich ihrer kleinen Schwester einen Platz frei zu halten. Zwischen Bernstein und dem Lexikon lagen die beiden Talismane vereint auf seiner Brust.

Ausdauernd und unerbittlich läutete es an der Eingangstür Sturm. Der schrille Ton zerriss förmlich die Luft. Wo war seine Mutter? Schon eine Weile hatte er keine Schritte mehr gehört. Bernstein presste das Lexikon noch fester an sich. Opals Haar berührte seine Wange, und er spürte an seinem Hals Achats Atem. Er sah, wie die Kletten sich in die Zöpfe seiner kleinen Schwester verwandelten. Dann vernahm er Opals Geschichten und Achats Lieder. Als er verstand, dass all dies in seinen Armen ruhte, verspürte er große Erleichterung und versenkte sich in die Enzyklopädie. Dort herrschte eine tiefe Stille, die durch nichts und niemanden gestört werden konnte. Allein die Türglocke schrillte unermüdlich weiter.

11

Nach einer langen Pause wird heute wieder die Ausstellung »Revue der Augenblicke« gezeigt. Familienangehörige und Anwohner sind jederzeit eingeladen, wenn in der Galerie oder im Salon die künstlerischen Werke der Bewohner, seien es Gemälde oder Konzerte, präsentiert werden, aber anlässlich der aktuellen Vernissage herrscht für mein Empfinden ein außergewöhnlicher Trubel. Seit dem frühen Morgen wandern alle ruhelos herum und können es offenbar kaum erwarten.

Bedauerlicherweise kann die »Revue der Augenblicke« nicht sehr oft gezeigt werden. Die Enzyklopädien sind inzwischen so alt, dass die Bände auffällig zerschlissen sind. Die von Opal, Bernstein, Achat und ihrer Mutter vielmals durchgeblätterten Seiten sind vergilbt, teils geknickt oder eingerissen. Aber gerade diese Makel zeugen von der Dichte der Zeit, die sie im Innern der Mauern zugebracht haben.

Sämtliche Enzyklopädien von Herrn Bernstein lagern im Keller der Residenz, aber sie sind wertlos, wenn sie dort bloß verstauben. Genauso sinnlos wäre es, sie aufgeschlagen in einer Glasvitrine auszustellen. Nur die Magie von Herrn Bernsteins Fingerspitzen kann das Universum seines linken Auges zum Leben erwecken.

Seine Werke ähneln Sternenstaub am nächtlichen Himmel, namenlos und verwaist. Ohne sich mit anderen Gestirnen auszutauschen, leuchten sie an einem fernen Ort, wo sie niemandem auffallen würden.

Deshalb hatten die Residenzbewohner auch so ablehnend reagiert, als beschlossen wurde, Herrn Bernstein aus der Wohlfahrtseinrichtung hierher zu verlegen. Sie konnten ihren Argwohn gegenüber dieser Art von Kunst nicht verhehlen, die so gar nicht ihren Standards entsprach. Außerdem gab es nicht wenige unter ihnen, die sich an seinem bizarren Lebenslauf störten. Keine Ahnung, wo sie all die Artikel aus alten Zeitungen und Magazinen aufgetrieben hatten, die dann tuschelnd im Salon herumgereicht und vorgelesen wurden. Die Reportagen hatten alle den gleichen Tenor: Man gab der Mutter die Schuld und zeigte Mitleid mit ihren armen Kindern. Nur das Interview mit einer Frau, das nach der Rettung der beiden Brüder geführt wurde, ist mir im Gedächtnis geblieben. Darin beschreibt sie, wie faszinierend die Stimmen der Kinder waren, und fragte sich, ob dies nicht vielleicht eine positiv zu wertende Erscheinung in unserer von Lärm überfluteten Welt war. Durch ihre Schilderungen konnte ich mir eine Vorstellung von dem Künstler machen, noch bevor ich ihn kennengelernt hatte. Als ich dann das erste Mal mit Herrn Bernstein sprach, wurden meine Erwartungen nicht enttäuscht. Ich ergriff seine Hand und hatte das Gefühl, die Person, die vor mir stand, tat gerade den ersten Schritt in die Welt hinaus.

»Kurz nachdem ich alle Wasserzähler in meinem Zuständigkeitsbereich geprüft hatte, ging ich durch den Wald, um mir im Schatten der Bäume eine Pause zu gönnen. Dabei habe ich den Jungen entdeckt. Als ich dann die Verwaltung anrief, damit sie die Polizei verständigte, habe ich nicht geahnt, dass eine so große Sache daraus werden würde. Man stelle sich das mal vor: Zwei Jungen und ihre Schwester haben sechs Jahre und acht Monate in dieser alten Villa gehaust! Gewissenlos eingesperrt von ihrer leiblichen Mutter! Als ich sein zusammengebundenes Haar sah, das bis zum Rücken reichte, hielt ich ihn zuerst für ein Mädchen. Aber kurz bevor ich ihn ansprechen wollte, habe ich dann an seinen Gesten und seiner Kleidung gemerkt, dass es ein Junge war. Seine Hose saß so knapp, dass sie ihm kaum über den Po reichte, und das ausgefranste Hemd war auch viel zu kurz. Die fusselige weiße Wollstrumpfhose war durchnässt und voller Dreck. Die beiden Hände des Kindes waren mit Schürfwunden bedeckt.

Der Arme hat am ganzen Leib gezittert, vor Angst oder vor Kälte. Mit hängendem Kopf kauerte er dicht neben der Wand. Er machte sich so klein wie ein Küken, als würde er spüren, dass alle Wärme aus seinem Körper entwich, dass er bald sterben würde, wenn er sich nicht zusammenrollte. Auf mich wirkte er wie ein hilfloses, unfertiges Geschöpf, das aus dem schützenden Nest gefallen war und nicht mehr ein noch aus wusste, bebend vor Angst, jeden Moment zerdrückt zu werden.

Als er vor mir zurückschrak, bemerkte ich die seltsame

Dekoration auf seinem Rücken. Auf seinem Po war ein wollener Pompon befestigt und entlang der Wirbelsäule verlief ein Band aus kurz getrimmten Plastikschnüren. Der Pompon war ausgefranst, die Schnüre verblichen, und wenn der Wind blies, raschelte es auf gespenstische Weise. In seinem verwahrlosten, zerlumpten Zustand sah der Kleine wirklich erbärmlich aus. Was sollte diese merkwürdige Verkleidung bedeuten? Außer dass sie hässlich und nutzlos war, konnte ich mir darauf keinen Reim machen.

Ich stellte ihm Fragen über Fragen, aber er blieb die ganze Zeit über stumm, sodass ich einem zweiten Irrtum aufsaß, indem ich ihn für taub hielt. Als ich ihn anlächelte und meine Fragen weniger aufdringlich formulierte, erkannte ich schließlich, dass er gar nicht taubstumm war. Ich merkte, dass er nur leise flüstern konnte. Seine Stimme war kaum mehr als ein Piepsen. Ich musste mich schon sehr anstrengen, um ihn verstehen zu können. Ein Windhauch oder das Flattern eines Vogels reichten aus, um seine Stimme zu übertönen.

Erstaunlicherweise klang sie kein bisschen künstlich oder gezwungen, als wäre sie aus Angst und Verzweiflung so geworden. Sie war auch nicht unterwürfig oder überstrapaziert. Sondern ganz natürlich. Man könnte fast sagen, vornehm. Da dachte ich mir, diese Art von Stimme passt doch eigentlich ganz gut zu diesem niedlichen Kerlchen in seinen Kleidern, die ihm zu klein geworden waren und an denen ein Pompon und dieses Plastikgestrüpp hingen.

In meinem ganzen Leben war ich noch niemandem begegnet, der so sprach wie er. Als würden Naturgeister mitten im Wald geheime Botschaften austauschen. Ja genau, er sprach wie eine Elfe. Wahrscheinlich verstanden nur Eingeweihte diese geheimen Botschaften. Und diejenigen, die nicht dazugehören, vernehmen keine Worte, sondern nur einen feinen, unbestimmten Nachhall.

Wie mag es dem kleinen Jungen wohl ergangen sein? Jedes Mal wenn ich zum Ablesen der Wasserzähler unterwegs bin, mache ich mir Vorwürfe, dass ich so unachtsam an dem Grundstück mit der alten Villa vorbeigelaufen bin, ohne zu merken, dass dort drei verwahrloste Kinder hausen. Die siebzehnjährige Schwester gilt als vermisst. Mir ist zu Ohren gekommen, dass der Junge zusammen mit seinem vierzehnjährigen Bruder zunächst in einer Sozialeinrichtung aufgenommen wurde und dann in eine Pflegefamilie kam. Später habe ich dann gesehen, wie die Polizei in einer großen Aktion den Garten umgegraben hat. Gerüchten zufolge soll das Mädchen von der Mutter getötet und auf dem Grundstück begraben worden sein. Das soll der Junge angeblich bei seiner Zeugenaussage gesagt haben. Aber ob das stimmt, weiß ich nicht. Auf dem Grundstück wurde nur eine Spitzhacke gefunden, sonst nichts.

Obwohl ich nur durch Zufall auf den kleinen Jungen gestoßen bin und mir bewusst war, dass ich in dem ganzen Fall nur eine Nebenrolle spielte, werde ich die Kinder mein Lebtag nicht vergessen. Zumal in der Nacht, die auf die Rettung der Kinder folgte, ihre Mutter sich das Leben nahm, um für ihre Verbrechen zu büßen. Es heißt, die Polizei habe bei der Durchsuchung der Villa nur den älteren Bruder des kleinen Jungen gefunden. Er war den Anweisungen seiner Mutter gefolgt und hatte sich unter einem Tisch versteckt gehalten. Zu diesem Zeitpunkt hatte die Mutter sich bereits am Treppengeländer erhängt.

Mein Herz zieht sich heute noch zusammen, wenn ich an die Stimme des kleinen Jungen denke. Schade, dass ich sie nicht wiedergeben kann. Sobald ich mich an diesen Klang erinnere, lasse ich alles stehen und liegen und bete für die Kinder, deren Namen ich nicht einmal kenne …«

Im Salon erscheinen nach und nach die ersten Gäste. Ein jeder von ihnen hat sich mehr herausgeputzt als sonst. Ich bin beauftragt worden, bis zur Eröffnung der Ausstellung Klavier zu spielen, um die Wartezeit zu überbrücken und die Atmosphäre zu entspannen. Aber alle fiebern nur der Ausstellung entgegen, sodass niemand sich für die Musik interessiert. Herr Bernstein jedoch, der am Eingang die Gäste willkommen heißt, zwinkert mir hin und wieder zu. Das allein genügt, um mir Freude zu bereiten.

Alles ist arrangiert. Die Vorbereitungen für die Ausstellung sind nicht sonderlich aufwendig. In der Mitte des Salons wird ein Tisch aufgestellt, auf dem mehrere Lexikonbände liegen. Fünf Besucherstühle sind um den Tisch gruppiert. Das ist schon alles.

Zwölf Bücher liegen auf dem Tisch. Sie werden immer von Herrn Bernstein höchstpersönlich bereitgelegt. Die

Auswahl und Anzahl der Enzyklopädien ändern sich bei jeder Ausstellung, und nur er selbst weiß, weshalb er diese oder jene aus seinem umfangreichen Werk herausgesucht hat. Vielleicht wählt er nur jene Bände aus, die ihm gerade bedeutsam erscheinen, oder aber er nimmt nur so viele von ihnen, wie er gerade noch tragen kann. Nur der erste Band ist stets derselbe: »Das Illustrierte Wissenschaftslexikon für Kinder«. Dieses Buch hat seinen festen Platz in der Ausstellung. Vielleicht ist es auch deshalb so ramponiert, viel mehr als die anderen Enzyklopädien. Ich frage mich jetzt schon, ob das Buch sich eines Tages voll und ganz auflöst und dann zu Staub zerfällt. Dann würde gar nichts mehr davon übrig bleiben, wenn ein Lufthauch darüberstreicht, der durch das Blättern der Seiten in den anderen Bänden entsteht.

Ich weiß sogar, weshalb diesem Band eine Sonderstellung zukommt. Kurz nachdem Herr Bernstein in die Residenz gezogen war und ich ihm beim Archivieren der Bände zur Hand ging, bemerkte ich zufällig ein Schreiben, das in diesem Band steckte.

Laut dem Testament Ihres jüngeren Bruders, der letztes Jahr einer schweren Krankheit erlag, erhalten Sie aus seinem Nachlass folgenden Gegenstand, der mir von seinen Pflegeeltern übergeben wurde. Während der Zeit, als er von Ihnen getrennt lebte, war er sehr besorgt um Sie, und sein Letzter Wille lautete, dass dieser Stein nach seinem Tode in den Besitz seines älteren Bruders gelangen möge.

Es handelte sich um eine Mitteilung der Adoptionsbehörde. Sie schlummerte vermutlich schon eine ganze Weile zwischen den Seiten, denn das Papier war verblichen. Damals wusste ich noch nicht, dass alle drei Steine auf seinem Fensterbrett lagen, geschweige denn welche Bedeutung ihnen zukam. Ich konnte nur vermuten, dass dieses Kinderlexikon der geeignete Ort war, um eine derart wichtige Nachricht aufzubewahren, und dass der Verstorbene vermutlich jener kleine Junge war, den die Ableserin damals gefunden hatte.

Es dauert ungefähr acht Sekunden, um eine Enzyklopädie abzublättern. Das ergibt sechsundneunzig Sekunden für zwölf Bände, sodass für jeden Besucher eine Minute und sechsunddreißig Sekunden berechnet werden. Maximal fünf Personen sind für einen Durchgang zugelassen. Das entspricht in etwa der ursprünglichen Zahl von Betrachtern, denen Herr Bernstein einst im Arbeitszimmer seine Arbeit präsentierte: Opal, Achat und seiner Mutter. Die gezeichneten Szenen auf den Seitenrändern sind miniaturhaft, und die Figuren, die in ewiger Stille verharren, könnten den Blicken einer großen Menschenmenge kaum standhalten.

Zur vereinbarten Zeit beende ich mein Klavierspiel. Wenn der letzte Ton verklingt, ist die Ausstellung eröffnet – so haben wir es verabredet. Dann ist nur noch das Rascheln der Seiten von Bedeutung.

Die erste Gruppe von Zuschauern nimmt auf den fünf Stühlen Platz. Bei der »Revue der Augenblicke« gibt es weder eine Begrüßungsansprache noch einleitende Worte. Alles ist so unspektakulär, so kurzlebig, dass manch einer gar nicht mitbekommt, dass er einer Ausstellung beiwohnt. Ein Seufzen, ein Blinzeln, man setzt sich gerade hin. Unmittelbar erschließt sich allen die Bedeutung eines Augenblicks. Dennoch beschwert sich niemand über seine Flüchtigkeit. Wenn der letzte Band sich schließt, verspürt man lediglich das seltsame Gefühl, dass mehr Zeit vergangen ist als nur dieser eine Augenblick.

Natürlich ist es Herr Bernstein, der die Seiten der zwölf Bände abblättert, in der Reihenfolge, wie sie nebeneinanderliegen. Seine gebeugte Gestalt fügt sich nahtlos in die Zuschauergruppe ein, sodass man ihn gar nicht richtig wahrnimmt. Oder man vergisst, dass er der Schöpfer dieser so ungemein sorgfältigen, präzisen Arbeit ist. Die Zuschauer sind einfach nur fasziniert von der Welt, die aus den Fingerspitzen des alten Herrn entsteht. Jeweils fünf Personen verbringen sechsundneunzig Sekunden auf den Stühlen, bevor sie der nächsten Gruppe Platz machen. Wer wo sitzt, wird nicht von vornherein festgelegt, und doch geht alles immer völlig reibungslos vonstatten. Angesichts der Ruhe, die die Enzyklopädien ausstrahlen, kann offenbar jeder den lautlosen Ablauf der Ausstellung nachvollziehen. Es versteht sich von selbst, dass niemand auf die Idee kommt, mit dem Stuhl herumzurutschen, sich zu räuspern oder gar einen Kommentar abzugeben …

Ich bin noch lange nicht an der Reihe. Zahlreiche Personen ziehen an mir vorbei, die vor mir auf den Stühlen Platz nehmen. Liegt es an dem Schweigen, der Ernsthaftigkeit und der Disziplin der Besucher? Ich habe das Gefühl, einer Trauerprozession beizuwohnen. Ganz vorn in der Schlange ist der Verstorbene aufgebahrt, dem alle der

Reihe nach Blumen darbringen und ein Gebet widmen. Obwohl kein Schluchzen ertönt, sind die Anwesenden von Traurigkeit erfüllt. Beim Warten merke ich, wie meine Hände, die eben noch Klavier gespielt haben, bleich und kalt werden.

Herr Bernstein wirkt nie so, als sei er der ständigen Wiederholungen überdrüssig. Trotz seiner simplen, monotonen Handlungen bewahrt er beim Abblättern andächtig denselben Rhythmus. Seinen Kopf hält er gesenkt, als wolle er damit zum Ausdruck bringen, die ganze Ausstellung sei doch keine große Sache, man solle kein Aufheben um ihn machen. Je mehr er blättert, desto kleiner wird er. Hängt es damit zusammen, dass sein Körper sich an die Zeit erinnert, als er sich innerhalb der Mauern versteckt hielt? Oder hegt er den Wunsch, zwischen den Seiten der Enzyklopädien zu verschwinden, in die Tiefen der Bernsteinschichten abzutauchen?

Endlich steht ein freier Stuhl zur Verfügung. Herr Bernstein ist nun ganz in meiner Nähe. Am Tisch herrscht eine erwartungsvolle Stille. In dieser friedlichen Atmosphäre liegen die Enzyklopädien manierlich nebeneinander. Unwillkürlich halten wir fünf den Atem an, setzen uns gerade hin und legen andächtig die Hände vor der Brust zusammen. Herr Bernstein greift zum ersten Band: »Das Illustrierte Wissenschaftslexikon für Kinder«. Zärtlich lässt er die Finger über den Einband gleiten und senkt die Lider. Im nächsten Augenblick entsteht, gleichzeitig mit dem Lufthauch der blätternden Fingerspitzen, ein überraschendes Schauspiel. Obwohl ich es schon oft miterlebt habe, muss ich mich beherrschen, damit ich nicht wie beim ersten Mal verwundert aufschreie.

Fäden verweben sich ineinander und bilden Kletten, deren Dornen sich zu Matten verhaken. Bänder werden zu Schleifen gebunden, Weißkleestängel zu einer Kette geflochten. Ein weiterer Lidschlag, und schon taucht die Gestalt der kleinen Schwester auf. Sie nimmt den Saum ihres Rocks und wirbelt voll überschäumender Freude im Kreis herum, genau wie der Schatten zu ihren Füßen. Obwohl die Konturen beim Blättern leicht verwackeln, sieht man die Szenen keineswegs verschwommen. Das schwingende, sich aufbauschende Röckchen, die rhythmisch stampfenden Absätze, die Schleifen, die auf ihren Schultern hüpfen – alles wirkt bis ins kleinste Detail lebendig. Man meint sogar den Hauch ihres Atems zu spüren. Es gibt Tiefe und auch Wärme. Die Kleine lädt uns förmlich in ihren Winkel der Enzyklopädie ein: Seien Sie willkommen, treten Sie näher! Und so vergisst man, dass es sich um einen Mikrokosmos handelt, der sich in den Zwischenräumen der einzelnen Seiten entfaltet.

Dann werden der zweite und der dritte Band durchgeblättert. Plötzlich fällt mir auf, dass der Schatten des Mädchens allmählich an Dichte gewinnt. Man fragt sich besorgt, ob die Kleine von der Dunkelheit verschluckt wird, aber ihre Miene ist heiter wie eh und je.

Der Schatten wird größer und größer, wie eine Raupe, die sich verpuppt. Und dann, als der Kokon aufreißt, weil er zu klein geworden ist, erscheint die Gestalt der Mutter. Im adretten Kostüm, mit Lederpumps, lockigem Haar und rot geschminkten Lippen – sie ist schön wie ein Filmstar. Bei jedem ihrer Schritte sprießen Gänseblümchen aus dem Boden. Die Kleine taucht ihr Gesicht in die Blüten und mit den duftenden Lippen gibt sie ihrer Mutter einen Kuss. Ich seufze bei dem Gedanken, wie glücklich ich wäre, wenn mich jemand so lieb haben würde, und ertappe mich dabei, wie ich unbewusst über meine Wange streiche.

Indessen wechseln die Bände in Herrn Bernsteins Händen, und der Schatten wogt von Augenblick zu Augenblick, bis aus dem Halbdunkel Opals Gestalt erscheint, gefolgt von Achat. Wie Dornröschen verbirgt sich Opal bis in alle Ewigkeit in den Tiefen der einzelnen Schichten, während Achat, der einen harten, scharfkantigen Kristall in Händen hält, damit ungestüm umherläuft. Opal beginnt zu tanzen, Achat begleitet sie auf dem Harmonium. In ihren Brustbeuteln liegt ihr Talisman. Opal, Achat und ihre Mutter versammeln sich zusammen mit der kleinen Schwester unter dem Mimosenbaum, wo sie sich so eng wie möglich aneinanderschmiegen, um eins zu werden. Ein Windstoß fegt über ihre Köpfe hinweg und lässt gelbe Blüten auf sie herabrieseln, die ihr Haar, ihre Flügel und ihre Mähnen schmücken. Nun beginnt ihr Gesang. Weder die Töne des Harmoniums noch ihre Stimmen, die vom Rauschen der Blätter verschluckt werden, gelangen an unser Ohr. Das Lied, das in einem Winkel der Enzyklopädie erklingt, ist nur für sie selbst bestimmt. Von Bernsteins Fingerspitzen umfangen und beschützt.

Lara Prescott
Alles, was wir sind
Roman
Aus dem Englischen von Ulrike Seeberger
475 Seiten. Broschur
ISBN 978-3-7466-3807-2
Auch als E-Book lieferbar

Die wahre Geschichte hinter dem Liebesroman »Doktor Shiwago«

Moskau, 1949: Olga Iwinskaja, Geliebte des großen Boris Pasternak, wird verhaftet. Man will verhindern, dass Pasternaks Roman »Doktor Shiwago« vollendet wird, doch Olga hält an ihrer Liebe fest – und inspiriert Boris zu der legendären Geschichte von Lara und Juri. Zugleich will die CIA mit einer einzigartigen Waffe den Widerstand in der Sowjetunion wecken – mit Literatur, mit »Doktor Shiwago«. Für die Mission wird die junge Irina angeworben und von der erfahrenen Agentin Sally ausgebildet, doch schon bald entdeckt sie ein gefährliches Geheimnis über sich selbst.
Es beginnt eine riskante Hetzjagd auf ein Buch, das den Lauf der Welt verändern soll.

»Die Geschichte hinter Doktor Schiwago, großartig recherchiert und fesselnd erzählt.« Freundin

Regelmäßige Informationen erhalten Sie über unseren Newsletter.
Jetzt anmelden unter: www.aufbau-verlag.de/newsletter

atb aufbau taschenbuch